A VOLTA DO PARAFUSO

HENRY JAMES
A VOLTA DO PARAFUSO

INCLUI OS CONTOS:
"A HUMILHAÇÃO DOS NORTHMORE"
"OWEN WINGRAVE"

São Paulo, 2021

A volta do parafuso
The Turn of the Screw

Copyright © 2021 by Novo Século Editora Ltda.

EDITOR: Luiz Vasconcelos
COORDENAÇÃO EDITORIAL: Nair Ferraz
TRADUÇÃO: Alcebiades Diniz
PREPARAÇÃO: Thiago Fraga
REVISÃO: Ariadne Silva
CAPA: João Paulo Putini

Texto de acordo com as normas do Novo Acordo Ortográfico da Língua Portuguesa (1990), em vigor desde 1º de janeiro de 2009.

Dados Internacionais de Catalogação na Publicação (CIP)

James, Henry
A volta do parafuso / Henry James;
tradução de Alcebiades Diniz;
Barueri, SP : Novo Século Editora, 2021.

Título original: *The Turn of the Screw*

1. Ficção norte-americana I. Título II. Diniz, Alcebiades

21-1397   CDD-813

Índice para catálogo sistemático:
1. Ficção norte-americana

Alameda Araguaia, 2190 - Bloco A - 11º andar - Conjunto 1111
CEP 06455-000 - Alphaville Industrial, Barueri - SP - Brasil
Tel.: (11) 3699-7107 | Fax: (11) 3699-7323
www.gruponovoseculo.com.br | atendimento@gruponovoseculo.com.br

A VOLTA DO PARAFUSO

PRÓLOGO

A história havia prendido nossa atenção de tal forma que nós, ao redor da lareira, estávamos quase sem fôlego, mas, exceto pela óbvia ressalva de que era terrível como, às vésperas do Natal e em uma casa decrépita, uma narrativa insólita deveria ser essencialmente, não houve qualquer comentário até alguém dizer que se tratava do único caso de seu conhecimento, no qual esse tipo de provação se deu com uma criança. O caso, devo mencionar, foi o de uma aparição ocorrida em casa tão decrépita quanto aquela em que estávamos reunidos – era uma aparição, de tipo pavoroso, vislumbrada por um menino que dormia no quarto de sua mãe; aterrorizado, o pequenino despertou-a não para dissipar seu pavor e acalmar-se, tendo em vista a possibilidade de retomar o sono, pois, antes que isso fosse possível, ela mesma estava diante daquilo que transtornara seu filho. Foi essa observação que atraiu de Douglas – não imediatamente, mas mais tarde – uma resposta que teve a consequência interessante para a qual chamo a atenção. Outra pessoa contou uma história bem menos impressionante e logo percebi que ele não prestava atenção. Interpretei tal fato como um sinal de que ele próprio tinha algo a dizer, sendo necessário apenas esperar um pouco mais. Na verdade, nossa espera foi de dois dias; entretanto, naquela mesma noite, antes de nossa separação, ele trouxe à tona o motivo de sua inquietude.

– Estou de acordo (em relação ao fantasma de Griffin, ou o que quer que seja aquilo) que o fato de surgir em primeiro lugar para o menino, tão jovem, adiciona um toque particular. Mas não é o primeiro caso, desse tipo tão encantador, de meu conhecimento, a envolver uma criança. Se uma criança fornece esse efeito de agravamento, essa volta do parafuso[1], o que dizer de *duas* crianças?

– Diríamos, sem dúvida – exclamou alguém –, que duas crianças seriam duas voltas! E também que gostaríamos de saber mais sobre esse caso.

Ainda consigo ver Douglas diante do fogo, para o qual estava de costas, observando de cima seu interlocutor com as mãos nos bolsos.

– Até o momento, apenas eu tenho conhecimento do ocorrido. É horrível demais.

Algumas vozes elevaram-se, naturalmente, para salientar que tal declaração dotava a história de um valor supremo. Nosso amigo preparou seu triunfo com habilidade artística, voltou seus olhos para tal auditório e prosseguiu:

– Isto ultrapassa tudo. Desconheço algo que sequer chegue perto.

– Pelo efeito de horror puro? – questionei.

---

[1] Em seu sentido original, no livro em inglês, a expressão "*turn of the screw*" refere-se a uma situação que se torna ainda pior pela adição de uma nova camada de problemas (N. do T.).

Aparentemente, ele gostaria de dizer que os fatos não eram tão simples, que não consegui encontrar termos para qualificá-lo. Colocou uma mão sobre os olhos, o rosto contorcido em um esgar nervoso.

– Por ser... terrível, aterrorizante.

– Oh, que delicioso! – exclamou uma mulher.

Ele não deu atenção a ela, mas olhou para mim – mas era como se visse, através do meu corpo, aquilo do que falava.

– Por ser um conjunto inquietante de hediondez, horror e agonia.

– Pois muito bem – eu disse –, sente-se e comece a contar essa história.

Ele voltou-se para a lareira, empurrou a lenha com o pé e contemplou o fogo por um momento. Depois, voltou-se para nós:

– Não posso. Antes, teria de enviar um recado para a cidade.

Essa resposta provocou um protesto unânime, além de muita reprovação. Quando as reclamações cessaram, com seu usual ar de preocupação, ele explicou:

– A história foi escrita. Está em uma gaveta trancada, de onde há anos não é retirada. Eu poderia escrever ao meu criado, enviar-lhe a chave, para que ele, assim, enviasse o pacote quando o encontrasse.

Parecia propor tal arranjo para mim, em particular – quase como se solicitasse ajuda para lidar com qualquer hesitação. Havia quebrado uma camada de gelo, acumulada de muitos invernos; e, de fato, tinha suas razões para um silêncio tão longo. Os demais lamentavam essa demora adicional, mas eram os escrúpulos dele que me fascinavam. Eu o convenci a escrever quando da primeira remessa do correio, pois assim seria possível combinar com os outros para que a leitura fosse realizada o mais breve possível. Depois, perguntei se a experiência em questão fora dele mesmo. Para esse questionamento, a resposta foi imediata:

- Oh, pelo amor de Deus, não!
- Mas e quanto ao relato? Foi escrito por você?
- Apenas registrei impressões em mim despertadas pelo que ouvi. Está tudo escrito *aqui* - tocou em seu coração -, não perdi nada.
- Então, esse manuscrito...?
- A tinta dele ficou velha, pálida, mas foi escrito em uma caligrafia belíssima.

Vacilou novamente.

- De uma mulher, morta há mais de vinte anos. Ela me enviou as páginas do manuscrito em questão antes de sua morte.

Todos ouviam, atentamente, e evidentemente havia aqueles que gracejavam e aqueles que deduziam certa inferência inevitável. Douglas descartou a inferência, sem exibir sorrisos, mas também sem sinais de irritação.

- Era uma pessoa bastante encantadora, mas dez anos mais velha que eu. Tratava-se da preceptora de minha irmã - disse com suavidade. - Não conheci mulher mais agradável, tendo em vista sua posição; de fato, era digna de qualquer cargo superior. Isso se deu tempos atrás, e o episódio por ela narrado ocorreu em um período bem anterior. À época, eu estudava no Colégio Trinity e, ao voltar para casa, em minhas segundas férias de verão, encontrei-a. Fiquei mais tempo, pois foi um ano magnífico. Nas horas de folga, caminhávamos e conversávamos no jardim. Nessas conversas, chamava minha atenção sua inteligência e simpatia. Oh, sim, e não venham com esses sorrisos! Eu apreciava a companhia dela e fico feliz em pensar que, naquele momento, ela apreciava a minha também. Sei que se esse não fosse o caso, não contaria o ocorrido. Nunca contou para ninguém. Disso estou seguro. Estava longe de ser simples o caso relatado. Será fácil para todos tecerem seu julgamento quando ouvirem a história toda.

- Pois o assunto foi assim, assustador?

Ele prosseguiu com os olhos fixos em mim.

- Será fácil julgar - repetiu antes de acrescentar: - *Logo verá*.

Devolvi o olhar atento e fixo.

- Percebo. Ela estava apaixonada.

Ele soltou, pela primeira vez, uma gargalhada:

- *Sua* observação foi perspicaz, de fato. Sim, ela estava apaixonada. Ou, melhor, esteve. Era evidente... E ela jamais poderia contar tal história sem que tudo se colocasse de forma evidente. Foi o que logo percebi, e ela tinha consciência disso, mas nenhum de nós disse palavra. Recordo-me do momento, do lugar: o recanto do jardim, a sombra das grandes faias e as longas e escaldantes tardes daquele verão. Não era cenário para arrepios de medo, mas ainda assim...

Distanciou-se do fogo e desabou em sua poltrona.

- O pacote chegará na quinta, de manhã? - perguntei.

- Não antes da segunda entrega, provavelmente.

- Bem, depois do jantar, então...

- Todos estarão aqui? - Olhou para todos nós uma vez mais. - Alguém terá partido? - Era um tom que quase indicava esperança.

- Permaneceremos aqui.

- *Eu* ficarei. - Foi o grito comum de algumas damas cuja partida havia sido anunciada.

A senhora Griffin, contudo, expressou sua necessidade por esclarecimento adicional:

- Por quem ela estava apaixonada?

- A história vai dizer - tomei a frente para responder.

- Oh, mal posso esperar por essa história!

- A história *não* vai dizer - disse Douglas. - Não em sentido literal, vulgar.

- Que pena. Essa é a única forma que costumo entender.

- E *você*, Douglas, não dirá? - perguntou alguém.

Ele levantou-se bruscamente.

- Sim, amanhã. Mas, agora, devo dormir. Boa noite.

Pegou de um castiçal rapidamente, e afastou-se, deixando-nos um pouco perplexos. Do lado em que estávamos no grande saguão marrom era possível ouvir as passadas de Douglas subindo as escadas. Nesse momento, a senhora Griffin falou:

- Bem, posso não saber por quem ela estava apaixonada, mas sei por quem *ele* estava.

- Ela era dez anos mais velha, observou o marido dela.

- *Raison de plus*[2], nessa idade! Mas ter guardado silêncio por tanto tempo foi um gesto amável.

- Quarenta anos! - destacou Griffin.

- E essa explosão, afinal.

- Tal explosão - redargui - fará da noite de terça uma ocasião extraordinária.

---

2   No livro em inglês, a expressão em francês quer dizer "uma razão mais" ou "motivo adicional" (N. do T.).

Todos concordaram comigo e, diante disso, perdemos o interesse em outros assuntos. A última história, de Douglas, já havia sido contada - ainda que incompleta, como o prólogo de um seriado. Trocamos cumprimentos, pegamos nossos candelabros[3] e fomos todos para nossas respectivas camas.

Soube que, no dia seguinte, uma carta contendo a chave fora enviada na primeira remessa do correio, tendo por destino o apartamento de Douglas em Londres; mas, apesar disso - ou talvez essa fosse a causa - e da ocasional difusão de tal fato, nós o deixamos em paz até depois do jantar, até a hora que, de fato, poderia estar mais de acordo com o tipo de emoção para a qual nossa expectativa fora determinada. Nesse momento, Douglas tornou-se bem mais comunicativo, algo por nós desejado, até mesmo fornecendo uma razão para isso.

Estávamos reunidos novamente no saguão, diante do fogo da lareira - o mesmo local em que nosso assombro foi moderadamente despertado na noite anterior. Parecia que a narrativa que ele prometera ler exigia, para compreensão, algumas palavras iniciais, à guisa de prólogo.

Preciso destacar, com clareza, para que não seja necessário retornar a tal assunto: este relato - que foi posteriormente transcrito por mim com o máximo de precisão possível - é idêntico ao que se apresenta parta leitura a seguir. O pobre Douglas, antes de sua morte - mas já em seus últimos momentos - entregou em minhas maos esse manuscrito, solicitado de Londres, que chegou três dias depois, cuja leitura, para nosso

---

3 No livro em inglês, "candlestuck" - expressão indicadora da ação de colocar velas em um candelabro (N. do T.).

pequeno e silencioso círculo, ele iniciou na noite do quarto dia, com efeitos tremendos.

As senhoras que pretendiam ir embora e que disseram estar dispostas a ficar não cumpriram sua palavra, felizmente. Tiveram de partir, por conta de arranjos feitos anteriormente. Estavam dominadas pela raiva provocada por uma curiosidade, segundo elas mesmas, produzida por detalhes que Douglas já apresentara de modo tão eloquente. Mas tais partidas apenas deixaram a reduzida audiência mais íntima e seleta, mantida por Douglas, ao redor daquela lareira, submetida a uma forte emoção comum.

O primeiro desses detalhes dizia respeito ao fato de que o manuscrito começava em um ponto no qual sua história, por assim dizer, já estava em andamento. Era necessário ter ciência prévia de que a antiga amiga de Douglas era filha de um humilde pároco de província, a mais jovem entre suas sete irmãs e que, aos 20 anos, partiu apressadamente para Londres tendo em vista um cargo como preceptora, respondendo pessoalmente a um anúncio cujo autor já estava em contato com ela por meio de uma breve correspondência. Tal pessoa surgiu aos olhos dela, em uma imponente mansão na Harley Street, para onde se dirigiu com o objetivo de se apresentar, como um perfeito cavalheiro, solteiro no auge de suas forças, uma dessas figuras que jamais - a não ser em sonhos ou em um velho romance - estaria diante de uma jovem, ansiosa moça que recentemente havia deixado um presbitério em Hampshire. Seria fácil fixá-lo em uma descrição uma vez que, por sorte, tratava-se daquele tipo de pessoa que não se esquece facilmente. Era belo, audaz, agradável, pleno de entusiasmo, alegria e bondade. Ela ficou impressionada, inevitavelmente, por seu porte elegante, esplêndido. Mas aquilo que mais a seduziu, e lhe inspirou a coragem que demonstraria posteriormente, foi a maneira como apresentou o trabalho a ser realizado como uma espécie de favor dela para com ele, uma obrigação para a qual sempre seria grato. Ela julgou ser ele alguém rico, mas extravagante em grau considerável. Apresentava-se no rigor da última moda, da beleza física, dos trajes elegantes, das maneiras refinadas para com as mulheres. Sua mansão em Londres estava repleta de troféus de caça e recordações de viagens. Desejava, por sua vez, que a nova preceptora fosse, sem demora, para sua casa de campo, uma antiga residência familiar situada em Essex, dar início às suas atividades.

Ele se tornou, com a morte de seu irmão mais novo, um militar na Índia dois anos antes, tutor de um sobrinho e de uma sobrinha. Essas crianças acabaram em suas mãos pela mais estranha das causalidades e significavam um fardo para um homem de sua posição: solitário, destituído de experiências anteriores desse tipo e sem a menor paciência. A situação trouxe muitas preocupações e, sem dúvida, uma série de equívocos da parte dele, mas as duas crianças lhe inspiravam imensa piedade e fazia por eles tudo o que fosse possível. Nesse sentido, havia mandado ambas para sua outra casa, pois o campo era, indiscutivelmente, a opção mais adequada. Foram confiados, desde o princípio, às pessoas mais qualificadas que conseguiu encontrar - em parte, seus próprios criados -, realizando ele mesmo visitas, sempre que possível, para ver como estavam as crianças. O maior incômodo dessa situação residia no fato de que os dois órfãos praticamente não possuíam outro parente vivo, e os afazeres dele tomavam quase todo tempo de que dispunha. As crianças foram instaladas na sua propriedade em Bly, um local seguro e saudável. A responsável pela propriedade, do ponto de vista material, era excelente mulher, a senhora Grose, que com certeza despertaria a simpatia de qualquer visitante e que fora aia da mãe dele. Ela se tornou governanta e também supervisionava a instrução da sobrinha; felizmente - pois a própria senhora Grose nunca teve filhos - nutria grande carinho pela menina. A criadagem era numerosa em Bly, mas era evidente que a futura preceptora teria autoridade suprema sobre os outros empregados. Ela deveria, igualmente, dedicar-se durante as férias à supervisão do menino que, apesar de ser tão jovem, teve de ser enviado ao internato já um trimestre. Sim, ele era bem jovem, mas qual outro caminho seguir? Em breve, se daria a interrupção das aulas e mais dia menos dia o menino chegaria. A princípio, ocupou-se das duas crianças uma jovem senhora que, infelizmente, os deixou. Desempenhou suas funções com muita eficiência - ela era bastante respeitável - até o momento de sua morte. Foi um imenso contratempo, que não deixou alternativa a não ser enviar o pequeno Miles para o internato. A senhora Grose, dessa forma, como foi possível, tratou da instrução de Flora; além dela, havia em Bly uma cozinheira, uma criada, uma granjeira, um velho cavalariço, um velho jardineiro - todos eles absolutamente respeitáveis.

Douglas apresentara seu quadro dessa maneira, quando alguém levantou uma questão:

- Qual foi a causa da morte da preceptora anterior? Respeitabilidade excessiva?

A resposta de nosso amigo foi imediata:

- Logo tocarei nesse assunto. Não quero antecipar nada.

- Perdoe-me, mas achei que era *exatamente* o que pretendia.

- Se eu estivesse no lugar da sucessora - sugeri -, desejaria saber se as obrigações do trabalho implicavam...

- Em algum risco de vida?

Douglas decifrara meu pensamento.

- Ela gostaria de saber e acabou por descobrir. Amanhã contarei como isso se deu. Mas, enquanto isso, posso afirmar que a situação toda parecia, aos olhos dela, algo alarmante. Era uma jovem inexperiente, ansiosa. Tinha diante de si a perspectiva de obrigações sérias em um ambiente de poucas pessoas, de uma imensa solidão. Assim, hesitou, pediu alguns dias para refletir e ponderar. Mas o salário oferecido ultrapassava suas modestas expectativas de forma que, na segunda entrevista, optou por enfrentar a situação e aceitou o cargo.

Douglas, neste ponto, fez uma pausa que me motivou a dizer o seguinte, para diversão da audiência:

- Moral da história: belo jovem empregou instrumentos de sedução, diante dos quais ela sucumbiu.

Ele levantou-se, como fez na noite anterior, e dirigiu-se ao fogo, empurrando um tronco de lenha com o pé, permanecendo por alguns instantes de costas para nós.

- Ela só esteve na companhia dele duas vezes.

- Pois é nisso que consiste a beleza da paixão por ela acalentada.

Para minha surpresa, Douglas voltou-se para mim:

- Sim, essa *foi* a beleza de tal paixão. Outras não sucumbiram. Ele esclareceu com franqueza todas as dificuldades pelas quais passava com seus sobrinhos. Para várias candidatas em semelhante posição, tais condições seriam proibitivas. Sem dúvida, estavam assustadas; para elas, tudo aquilo soava incomum, ou, melhor dizendo, bastante estranho, especialmente por causa da condição principal a ser cumprida pela candidata ao cargo.

- Que seria...?
- A preceptora nunca deveria incomodá-lo. Nunca mesmo, em nenhuma ocasião. Não poderia solicitar sua presença, ou reclamar, ou escrever a respeito do que quer que fosse. Devia resolver sozinha todos os problemas, receber do procurador o dinheiro necessário, administrar a propriedade com autonomia, deixando-o em paz. Ela prometeu fazer isso; e comentou comigo que, nesse momento, por um breve instante, aquele homem, então aliviado, encantado, tomou as mãos dela, agradecendo pelo sacrifício que faria. E ela sentiu-se, de fato, recompensada.

- Mas essa foi toda a recompensa? - questionou uma das senhoras.
- Ela nunca mais o viu.
- Oh! - replicou essa mesma senhora.

Como nosso amigo logo depois deixou nossa companhia novamente, essa foi a última palavra dita a respeito do assunto até a noite subsequente. Então, Douglas sentou-se no melhor local, próximo da lareira, e então abriu um álbum delgado, de capa vermelha desbotada e cantos dourados de feitio antigo. A leitura completa durou mais de uma noite, mas nessa primeira noite a mesma senhora fez outra pergunta:

- Qual o título?

- Não pensei em nenhum.

E eu disse:

- Oh, mas *eu* tenho um.

Douglas, contudo, sem prestar atenção ao que eu disse, começou a ler com uma voz límpida, como se reproduzisse aos nossos ouvidos a beleza da caligrafia em que fora registrado o manuscrito.

I

Recordo-me do princípio de tudo como uma sucessão de altos e baixos, uma vertiginosa alternância entre emoções que pareciam certas, outras, equívocas. Após essa descarga de energia que me levou a Londres, para aceitar a oferta dele, tive um par de dias particularmente ruins – me senti dominada por dúvidas novamente e quase me convenci de ter cometido um erro. Com esse estado de espírito, passei longas horas aos solavancos, oscilando na carruagem que me levava até o ponto em que, pelo que havia sido dito, estaria o veículo da propriedade. Assim, ao entardecer de um dia de junho, encontrei um confortável coche[4] esperando por mim. Viajando àquela hora de um dia belíssimo, através de uma paisagem na qual a doçura do verão parecia oferecer gentil acolhida, senti revigorar em mim o ânimo. E, ao adentrarmos certa alameda, fui tomada pela sensação de confiança que parecia sugerir uma reação ao ponto em que meu desalento inicialmente se encontrava.

---

4 Em inglês, "*a commodious fly*": espaçosa carruagem de cavalo único (N. do T.).

Provavelmente, eu esperava ou temia algo tão desolador que tal recepção foi uma feliz surpresa.

Guardo na memória a ótima impressão que tive da ampla e clara fachada, com suas janelas abertas, cortinas leves e um par de criadas observando o exterior; do gramado, das flores brilhantes, do ruído provocado pelas rodas de meu coche no cascalho da estrada, das copas das árvores agrupadas onde as gralhas circulavam e crocitavam em pleno céu dourado. O cenário possuía uma grandeza que contrastava com minhas modestas acomodações anteriores e, logo, surgiu à porta uma pessoa de aspecto obsequioso, trazendo uma pequena menina pela mão, e que fez para mim um cumprimento tão respeitoso como se se tratasse da dona da casa ou de algum visitante ilustre. Recebi, em Harley Street, uma descrição superficial do lugar e isso, seguindo o fio de minhas recordações, me fez pensar no proprietário como um cavalheiro em sentido ainda mais acurado, pois sugeria que aquilo que eu poderia desfrutar, em certa medida, estava além do que fora prometido.

Não tive nenhuma decepção até o dia seguinte, uma vez que as horas, posteriores ao momento em que fui apresentada à minha mais jovem aluna, passaram-se de forma triunfal. A pequena garota, que estava acompanhada pela senhora Grose, pareceu-me uma criatura tão encantadora, desde o primeiro momento, que cuidar dela surgia como um achado único. Ela era a mais bela criança que havia visto em minha vida e, posteriormente, pensei nos motivos pelos quais meu empregador não falou mais a respeito dela.

Dormi bem pouco aquela noite - estava dominada pela ansiedade; e isso também foi causa de surpresa, lembro-me bem disso -, algo que permaneceu em minha mente, somando-se à impressão geral de generosidade em minha recepção. O quarto que me fora destinado era imenso, imponente, um dos melhores de toda a mansão, com um suntuoso leito decorado e cerimonial - assim me pareceu -, as cortinas decoradas, os espelhos amplos, nos quais, pela primeira vez, pude me ver de corpo inteiro; tudo era deslumbrante, assim como o atrativo adicional, extraordinário, de minha pequena aluna - um maravilhamento atrás do outro.

Mas surgia, nesse fluxo, desde o primeiro momento, uma simpatia para com a senhora Grose que implicaria prováveis relações amistosas no futuro. Quando ainda estava no coche, refleti a respeito dessas relações com certa inquietação. No entanto, havia algo - o único elemento dentro dessa perspectiva inicial - que poderia ter renovado minhas preocupações: o fato de que ela estava muito feliz em me ver. Percebi em meia hora que tal alegria - era uma mulher robusta, pura, simples, limpa, saudável - colocava-a em guarda para que tal sentimento não se tornasse muito evidente. Avaliei, nesses primeiros momentos, os motivos para esse *tipo* de discrição e tal procedimento - com seus momentos de reflexão, de suspeita - ter despertado em mim alguma inquietação.

Mas era reconfortante perceber que não havia como associar qualquer forma de perturbação à imagem, beatífica e radiante, da pequena menina - a visão daquela beleza angelical despertou em mim estranha inquietude que, antes do amanhecer, me fez levantar da cama e andar sem rumo pelo quarto para me entranhar nos detalhes do quarto; contemplar, da minha janela aberta, a pálida alvorada de verão; descobrir outras partes da casa que minha vista pudesse discernir; ouvir, enquanto a sombra crepuscular desaparecia, o canto dos primeiros pássaros ou outro ruído recorrente, bem pouco natural, proveniente não do exterior, mas do interior da casa e que eu imaginei ter ouvido.

Houve um momento em que julguei reconhecer, fraco e distante, o grito de uma criança; em outra ocasião, com a consciência recém-recuperada, assustei-me com a passagem, diante de minha porta, de leves passos. Entretanto, tais fantasias não tiveram intensidade suficiente para não serem imediatamente rechaçadas, e foi apenas à luz, ou melhor, na obscuridade de certos fatos subsequentes que elas retornaram à minha memória. Pois não havia dúvida de que cuidar, instruir, "formar" a pequena Flora bastaria para tornar uma vida alegre e útil.

Foi acertado, imediatamente depois de minha chegada, que ela deveria ser transferida logo após aquela primeira noite para o meu quarto. De fato, o pequeno leito branco da menina foi colocado, com esse fim, próximo ao meu.

Eu deveria me responsabilizar inteiramente pelos cuidados de Flora e, como um gesto de consideração diante da inevitável estranheza de minha parte e a natural timidez da menina, ela ficaria aquela última noite com a senhora Grose.

Apesar dessa já mencionada timidez - tratada pela própria criança de forma bastante peculiar, aberta e franca, permitindo a nós, sem apresentar qualquer sinal de incômodo ou constrangimento, com a serena doçura de um dos anjos de Rafael[5],

---

5   Raffaello Sanzio da Urbino (1483-1520), importante pintor do Renascimento. Várias de suas obras apresentam crianças - ou querubins como representação de seres infantis -, por exemplo, *A Sagrada Família Canigiani* (1507) (N. do T.).

discutir, admitir e aceitar tal característica –, eu nutria a certeza de que em breve ela teria carinho por mim. Parte da simpatia que sentia pela senhora Grose vinha, justamente, do contentamento e ela demonstrava diante de minha admiração e deslumbramento ao me sentar à mesa para o jantar, iluminado por quatro altos candelabros, diante de minha pequena aluna, que, munida de babador em sua alta cadeirinha, contemplava-me de maneira encantadora, por sobre o pão e o leite. Havia certos assuntos que, naturalmente, não podiam ser mencionados por nós na presença de Flora, e que eu e a senhora Grose aludíamos com olhares significativos e instigantes, ou alusões indiretas e obscuras.

– E o menino? Ele é parecido com ela? Trata-se igualmente de uma criança notável?

Não queríamos, e isso era algo acertado entre nós, adular em excesso, grosseiramente, tais crianças.

– Oh, senhorita, de fato ele é *bastante* notável. Se essa é sua opinião a respeito desta aqui!

E ela permaneceu em pé, com um prato na mão, sorrindo para nossa pequena companheira, cujos olhos ora se fixavam nela ora em mim, plenos da placidez celestial de praxe, algo que não nos permitia conter nossos elogios.

– Sim, se eu...

– A experiência com o jovem cavalheiro *será* arrebatadora!

– Bem, isso, penso eu, deve ser o motivo de minha vinda: ser arrebatada. Temo, contudo – lembro-me bem do impulso que senti em acrescentar tal observação –, que eu seja facilmente impressionável. Foi isso o que aconteceu em Londres.

Ainda posso ver o rosto largo da Senhora Grose enquanto absorvia minha declaração.

- Em Harley Street?

- Sim, em Harley Street.

- Bem, senhorita, posso dizer que seu caso não foi o primeiro nem será o último.

Fiz um esforço para sorrir.

- Oh, não tive a pretensão de ser a única - respondi. - De qualquer forma, pelo que entendi, meu outro aluno regressará amanhã?

- Amanhã não. Na sexta-feira. Ele será trazido pela carruagem, sob a vigilância do condutor, e depois pelo coche, exatamente como foi feito com a senhorita.

Imediatamente expressei a ideia de que seria apropriado, bem como agradável e amigável, que eu e a irmã mais nova do jovem cavalheiro aguardássemos sua chegada - uma ideia que a senhora Grose acolheu tão prazerosamente que eu tomei tal atitude como uma espécie de concessão reconfortante - de forma alguma desleal, graças a Deus - ao compartilhar sempre minhas opiniões. Oh, sim, ela estava tão feliz com minha presença!

O que senti no dia seguinte não foi, suponho, algo que pudesse ser chamado de reação ao enlevo de minha chegada. Muito provavelmente foi um leve sentimento de opressão, por assim dizer, produzido por uma percepção mais completa e profunda das novas circunstâncias que me rodeavam. Estas eram, com certeza, de uma amplitude e de um volume para os quais eu não estava preparada e diante dos quais eu me percebia de certa forma atemorizada, mas também orgulhosa. As aulas, nesse agitado ambiente, certamente teriam algum atraso. Após refletir, percebi que meu primeiro dever seria, através do engenho mais afável que estivesse à mão, conquistar aquela menina, de forma que ela pudesse simpatizar comigo. Com esse intento, passamos um dia inteiro de folga, juntas. Para grande satisfação da menina, combinamos que seria ela, e somente ela, quem me apresentaria a casa. Ela fez exatamente isso - degrau por degrau, quarto por quarto, esconderijo por esconderijo - oferecendo, para meu entretenimento, sua delicada loquacidade infantil, resultando, ao cabo de meia hora, no fato de que nos tornamos grandes amigas.

Mesmo sendo tão jovem, era impressionante perceber, durante nossa pequena excursão, a confiança e o desembaraço de Flora ao penetrar em cômodos vazios e corredores escuros, nas escadarias em espiral que exigiam de mim uma pausa momentânea, e até mesmo no alto de uma torre com ameias que me fez sentir fortes vertigens. Sua harmonia volúvel, sua tendência a dar explicações em vez de solicitá-las, deixavam-me aturdida e arrastavam-me ao fluxo dos acontecimentos. Desde que abandonei Bly, nunca mais retornei à mansão, mas, se a visse hoje, meus olhos envelhecidos e experimentados dariam ao local uma importância bem menor. Entretanto, enquanto minha pequena guia, com seus cabelos de ouro e seu vestido azul, saltitava diante de mim nos mais obscuros recessos e nos amplos corredores, tive a impressão de estar em um castelo ao feitio dos romances, habitado por um duende de feições rosadas, um lugar que faria empalidecer os contos de fadas e as narrativas infantis. Não seria tudo aquilo um maravilhoso conto de fadas no qual eu estava adormecida, enredada em um sonho? Não:

era uma casa grande, feia, antiga, embora confortável, que incorporava certos elementos, parcialmente reutilizados ou substituídos, de um edifício ainda mais antigo; dentro desse lugar, seus poucos habitantes surgiam, em minha mente, tão perdidos quanto um punhado de passageiros em um gigantesco barco à deriva. E a verdade era que eu, estranhamente, manejava a tripulação!

II

Isso me ocorreu dois dias depois, quando fomos de coche esperar pelo pequeno cavalheiro, como dizia a senhora Grose. Tudo tornou-se ainda mais acentuado por conta de um incidente que ocorreu na segunda noite e que me desconcertou profundamente.

O primeiro dia fora, de forma geral, como já mencionei, tranquilizador – mas logo eu testemunharia uma modificação nesse estado, que trouxe considerável apreensão. Na remessa vespertina do correio – que chegou com atraso – havia uma carta para mim enviada pelo meu empregador. Eram poucas palavras, mas continha uma segunda carta, ainda fechada.

Reconheço nesta missiva a letra do diretor do colégio. E esse sujeito é um embusteiro insuportável. Leia a carta e trate do assunto com ele. Mas não me relate nada. Nenhuma palavra que seja. Estarei viajando!

Consegui romper o lacre do envelope após empregar grande esforço – tão grande que demorei bastante tempo para obter êxito. Por fim, levei o envelope ainda lacrado para o meu quarto e voltei ao ataque pouco antes de me deitar. Teria sido melhor, porém, esperar até o dia seguinte, pois o resultado foi minha segunda noite de insônia. Não havendo de quem pudesse obter algum aconselhamento, sentia-me terrivelmente ansiosa. Por fim, percebi que o melhor seria me abrir ao menos com a senhora Grose.

- Como assim? Expulsaram o menino do colégio?

Ela olhou para mim de uma maneira que me deixou assombrada. Depois, com uma indiferença velozmente reconquistada, tentou conter-se.

- Mas, por acaso, todos os meninos não serão...

- Enviados para casa; sim, de fato. Mas, no caso deles, será apenas durante as férias. Miles não deverá voltar mais.

Consciente de meu olhar atento, ela enrubesceu.

- Não o querem de volta?

- Se negam, de forma definitiva.

Diante de minha resposta, ela levantou os olhos, que logo se voltaram para mim. Percebi que estavam marejados de bondosas lágrimas.

- O que ele fez?

Hesitei por um instante - então, percebi ser a melhor solução simplesmente entregar a carta para senhora Grose. A reação dela, contudo, foi simplesmente colocar as mãos nas costas e balançar a cabeça, tristemente.

- Tais coisas não são para mim, senhorita.

Minha conselheira não sabia ler! Impressionada, busquei atenuar meu equívoco o melhor possível, de maneira que abri o envelope para ler o seu conteúdo em voz alta. Mas logo, incapaz de prosseguir, dobrei a carta novamente e a coloquei em meu bolso. Depois, perguntei:

- Ele realmente é *mau*?

Lágrimas ainda eram vertidas pelos olhos dela.

- É o que dizem esses cavalheiros?

- Eles não forneceram detalhes. Simplesmente expressaram seu pesar, pois seria impossível mantê-lo no colégio. E isso só pode ter um significado.

A senhora Grose ouviu em silêncio, dominada pela emoção. Ela evitou perguntar qual sentido seria esse, de maneira que prossegui, com a intenção de dar mais coerência ao ocorrido, ao contar com o auxílio da presença de minha interlocutora:

- Pois ele é um risco para seus companheiros.

Diante de minhas palavras, em um dessas viradas de temperamento velozes do povo simples, foi dominada subitamente pela cólera:

- Mestre Miles! *Ele*, um risco?

Havia uma grande onda de boa-fé em tal indignação e, embora ainda não conhecesse o menino, meus medos foram abalados diante do potencial absurdo dessa ideia. E logo eu estava, para atender às expectativas da senhora Grose, oferecendo um comentário carregado de sarcasmo:

- Sim, para seus doces e inocentes colegas!

- É terrível demais - exclamou a senhora Grose - dizer crueldades desse tipo! Ora, ele tem apenas 10 anos.

- De fato, isso seria inacreditável.

Era evidente que minha última afirmação agradou consideravelmente minha interlocutora.

— Em primeiro lugar, veja como ele é, senhorita. *Depois*, acredite.

Senti, novamente, considerável impaciência por conhecê-lo. Era o princípio de um sentimento de curiosidade que, pelas próximas horas, eu sentiria da mesma maneira que um incômodo físico, uma dolorosa agonia. A senhora Grose estando ciente, creio, dos efeitos em mim produzidos por tal espera, insistiu, plena de segurança:

— Poderiam dizer outro tanto da menina. Que Deus a guarde! — E logo ela acrescentou: — *Olhe* para ela!

Virei-me e percebi Flora — que dez minutos antes estava em sua sala de estudos, com uma folha de papel branco e lápis, recebeu de mim a lição, que consistia em realizar cópias da letra "O", bem redondas — parada na porta aberta, a nos observar. Ela exercia, de forma toda própria e encantadora, extraordinária capacidade de se desvencilhar de deveres enfadonhos. Contudo, ao olhar para mim com sua imensa graça e luminosidade infantil, a explicação de sua conduta parecia ser um reflexo do afeto que nutria por minha pessoa, e que tornava imperiosa a necessidade de me seguir para todos os lados. Não necessitei de mais nada para sentir a força da comparação estabelecida pela senhora Grose e, tomando minha aluna em meus braços, a cobri de beijos nos quais se mesclava um soluçar de remorso.

Assim, durante o resto do dia, aproveitei todas as ocasiões para me aproximar da senhora Grose, especialmente ao início da noite, pois ela parecia evitar minha presença. Recordo-me de que a encurralei na escadaria em espiral; descemos juntas e, no último degrau, consegui detê-la, apoiando minha mão em seu braço.

- Compreendo que tudo o que me disse à tarde constitui um tipo de declaração: *nunca* testemunhou do menino um mau comportamento.

Ela jogou a cabeça para trás; havia adotado, clara e honestamente, uma espécie de atitude defensiva.

- Oh, nunca cheguei a ver. Não pretendo que *seja* bem isso!

Aquela resposta perturbou meu espírito novamente.

- Pois então *viu* alguma coisa...

- Claro, senhorita, graças a Deus!

Após refletir por um breve momento, acatei tais palavras.

- Ou seja, trata-se de um garoto que nunca...

- Não é um garoto para *mim*!

Apertei com mais força seu braço.

- Quer dizer que prefere os travessos, ativos?

Depois, antecipando a resposta que ela me daria, declarei, presa de alguma tensão:

- Ora, eu também! Mas não ao ponto de contaminar...

- Contaminar?

A senhora Grose desconhecia o sentido da palavra, de modo que ofereci breve explicação:

- Corromper.

Ela olhou para mim, buscando o sentido daquilo que eu dizia. Ao compreender, soltou uma risada singular.

- Seu receio é ser *corrompida* por ele?

Aquela mulher colocou a questão com uma tal ênfase humorística que tive de soltar também minha gargalhada - um pouco tola, é verdade - e dar um basta momentâneo a tais preocupações, aparentemente ridículas.

Mas, no dia seguinte, conforme o horário marcado para seguirmos de coche ao local marcado aproximava-se, aproveitei para cercá-la em outro ponto da casa.

- Como era a jovem que esteve aqui antes de mim?

- A preceptora anterior? Ela também era jovem e bonita, quase tanto quanto a senhorita, aliás.

- Ah, pois bem, espero que a juventude e a beleza dela tenham servido para alguma coisa! - E acrescentei, aturdida: - Parece preferir jovens e bonitas!

- Oh, sim, ele *preferia* assim - assentiu a senhora Grose - sempre dessa forma com todos!

Nem bem soltou essas palavras, tratou de corrigir o rumo delas:

- Quero dizer, esse é o gosto *dele*, do patrão.

Aquilo me pasmou.

- Mas de quem falava em primeiro lugar?

Seu olhar parecia inexpressivo, mas enrubesceu.

- Ora, *dele*.

- Do patrão?

- De quem mais poderia ser?

Parecia óbvio, naquele momento, que não poderia haver ninguém mais que servisse à referência e assim, ao cabo de um breve instante, havia esquecido a impressão de que ela dissera mais do que gostaria. Voltei ao assunto que me interessava:

- E *ela*, viu algo no garoto?

- Que não estivesse certo? Bem, nunca me disse.

Tive de dominar meus escrúpulos, mas prossegui:

- Ela era especialmente discreta e cuidadosa?

- Em alguns aspectos, sim... - Aparentemente, a senhora Grose tentou ser ciosa.

- Mas não em todos?

E de novo, ela meditou antes de falar.

- Bem, senhorita, ela já não está entre nós. Não gosto de contar histórias.

- Compreendo perfeitamente seus escrúpulos - apressei-me em responder, mas logo pensei que não desmentia essa minha concessão se prosseguisse: - Ela morreu aqui?

- Não. Já havia partido.

Não sei por qual motivo, mas essa resposta sucinta da senhora Grose me pareceu ambígua.

- Foi embora para morrer?

A senhora Grose olhava fixamente pela janela, mas eu tinha, ao menos hipoteticamente, o direito de saber o que se esperava das jovens preceptoras empregadas em Bly.

- Quer dizer que ela ficou doente e teve de voltar para casa?

- Aparentemente, ela não ficou doente nesta casa. Ao final do seu primeiro ano, passou curtas férias em sua casa pelo que disse, um período de descanso que era o direito dela, tendo em vista o tempo que permaneceu aqui. À época tínhamos uma jovem criada, excelente garota, muito inteligente, e *ela* cuidou das crianças nesse intervalo. Mas a jovem preceptora nunca voltou, e justamente no dia em que esperava pelo retorno, ouvi o patrão dizer que ela estava morta.

Comecei a refletir.

- E qual foi a causa?

- Ele nunca me disse! Mas, por favor, senhorita - disse a senhora Grose -, preciso voltar ao trabalho.

III

A atitude dela, de me dar as costas, não implicou - felizmente, dadas minhas justas inquietações - encerramento de nossa estima mútua, que seguia crescente. Depois de trazer para casa o pequeno Miles, nos encontramos mais íntimas ainda tendo em vista minha estupefação, minha comoção generalizada: era monstruoso, não hesitei em declarar, que aquela criança pudesse ser punida de tal forma, com a expulsão.

Cheguei ao nosso ponto de encontro para buscá-lo com algum atraso e senti, ao vê-lo em pé, pensativo, aguardando minha chegada na porta da hospedaria - o local exato no qual a carruagem o deixou -, naquele instante, certa impressionante fragrância de pureza que percebi, desde o princípio, em sua irmã menor.

A beleza do menino era notável e havia verdade nas palavras da senhora Grose: na presença dele, todo outro sentimento era aniquilado, dando lugar a um tipo de apaixonada ternura. Então, senti em meu íntimo algo de divino em Miles, um sentimento que nunca tive diante de outra criança - tratava-se dessa postura indescritível de que, aparentemente, ele não conhecia nada no mundo além do amor. Seria impossível imputar má reputação diante de tamanha doçura e inocência, de forma que, ao chegar em Bly em companhia dele, estava completamente espantada - para não dizer ultrajada - por saber daquela horrível carta, trancada em uma gaveta de meu quarto. Assim que pude trocar algumas palavras em privado com a senhora Grose, declarei a ela como considerava aquela situação grotesca.

Ela rapidamente compreendeu minhas palavras.

- Quer dizer, aquela cruel acusação...

- Ela não se mantém nem por um instante sequer. Ora, minha amiga, basta *olhar* para ele!

Ela sorriu diante de minha pretensão em ter descoberto a natureza daquele encanto.

- Asseguro, senhorita, que não faço outra coisa. - Ela, então, acrescentou imediatamente: - Qual será sua resposta, então?

- A resposta para a carta? - Já havia chegado a uma conclusão: - Nenhuma.

- E para o tio dele?

- Nenhuma. - Fui ainda mais incisiva.

- E para o próprio menino?

- Nenhuma. - Eu estava inspirada.

Ela usou seu avental para enxugar os lábios.

- Pois então estarei do seu lado. Veremos o que acontecerá.

- Veremos o que acontecerá! - ecoei suas palavras com ardor, estendendo minha mão para ela como que selando um juramento.

Ela segurou minha mão por um momento; depois, com a mão livre, voltou a secar os lábios.

- A senhorita se importa se eu tomar a liberdade...

- Para me beijar? Não!

Tomei a boa criatura em meus braços e, após um longo abraço de irmãs, me senti ainda mais fortalecida e indignada.

A situação seguiu tal rumo por algum tempo - um tempo tão pleno de acontecimentos que hoje, para relembrar sua marcha, necessito aplicar toda a minha arte de discernimento. O que mais me impressiona ao contemplar os fatos passados é a situação em que me encontrava - e que tolerei. Havia decidido, junto de minha companheira, seguir adiante, pois estava sob o efeito de um encanto que ocultava, diante de meus próprios olhos, as graves e amplas consequências de meus esforços. Eu era conduzida por uma onda imensa de afeição e piedade. Assumi que seria simples, em minha ignorância, minha confusão, talvez em meu orgulho, encaminhar a educação daquele garoto, tão jovem ainda. Não consigo sequer me lembrar, atualmente, quais eram meus planos para que o menino retomasse seus estudos depois das férias. Chegamos a um acordo, ao menos em termos teóricos - que eu ministraria as lições enquanto ele permanecesse em Bly, mas agora compreendo que fui eu quem recebeu lições durante semanas e semanas. De imediato, certamente, aprendi algo que não me foi ensinado por minha vida exígua, modesta; aprendi a me divertir, talvez mesmo a ser divertida, e a deixar de lado as preocupações com o amanhã. De certa forma, foi a primeira vez que tive espaço para respirar, liberdade - toda a harmonia do verão e todo o mistério da natureza. E havia toda a cortesia de que eu era alvo, algo que sempre é deleitável. Oh, sim, era uma armadilha - não planejada, mas perigosa - para minha imaginação, minha sensibilidade, talvez para minha vaidade, para tudo o que, em mim, fosse facilmente excitável.

A melhor maneira de descrever o que havia acontecido é dizer que eu havia deixado minhas defesas baixas. Eles me davam tão pouco trabalho e eram de uma gentileza tão extraordinária. Costumava especular – mas, mesmo nesse caso, dominada por minha obscura incoerência – a respeito de como o brutal futuro (pois o futuro sempre é brutal) procederia com ambos, talvez mesmo atingindo, maltratando aquelas duas crianças.

O desabrochar da saúde e da felicidade brilhava naqueles órfãos – mesmo assim, era como se eu estivesse encarregada de um par de herdeiros de algum reino, de príncipes pelo sangue, para os quais tudo deveria estar ajustado, harmonioso, protegido, de maneira que a única forma, em minhas especulações, que os anos vindouros poderiam tratar ambos era como em uma prolongação romântica e verdadeiramente régia de seus jardins, de seu parque.

Provavelmente, a impressão que tenho de uma paz encantadora e profunda nesse primeiro período persista em minhas memórias por conta de sua súbita ruptura – contemplo essa época do passado envolta em um mistério de elementos que se ocultavam e se acumulavam na quietude. Assim, a mudança surgiu como o salto de uma fera.

Nas primeiras semanas, os dias eram longos – frequentemente, em seu melhor momento, concediam a mim aquilo que eu denominava "minha hora". Era logo depois de meus alunos tomarem seu chá e se deitarem; era meu breve intervalo de solidão antes de me retirar para meu quarto. Por mais que amasse meus companheiros, essa era a hora que eu mais apreciava no dia; sobretudo, adorava ver como a luz do dia extinguia-se – ou, melhor, deslizava – e quando os últimos pássaros trocavam suas mensagens sob o céu crepuscular, nas velhas árvores.

Sim, era o momento em que eu poderia dar uma volta pelo jardim e desfrutar – com a agradável e feliz sensação, de ser a proprietária de tudo aquilo – a beleza e a dignidade do lugar. O maior prazer, nesses momentos, era desfrutar do sentimento de tranquilidade e certeza – sem dúvida, esse prazer também derivava da percepção aparente de que minha discrição, meu despretensioso bom senso e, de maneira geral, a correção e elevação de meu caráter eram responsáveis por algum júbilo – se alguma vez ele sequer pensou nisso – para a pessoa cujo desejo eu havia atendido.

Estava fazendo tudo o que ele desejava de forma ardente, aquilo que solicitou, desde o princípio, que eu fizesse; e o fato de que eu, a despeito de tudo, *conseguisse* realizar esse propósito ampliava meu prazer de uma forma que eu jamais esperaria. Em resumo, via a mim mesmo como uma jovem notável, e me reconfortava o fato de que ele, cedo ou tarde, reconheceria esse fato. Pois bem, creio que era preciso ser notável para enfrentar os fatos notáveis que logo dariam suas primeiras mostras.

Tudo ocorreu de maneira brusca, quando eu desfrutava da "minha hora" solitariamente. As crianças estavam deitadas, e eu havia saído para meu passeio usual. Um dos pensamentos que me acompanhavam nessas sonhadoras caminhadas – agora, tal confissão não me deixa envergonhada – que seria ainda mais encantador se, tal qual nos contos mais delicados, eu subitamente encontrasse alguém e essa pessoa, ao surgir em uma esquina do caminho, me recebesse com seu sorriso aprovador. Era somente isso o que pedia – apenas que ele pudesse *saber* e a única forma que poderia me garantir tal certeza seria ver esse reconhecimento à luz bondosa de seu belo rosto. Era exatamente essa ideia que estava em minha mente – na verdade, o rosto que tal ideia suscitava – quando o acontecimento notável se produziu.

Aconteceu ao final de um longo dia de junho, quando interrompeu meu caminho repentinamente ao sair de um conjunto de árvores para observar a casa. O que me deixou paralisada – e transtornada como nunca uma visão havia feito – era a percepção de que meu desejo imaginário havia, em um átimo, se materializado. Ele estava exatamente naquele local – mas com prodigiosa altura, para além do gramado, no topo da torre em que, naquela primeira manhã, a pequena Flora guiou meu caminho. Essa torre fazia o par com outra – duas construções retangulares, irregulares e dotadas de ameias – que se distinguiam de alguma forma, embora eu mesma não conseguisse estabelecer essa diferença e preferisse simplesmente designá-las velha e nova. Flanqueavam os lados opostos da casa e eram, provavelmente, absurdos arquitetônicos, redimidas de certa forma por não estarem muito isoladas nem serem muito elevadas, pois datavam, em sua falsa antiguidade[6], do auge romântico, o que fazia delas parte de um passado respeitável. E as admirava, alimentava quimeras a respeito delas, pois eram de fato impressionantes, especialmente quando surgiam em meio à escuridão, com a imponência de suas ameias. De fato, àquela altura

---

6 Em inglês, *"gingerbread antiquity"* – literalmente "antiguidade de gengibre"; objeto de pretensa antiguidade, com estilo derivado dos contos de fadas (N. do T.).

insólita, a figura que tantas vezes invoquei não parecia estar no lugar certo.

Lembro-me bem que essa figura, surgida no crepúsculo luminoso, produziu em mim duas emoções distintas, que, em suma, resumiam-se ao sobressalto que se seguiu à minha primeira, e depois à segunda, surpresa. Minha segunda surpresa: a brutal percepção do erro essencial em minha primeira surpresa - o homem que meus olhos viam não era a pessoa que eu, apressadamente, supus ser. Meu espanto foi tamanho que, após todos esses anos, jamais consegui encontrar algo tão surpreendente.

Um homem desconhecido, em um local solitário, poderia ser visto com temor por uma jovem tímida e reservada, e a figura que se alçava diante de mim - alguns poucos segundos bastaram para que eu o percebesse - era bem diferente de qualquer um dos meus conhecidos, bem como da imagem que levava em minha mente. Não a havia visto em Harley Street nem em qualquer outra parte. O local, além disso e da maneira mais estranha do mundo, havia adquirido em um átimo, por aquela aparição mesma, uma atmosfera de profunda solidão. A mim, pelo menos - ao realizar este relato com deliberada reflexão que jamais empreguei - as sensações daquele momento retornam integralmente. Era como se, enquanto eu me impregnava daquilo que meus sentidos captavam - o que fiz com todas as minhas forças -, todo o resto da cena fosse ferido de morte. Posso ouvir novamente, enquanto escrevo, aquela quietude, cuja intensidade era capaz de absorver os sons da noite. As gralhas silenciaram em seu voo pelo firmamento dourado enquanto, por breve instante, aquela hora tão singular perdeu sua voz. Não houve, contudo, outras alterações na natureza - a não ser que a estranha acuidade de minha visão fosse uma mudança significativa. O ouro permanecia no céu, a atmosfera mantinha sua clareza, e o homem que me observava das ameias era tão definitivo e nítido quanto um retrato em sua moldura. Isso me fez pensar, com extraordinária rapidez, em cada pessoa que poderia ser e que não era. Através da distância, nos confrontamos por tempo suficiente para que eu questionasse, em meu íntimo, quem poderia ser e sentisse, diante de minha incapacidade em fornecer uma resposta para essa pergunta, um assombro ainda maior.

O grande problema, ao menos um dos que, posteriormente, coloquei a mim mesma diante de certos fatos, foi medir seu tempo de duração. Bem, nesse sentido - pensem o que quiserem -, durou o bastante para uma dezena de suposições, nenhuma delas, a meu ver, melhor ou mais sensata que a outra, tratando da existência naquela casa - sobretudo, desde quando? - de uma pessoa desapercebida aos meus sentidos. Durou o bastante para que um estremecimento me atravessasse ao pensar que tal ignorância, em minha situação, bem como tal presença, eram inadmissíveis. Durou o bastante, por fim, para que essa visita - que não usava chapéu, estranho signo de familiaridade a meus olhos surpreendente - pudesse me observar, desde sua elevada posição, dirigindo a mim a mesma pergunta, o mesmo olhar perscrutador através da luz vacilante, que provocava em mim sua presença.

A distância que nos separava impedia que nos comunicássemos verbalmente, mas houve um momento no qual, caso nossa proximidade fosse maior, haveria algum tipo de altercação entre nós para quebrar o silêncio, como resultado de nossa mútua contemplação. Ele estava no ângulo mais distante da casa, bastante ereto, detalhe que me assombrou, com as duas mãos apoiadas no parapeito. E foi dessa forma que meus olhos o enxergaram, como distinguem as letras que escrevo nesta página; então, um minuto depois, como se quisesse acrescentar algo ao seu espetáculo, mudou lentamente de lugar – deslizou, seu olhar, ainda cravado em mim, para o canto oposto da plataforma. Tive a sensação de que, durante esse trânsito, ele não tirou os olhos de mim; ainda consigo ver como sua mão pousava sucessivamente nas ameias. Ao chegar ao outro canto, permaneceu por tempo bem menor, sempre com seu olhar fixo em mim até desaparecer. Logo ele se foi, e isso foi tudo.

IV

Não esperava, naquele momento, que as coisas permanecessem inalteradas, pois estava tão exaltada quanto abalada. Havia um "segredo" em Bly - um mistério de Udolfo[7] ou um parente insano, que não possa ser publicamente reconhecido, em secreto confinamento?

Não consigo afirmar por quanto tempo estive assim, imóvel, entre curiosa e aterrorizada, no local em que recebi todo aquele impacto. Mas me recordo de que, quando retornei para a casa, a escuridão da noite já era completa. Durante esse intervalo, fui presa da mais viva agitação, andando em círculos por uma distância que deveria ser de três milhas.

Mais tarde, conheci angústias que eram tão terríveis que essa simples aurora de inquietação era, comparativamente, apenas um leve estremecimento humano. A parte mais singular

---

7   Referência ao romance gótico *The Mysteries of Udolpho* (1794), escrito por Ann Radcliffe, cuja trama apresenta heroína em castelo arruinado enfrentando fantasmas que, ao final, revelam-se pessoas vivas e reais (N. do T.).

dos fatos ocorridos - tão singular quanto o restante - me foi revelada quando entrei no vestíbulo e encontrei a senhora Grose. Em minhas vagas recordações, evoco a cena: a impressão que tive naquele amplo e confortável cômodo, luminoso sob o brilho das lâmpadas, com seus retratos, seu carpete vermelho, tendo diante de mim o bondoso e assombrado olhar de minha amiga, que imediatamente afirmou ter sentido minha falta. Ao ouvi-la dizer tais palavras, fiquei convencida de que, em sua cordialidade simplória, a senhora Grose havia sentido uma inquietação natural, logo apaziguada pela minha presença, e que ignorava completamente o incidente que me preparava para narrar. Não imaginava, naquele instante, que seu bondoso rosto me confortaria e, de certa forma, pude medir a gravidade do que havia presenciado pela minha dificuldade em contar o ocorrido.

Em toda essa história, poucas coisas me parecem tão estranhas quanto o seguinte: o início de meu temor real estava na intuição, por assim dizer, de que eu deveria poupar minha companheira. Naquele lugar, o vestíbulo acolhedor, sob o olhar da senhora Grose, por razões que sequer consigo expressar, tomei uma decisão intempestiva: oferecia um pretexto vago para o meu atraso e, com a beleza da noite servindo de justificativa, os pés pesados pela umidade do orvalho, recolhi-me o mais rápido possível ao meu dormitório.

Ali, houve uma mudança; ali, até muitos dias depois, ocorreu algo singular. Passei a reservar algumas horas do dia - mesmo ao custo de alguns de meus deveres essenciais - para me trancar em meu quarto e meditar. E isso não acontecia por estar mais abalada do que ousaria admitir, mas pelos meus temores em chegar a tal estado; pois a verdade, que exigia de mim esse escrutínio, pura e simplesmente, era que, de forma alguma, conseguia identificar o visitante com quem eu havia entrado em relação de forma tão inexplicável e, assim me parecia, tão íntima.

Logo percebi que seria possível investigar acerca de intrigas domésticas sem questionamentos formais e sem levantar suspeitas. O choque sofrido deve ter aguçado minha percepção: estava convencida, ao final de três dias, como resultado de observação estrita, que não fui lograda pela criadagem ou alvo de uma "brincadeira". Fosse quem fosse o personagem que havia conhecido, ninguém ao meu redor sabia dele. Havia apenas uma inferência possível em termos razoáveis: alguém havia tomado uma grosseira liberdade. Era isso o que eu, repetidamente, dizia a mim mesma após subir aos meus aposentos e trancar a porta. Todos nós havíamos sofrido, em termos coletivos, uma invasão: algum viajante inescrupuloso, com a curiosidade aguçada por velhas casas, conseguiu entrar sem ser percebido, desfrutou da vista no melhor ponto para isso, e desapareceu silenciosamente como entrou. O olhar endurecido e audacioso que fixou em mim seria, dessa forma, apenas parte de sua indiscrição.

A coisa boa, ao final de tudo, era que provavelmente nunca mais seria visto na casa. Mas não era tão boa assim, admito, a ponto de me impedir de perceber que, essencialmente, nada mais fazia sentido diante de meu encantador trabalho.

Meu encantador trabalho era seguir vivendo com Miles e Flora – nada poderia alimentar ainda mais meu entusiasmo que perceber como a evolução na minha dedicação com as crianças me afastava de minha preocupação. Os atrativos de meus pequenos alunos convertiam-se em um deleite constante, que despertava em mim uma surpresa sempre renovada diante de meus temores iniciais, a aversão que me dominou a princípio diante das possibilidades prosaicas e cinzentas que se abriam para mim. Não havia, em minhas tarefas, prova cinzenta ou rotina árdua. Como não haveria encanto em uma atividade que se apresentava como uma obra de cotidiana beleza? Havia, portanto, toda uma narrativa de romance no quarto de brinquedos, toda uma poesia na sala de estudos. Não quero dizer, dessa forma, que o estudo proposto estava limitado à ficção e aos versos. Apenas afirmo que não consigo expressar de outra forma o tipo de interesse que meus companheiros despertavam em mim. Como descrever tais sensações senão afirmando que em vez de mergulharmos na monotonia do costumeiro, realizávamos constantes descobertas novas - tratava-se de uma das vantagens de minha atividade como preceptora, como minhas irmãs de ofício podem facilmente comprovar! Havia uma direção interditada, sem dúvida, um caminho em que tais descobertas cessavam: uma obscuridade densa envolvia os fatos concernentes à conduta do garoto no colégio. Como já destaquei, desde os primeiros momentos me foi concedida a graça de encarar esse mistério sem sentir a menor angústia. Talvez, fosse mais correto dizer - sem pronunciar palavra sequer - que o próprio garoto havia esclarecido tudo, reduzindo as acusações a um punhado de absurdos. Minha conclusão brotava do genuíno rubor da inocência. Ele era muito especial e delicado para o mesquinho, impuro mundo estudantil, tendo de pagar o preço por isso. Refleti, amargamente, no significado dessas diferenças, de como a maioria - que pode muito bem incluir mesmo estúpidos, sórdidos diretores de escola – se porta diante daqueles dotados de qualidade superior, chegando, infalivelmente, à vingança.

As duas crianças possuíam uma doçura (esse devia ser o único defeito deles, e nunca encontrei Miles distraído e emburrado) que os mantinha – como expressar tal sensação? – tal qual entes impessoais, com certeza impossíveis de repreender. Como os querubins da anedota, não ofereciam – moralmente, pelo menos – onde fosse possível segurar[8].

Em minhas lembranças, Miles, especialmente, parecia não ter história. O esperado, para uma criança, é ter poucos antecedentes, mas para aquele belíssimo garoto havia algo de extraordinariamente consciente, ainda que exultante – coisa que jamais testemunhei em criaturas da mesma idade –, como se ele nascesse de novo a cada dia. Parecia nunca ter sofrido – nem um único segundo sequer. Para mim, essa era a prova definitiva de que ele nunca foi castigado. Caso tivesse agido de forma reprovável, teria sido "pego" e, em uma espécie de rebote, eu teria encontrado os traços desses acontecimentos, sentido as cicatrizes de uma eventual desonestidade. Nunca encontrei nada – portanto, era um anjo. Nunca mencionava a escola, um colega ou um professor, enquanto eu, de minha parte, estava enojada demais para fazer qualquer alusão. Sem dúvida, eu estava sob o efeito de um encantamento e a melhor parte disso era que estava perfeitamente consciente desse meu estado, mesmo naquele exato momento.

---

8   Referência ao fato de as representações dos querubins, em geral, trazerem apenas mãos, cabeças e asas, mas nada de corpo (N. do T.).

Eu estava entregue àquele júbilo – era o antídoto para todo e qualquer sofrimento, e essa era uma coisa que não me faltava. Por aquela época, recebia cartas regulares e inquietantes de minha família, informando que a situação não corria bem. Sem dúvida, ao lado daquelas crianças, qual a importância dos problemas do mundo? Essa era a questão que eu me colocava em meus apressados retiros. Estava embriagada pela amabilidade deles.

Certo domingo – devo seguir adiante – choveu com bastante intensidade e por muitas horas, de forma que não foi possível ir à igreja. Assim, conforme o dia avançava, combinei com a senhora Grose que, se o tempo melhorasse, poderíamos assistir ao ofício vespertino. Felizmente, a chuva parou e me preparei para nossa caminhada, que, atravessando o parque e depois pela excelente estrada que levava ao povoado, seria coisa de vinte minutos. Ao descer as escadas para o encontro com minha amiga no vestíbulo, lembrei-me de um par de luvas que exigiram alguns reparos de costura e que foram recebidas – com uma publicidade pouco edificante, talvez – enquanto eu acompanhava as crianças durante o chá, servido aos domingos, por uma exceção, nesse frio e imaculado templo de mogno e bronze: a sala de jantar dos adultos. Foi nesse local que deixei as luvas, de modo que a ele retornei para buscá-las.

O dia estava cinzento, mas a luz da tarde ainda permanecia, hesitante. Essa luminosidade me permitiu, ao cruzar o limiar da porta, não apenas encontrar, em uma cadeira próxima da janela mais ampla do cômodo, naquele momento fechada, minhas luvas, como também notar a presença de uma pessoa do outro lado da janela, que olhava para o interior da casa. Um passo para dentro do cômodo foi suficiente – tive um vislumbre instantâneo, estava tudo ali. A pessoa que olhava o interior, fixamente, era a mesma que já havia aparecido antes, para mim. E tal aparição acontecia de novo, não direi que com grande nitidez, pois tal era impossível, mas bem próxima, o que representava um avanço em nossas relações, algo que me fez perder o fôlego e sentir um entorpecimento em todo meu corpo. E ele mesmo - ele mesmo, visto desta vez, como da outra, da cintura para cima, pois, embora a sala de jantar estivesse no andar térreo, a janela não chegava ao terraço, onde ele estava. Seu rosto estava próximo do vidro, e essa segunda visão, mais próxima, teve sobre mim, estranhamente, um único efeito: deixar claro, para mim, o quão intensa havia sido a primeira. Permaneceu alguns segundos - tempo suficiente para, disso estava convencida, ele me ver e reconhecer. Mas foi como se trocássemos olhares por anos, como se nos conhecêssemos desde sempre. Contudo, aconteceu algo, que não se deu da primeira vez: seu olhar fixo, profundo e obstinado como sempre, atravessou o vidro e percorreu todo o cômodo até alcançar meu rosto, mas por um breve instante deixou de lado esse foco inicial para pousar em objetos diversos. Tive um choque duplo, instantâneo, ao constatar, com toda certeza, que ele não estava ali por mim, mas buscava outra pessoa.

O resplendor dessa certeza - pois tratava-se de uma certeza em meio à angústia - produziu em mim um efeito singular: senti despertar, enquanto ainda estava parada e em pé, uma súbita vibração de determinação e coragem. E uso a palavra coragem porque estava, sem sombra de dúvida, transtornada. Deixei, precipitadamente, a sala de jantar, alcancei a porta de entrada da casa, corri o mais rápido que pude até o terraço, virei uma esquina e observei o lugar. Não havia ninguém ali, nenhum sinal de meu visitante - ele desaparecera.

Parei, quase caí ao me recuperar daquela correria, aliviada. Então, contemplei todo o cenário, para dar-lhe tempo de reaparecer. Acabei de usar a expressão tempo, mas qual a extensão dessa minha espera? Hoje, não conseguiria definir a duração temporal de tais acontecimentos. Havia perdido a noção de medida - a extensão do período que eu percebia não poderia ser real. O terraço e todo aquele espaço, a relva e o jardim mais distantes, tudo o que eu podia ver do parque - só havia, ali, um imenso e abismal vazio. Os arbustos e as grandes árvores disponíveis não poderiam servir a ele de esconderijo. Estava ou não ali - nesse caso, não estava pois não conseguia vê-lo. Apeguei-me a essa ideia.

Depois, instintivamente, em vez de retornar pelo caminho que tomei, dirigi-me para a janela, com o obscuro sentimento de que deveria me colocar onde ele estava. Fiz isso, coloquei meu rosto próximo ao vidro e, como ele, observei o interior do cômodo. Como uma demonstração do alcance do olhar daquela pessoa, a senhora Grose entrou no local e deteve-se em um instante, da mesma forma que eu fizera antes - com isso, transmiti algo do sobressalto que tive. Empalideceu, e isso me trouxe à mente o fato de que eu provavelmente empalidecera tanto quanto ela. Em resumo, a senhora Grose me contemplou fixamente, depois se retirou, como *eu* fizera momentos antes, e compreendi que fazia isso para se encontrar comigo. Permaneci parada, no mesmo ponto, aguardando a chegada dela, enquanto diversos pensamentos se passavam pela minha cabeça. Mas, creio, que apenas um mereça menção: me perguntava por que também *ela* parecia tão assustada.

V

Mas a senhora Grose logo me daria uma resposta quando, dobrando a mesma esquina, surgiu novamente.

– Em nome de Deus, o que aconteceu?

Estava vivamente corada e sem fôlego. Não dei qualquer resposta até que ela estivesse mais próxima.

– Comigo?

Minha expressão devia ser extraordinária.

– Demonstro algo?

– Seu rosto está pálido, branco como uma folha de papel. Sua aparência é terrível.

Refleti; com tal pretexto, poderia afrontar, sem escrúpulos, a inocência mais completa. Minha necessidade de respeitar o desabrochar da candura na senhora Grose havia deslizado, como uma túnica, de meus ombros sem obstáculos e se vacilei por um instante não foi para ocultar aquilo que sabia. Estendi minha mão para ela, que a segurou; a dela apertei com força, apreciando a sensação de a ter bem perto de mim. Encontrei algo como um apoio em seu tímido suspiro de surpresa.

— Sei que veio para me chamar, pois deveríamos comparecer aos ofícios na igreja. Mas não poderei ir.

— Aconteceu alguma coisa?

— Sim. Deve conhecer a história toda. Meu olhar estava tão estranho assim?

— Através da janela? Terrível!

— Bem — respondi —, estava apavorada.

Sem dúvida, os olhos da senhora Grose expressavam que *ela* não desejava passar por nada assim, assustador, mas que conhecia muito bem sua posição para deixar de compartilhar comigo qualquer inconveniente possível. Sim, naquele momento, eu estava certa de que era algo que *deveria* ser compartilhado!

— O que a senhora viu da sala de jantar um minuto atrás foi a consequência de meu sobressalto. Aquilo que *eu* vi, antes, foi muito pior.

Sua mão aumentou a pressão sobre a minha.

— O que era?

— Um homem extraordinário. Olhava para dentro da casa.

— Que homem extraordinário?

— Não tenho a menor ideia.

A senhora Grose observou atentamente os arredores, em vão.

— Pois então para onde ele foi?

— Sei ainda menos.

— Viu o mesmo homem antes?

— Sim, uma vez. Na velha torre.

Ela só conseguia fixar em mim, com mais força, seu olhar.

— Entretanto, ele é um desconhecido?

— Oh, sim, completamente!

— E, mesmo assim, não me contou nada?

- Não, tive meus motivos. Mas, agora, que já pode adivinhar tudo...

Os olhos redondos da senhora Grose afrontaram tal conclusão.

- Ora, mas eu não pude adivinhar - exclamou ela, com singeleza -, como poderia se até mesmo a *senhorita* não consegue?

- De fato, não consigo.

- Não havia visto esse homem em nenhum outro lugar além da torre?

- E neste ponto, exato, agora há pouco.

A senhora Grose sondou, novamente, ao nosso redor.

- O que fazia na torre?

- Ele estava parado, apenas olhava para mim.

Ela pensou por um minuto.

- Era um cavalheiro?

Percebi que não precisava refletir muito nesse caso.

- Não.

Ela me olhou com assombro. Repeti minha afirmação:

- Não.

- Não era ninguém da casa? Talvez, do vilarejo?

- Ninguém, ninguém. Embora não tenha lhe dito nada, mas me certifiquei disso.

Ela soltou um suspiro de vago alívio - então isso seria algo de bom? Talvez, apenas um pouco melhor.

- Mas se ele não era um cavalheiro...

- Quem *é* ele? Um horror.

- Um horror?

- Sim, Deus me ajude se eu soubesse *o que* ele é.

A senhora Grose olhou ao nosso redor mais uma vez. Fixou seus olhos na distância sombria e depois, recompondo-se, voltou-se para mim com abrupta precipitação.

- É tempo de partirmos para a igreja.
- Oh, não me sinto bem para ir à igreja!
- Não traria algo de bom?
- Não traria nada de bom para *eles*! - indiquei a casa.
- As crianças?
- Não posso deixá-las agora.
- Teme que...
- Temo a *ele* - falei com firmeza.

O amplo rosto da senhora Grose surgiu, por vez primeira, o lânguido brilho de uma inteligência mais ativa. Era como se eu percebesse, em sua expressão, naquela aurora tardia das ideias, uma que não procedia de minha mente e, portanto, soava completamente obscura para mim. Refleti, recordo-me bem, que isso parecia ser algo que eu poderia verificar posteriormente, pois sentia que estava conectado ao desejo que ela demonstrava de saber mais.

- Quando o viu... Na torre?
- No meio deste mês. Neste mesmo horário.
- Quando já estava escuro? - prosseguiu.
- Oh, não, de forma alguma. Eu o vi como estou vendo a senhora.
- Mas então como ele conseguiu entrar?
- E como conseguiu sair? - soltei uma risada e prossegui: - Não tive oportunidade de perguntar a ele! Nesta tarde, veja só, ele não chegou a entrar.
- Ele apenas espiou?

- Espero que se limite a isso!

Nesse momento, ela largou minha mão – havia se afastado alguns passos. Esperei por um momento e logo exclamei:

- Vá para a igreja. Adeus. Devo vigiar.

Lentamente, voltou-se para mim:

- Teme por eles?

Estabelecemos uma nova, longa, troca de olhares.

- E a senhora *não*?

Em vez de responder, ela aproximou-se da janela e, por um minuto, colocou seu rosto colado ao vidro. Eu disse:

- Agora, sua visão é a mesma que a dele.

Continuou imóvel.

- Por quanto tempo ele ficou aqui, observando?

- Até o momento em que decidi sair para confrontá-lo.

Por fim, a senhora Grose voltou-se para a minha direção. O interesse em seu rosto parecia ter aumentado.

- *Eu* não conseguiria sair.

- Nem eu! – soltei mais uma risada. – Mas fiz isso mesmo assim. Tratava-se de meu dever.

- Também tenho o meu – respondeu ela. Após um intervalo, acrescentou: – Como ele era?

- Tenho imensa vontade de dizer. Mas ele não se parece com ninguém.

- Ninguém? – repetiu ela.

- Não usava chapéu.

Logo, ao perceber que esse traço permitia a ela, com profundo espanto, reconhecer alguém, completei rapidamente o retrato, adicionando outras pinceladas:

- Seus cabelos eram ruivos, muito vermelhos e crespos; o rosto, pálido, de formato alongado e feições regulares, estranhas suíças, vermelhas como os cabelos. As sobrancelhas eram mais escuras e especialmente arqueadas, como se tivesse de movê-las a cada gesto. Seus olhos eram penetrantes, estranhos: terríveis; mas só posso dizer que eram pequenos e obstinados. A boca, ampla e de lábios finos, exceto pelas suíças, trazia o rosto barbeado. Por alguma razão, a mim me parecia que estava diante de um ator.

- Um ator!

De qualquer forma, a senhora Grose naquele momento se parecia com tudo, menos com um deles.

- Nunca vi um de perto, mas tenho minha suposição de como seria a aparência deles. Ele era alto, ativo, ereto - prossegui -, mas nunca, não mesmo, um cavalheiro.

O rosto de minha companheira empalideceu conforme eu prosseguia com a descrição. Piscou rapidamente seus grandes olhos e abriu a boca.

- Um cavalheiro? - balbuciou desconcertada, estupefata. - Um cavalheiro, *ele*?

- Então, o conhece?

Era visível que tentava se conter.

- Mas ele *era* bonito?

Percebi uma maneira de ajudá-la:

- Notável!

- E trajava...

- As roupas de outra pessoa. Eram elegantes, mas não lhe pertenciam, com certeza.

Sem fôlego, deixou escapar um gemido afirmativo.

- Eram do patrão!

Peguei sua afirmação no ar.

- Pois então o *conhece*?

Desfaleceu por um segundo, e gritou:

- Quint!

- Quint?

- Peter Quint. Ele foi criado pessoal, valete, quando ele ainda estava aqui.

- Quando o patrão estava aqui?

Ainda sem fôlego, mas desejosa de me explicar, acumulava detalhes:

- Ele nunca usou chapéu, mas usava... Pois bem, muitos casacos estranhamente desapareciam. Ambos estavam aqui, ano passado. Depois, o patrão partiu e Quint ficou sozinho.

Estava seguindo, mas precisei de um intervalo:

- Sozinho?

- Sozinho *conosco*. - E, depois de um longo suspiro, acrescentou: - Encarregado de tudo.

- E o que aconteceu com ele?

Ela vacilou bastante para responder, o que me deixou intrigada.

- Ele se foi também - disse, afinal.

- Foi para onde?

Sua expressão, com a minha resposta, tornou se extraordinária.

- Só Deus sabe para onde! Ele morreu.

- Morreu?

Por pouco não gritei.

Ela parecia estar mais composta, postando-se com firmeza diante do inexplicável.

- Sim, o senhor Quint está morto.

VI

Será preciso, evidentemente, mais do que a passagem anterior para se ter alguma ideia daquilo que seria necessário levar em conta daquele momento em diante: minha espantosa sensibilidade para impressões de um gênero tão vivamente demonstrado, e o conhecimento que, agora, havia adquirido minha companheira - um conhecimento entre consternado e compassivo, de semelhante suscetibilidade.

Ao final daquela tarde, após ter conhecimento da revelação que nos deixou prostrada por uma hora, não comparecemos aos ofícios da igreja, pois realizamos o nosso pequeno ofício de lágrimas e votos, de orações e promessas, o apogeu para a série de juramentos e compromissos recíprocos que estabelecemos na sala de estudo, para onde nos dirigimos com o objetivo de colocar tudo a limpo. O resultado disso foi reduzir nossa situação ao rigor dos seus elementos mais simples. Senhora Grose não havia visto nada, nem mesmo a sombra de uma sombra, e ninguém na casa, com exceção da preceptora, estava envolvido no mesmo tipo de apuro. Embora ela tivesse aceitado sem o questionamento de minha sanidade a verdade que lhe forneci, demonstrando para comigo uma gentileza aturdida, um privilégio questionável que retenho como o mais doce aroma da caridade humana.

Essa noite, admitimos definitivamente o pensamento de que poderíamos suportar as coisas em comum; e eu não tinha sequer a certeza, em que pese o fato de estar isenta de minha carga, se a senhora Grose ficou com a melhor parte. Já por essa época, acredito eu, sabia o que eu era capaz de fazer pela proteção de meus alunos. Mas precisei de mais tempo para ter certeza de que minha honesta aliada estava preparada para manter os termos de um compromisso tão arriscado. Para a senhora Grose, eu era uma companhia bastante singular – tão estranha como aquela que eu, por outro lado, havia recebido; mas, ao recordar tais eventos, percebo quanto conforto sentimos ao acalentarmos uma ideia de união que, por sorte, *poderia* nos tranquilizar. Essa ideia, esse segundo movimento, impeliu-me a sair, por assim dizer, do cômodo secreto de minha angústia. Ao menos, sair para respirar ar fresco no terraço, sendo que a senhora Grose poderia me acompanhar. Recordo-me perfeitamente da curiosa forma com que recuperei minhas forças antes de nossa separação para a noite de sono – havíamos visto e revisto cada detalhe de minha visão.

– Ele estava procurando por alguém, pelo que a senhorita disse. Outra pessoa, então?

– Estava procurando pelo pequeno Miles.

Uma clareza espantosa havia me possuído.

– Era *ele* o objeto de busca.

– Mas como pôde saber?

– Eu sei, eu sei, eu sei!

Sentia que minha exaltação crescia.

– E a *senhora* bem sabe!

Ela não negou esse fato, mas sentia que sequer necessitava que ela expressasse qualquer apoio à minha certeza. A senhora Grose refletiu por um momento e depois disse:

– E o que aconteceria se *ele* visse quem queria ver?

– O pequeno Miles? É isso o que deseja!

Novamente, temores profundos pareciam dominá-la.

– O menino?

– Que Deus nunca permita isso! Aquele homem. Ele deseja aparecer para *eles.*

Apenas imaginar tal situação era bastante atroz e de certa forma eu poderia impedir que tal ocorresse. Enquanto permanecíamos ali, demonstrei de maneira prática como proceder. Tinha certeza absoluta de que veria de novo aquele que já havia visto, mas algo me dizia que se me oferecesse corajosamente para ser o único sujeito dessa experiência – por aceitação, ou convite, ou confronto –, eu seria uma espécie de vítima expiatória, a guarda da tranquilidade de meus companheiros. As crianças, em especial, eu saberia defendê-las e, sob minha custódia, estariam a salvo. Lembro-me bem das últimas palavras que disse para a senhora Grose naquela noite:

– Surpreende-me que meus alunos nunca mencionaram...

Seus olhos fixaram-se em mim conforme eu prosseguia, pensativa:

– ...que ele esteve aqui, o tempo dessa convivência?

– O tempo que estiveram com ele, seu nome, sua presença, sua história, de forma alguma.

— Oh, a pequena dama não se recorda. Ela nunca ouviu ou soube de nada.

— Das circunstâncias da morte dele?

Refleti com alguma intensidade.

— Talvez. Mas Miles deveria se lembrar. Ele deveria saber.

— Ah, não o interrogue! — deixou escapar a senhora Grose.

Devolvi para ela o mesmo olhar penetrante.

— Não tema — mas segui refletindo —, sim, *é* bastante estranho.

— Que ele não o tenha mencionado?

— Nunca, sequer uma pequena alusão. E a senhora ainda me disse que eles eram "grandes amigos".

— Oh, não era por *ele* — disse ela, com ênfase —, era o jeito de Quint. Brincar com ele, bem, mimá-lo.

Fez uma pausa e, depois, acrescentou:

— Quint tomava liberdades em demasia.

Tal afirmação, que fez retornar minha visão de seu rosto — *aquele* rosto —, me deu náuseas.

— Tomava liberdades com *meu* garoto?

— Era assim com todos!

Momentaneamente, evitei analisar tais palavras, limitando-me à reflexão que, em parte, elas poderiam ser aplicadas às pessoas da casa, à meia dúzia de criadas e serventes que ainda pertenciam àquela pequena colônia. Mas foi motivo de apreensão o fato, em si mesmo tranquilizador, de que nenhuma lenda desagradável, nenhuma perturbação entre a criadagem esteve associada, na memória das pessoas, à velha mansão. Não havia rumores nem uma fama escabrosa, e a senhora Grose, aparentemente, apenas desejava refugiar-se sob minha proteção e estremecer em silêncio. Assim, até mesmo coloquei sua disposição à prova. Foi perto da meia-noite, quando ela se preparava para deixar a sala de estudos.

— Pois então, a senhora me garante, e isso é importantíssimo, que eleva definitivamente mal e que admitiam sua conduta?

— Nem todos admitiam. *Eu* mesma, mas o patrão, não.

— E nunca contou para ele?

— Bem, ele detestava os mexericos e odiava as queixas. Era terrivelmente direto quando se tratava de assuntos dessa ordem e se as pessoas estavam bem com *ele*...

— Não se importava com os demais?

Era algo que se encaixava com a impressão que eu tinha: um cavalheiro que evitava preocupações, nem muito exigente, talvez mesmo com as pessoas que residiam em *sua* casa. De toda forma, pressionei um pouco mais minha interlocutora:

— Garanto que eu teria contado!

Ela percebeu minha recriminação.

— Procedi de forma equivocada, não nego. Mas, de fato, estava com medo.

— Medo? De quê?

— Do que aquele homem poderia fazer. Quint era muito hábil e dono de uma inteligência sinistra.

Talvez tais palavras tenham causado em mim mais surpresa do que demonstrei.

— Tinha medo de mais alguma coisa? De sua influência...

— Sua influência? — repetiu com o rosto dominado pela angústia, enquanto eu prosseguia tropegamente.

— Nessas vidas inocentes e preciosas. Elas estavam sob sua responsabilidade.

- Não, não estavam! - respondeu franca e dolorosamente. - O patrão confiava nele e o colocou aqui, pois saúde parecia ser precária e o ar do campo poderia lhe fazer bem. E Quint, dessa forma, respondia por todos. Sim - confessou -, até por *eles.*

- Por eles, semelhante indivíduo? - Tive de sufocar uma espécie de uivo. - Como pôde suportar essa situação?

- Não, não podia... E não posso agora! - Então, a pobre mulher começou a chorar.

A partir do dia seguinte, uma rígida vigilância - como eu disse - passou a acompanhá-los; sem dúvida, durante uma semana inteira, quantas vezes e com quanta paixão não voltamos ao tema! Por mais que tivéssemos discutido o quanto fosse possível na noite de domingo, eu ainda estava, especialmente nas primeiras horas - pois deve ser fácil imaginar se consegui dormir -, atemorizada pela sombra de algo que ela parecia esconder de mim. Eu havia contado tudo, mas a senhora Grose dava mostras de manter algo para ela.

Pela manhã, além disso, eu estava segura de que sua dissimulação não provinha de sua falta de franqueza, mas por conta dos muitos perigos que nos rodeavam. A mim me parece, retrospectivamente, que, quando o Sol já estava alto, eu havia lido sem descanso todos os fatos que tínhamos adiante de nós, sendo possível decifrar quase todos os significados que, muito em breve, receberíamos em sucessão em circunstâncias bem mais cruéis. Evocava, sobretudo, o rosto sinistro daquele homem vivo - o morto poderia esperar! - e dos meses nos quais ele havia passeado constantemente por Bly, que, somados, davam um total formidável. Esse tempo maligno só terminou na alvorada de uma manhã invernal, quando Peter Quint foi encontrado, na estrada do vilarejo, por um trabalhador que se dirigia ao seu ofício. Uma ferida visível em sua cabeça serviu de explicação – ao menos, superficialmente – para tal catástrofe; tal ferida poderia ser decorrente – e o *foi*, em verdade, pelo que se deduziu de outras evidências – por um equívoco cometido por tal vítima, que se enganou no caminho a tomar após sair de uma taberna à noite, resvalando de forma fatal na encosta nevada, terminando na base desta. A encosta coberta de gelo, o caminho errado, as bebidas consumidas na taberna, todos esses elementos explicavam muitas coisas... praticamente, era o que bastava após alguma investigação e falatórios intermináveis. Mas há coisas na vida dele – estranhas circunstâncias e perigos, desordens secretas, vícios mais que presumidos – que poderiam explicar muito mais.

Tenho apenas uma vaga ideia de como colocar minha história usando palavras que tornem factível o estado de meu espírito. Mas, por esses dias, eu era literalmente capaz de encontrar alguma satisfação no extraordinário arroubo de heroísmo que a ocasião exigia de mim. Diante de mim, havia, portanto, uma tarefa admirável e difícil e havia certa grandeza em demonstrar – oh, para quem seria o certo – que eu poderia sair vitoriosa onde outra jovem falhou. Isso foi uma ajuda imensa – confesso que aplaudo a mim mesma quando olha para trás – considerar meu dever de forma tão enérgica e ao mesmo tempo tranquila. Eu estava lá para proteger e defender as duas pequenas criaturas mais desamparadas e amáveis do mundo; o repentino e explícito apelo feito pela fragilidade dos órfãos ressoava em meu coração, causando em mim um profundo, constante sofrimento. Nós três estávamos isolados, de fato, e igualmente unidos por um perigo comum. As crianças não tinham mais ninguém para olhar por elas, além de mim, e eu - bem, eu tinha *as duas*. Tratava-se, em resumo, de oportunidade única. E esta surgia para mim materializada em uma imagem concreta. Eu era uma tela - que deveria, estendida, proteger ambos. Quanto mais eu visse, menos eles veriam. Comecei a observá-los em um estado de exaltação, com ansiedade disfarçada que poderia ter se transformado, se prolongada por muito tempo, em algo semelhante à loucura. O que me salvou de tal destino, como agora consigo discernir, foi que as coisas tomaram um rumo completamente novo e inesperado. Minha ansiedade não durou muito tempo - foi substituída por provas horríveis. Provas, sim, eu disse provas... E surgiram em um momento em que começava a adquirir clareza sobre minha situação.

Esse momento data de certa tarde em que eu costumava passear em companhia de minha pequena aluna, caminhando pela propriedade. Deixamos Miles na casa, sentado em uma profunda almofada vermelha ao lado da janela. Ele desejava terminar de ler um livro e fiquei feliz por estimular tão nobre propósito em um jovem cujo único defeito era, em certas ocasiões, certa excessiva inquietude.

Sua irmã, ao contrário, parecia desejosa em sair, de modo que caminhei ao lado dela por meia hora, buscando a proteção das sombras, pois o Sol estava alto naquele dia excepcionalmente quente. Uma vez mais, durante nossa caminhada, observei até que ponto Flora sabia, como seu irmão - e esse era um traço encantador em ambos -, deixar-me sozinha sem aparentemente ter me abandonado, fazer companhia e estar sempre, pelo que eu podia perceber, ao meu lado. Não eram, nunca, impertinentes, mas também não eram indiferentes. Minha vigilância, em essência, estava resumida a contemplar a diversão deles sem a minha participação: esse era um espetáculo que eles sempre estavam dispostos a apresentar e do qual me tornei uma ativa admiradora. Caminhava por um mundo forjado por aquelas duas crianças - e elas jamais necessitavam recorrer à minha ajuda nesse sentido. Só levavam em conta minha presença, coisa ou pessoa notável que o jogo do momento exigia e que sempre era, graças ao meu perfil superior, exaltado, uma benesse nobre e gloriosa. Esqueci-me de qual era o meu papel naquele momento; apenas me recordo de que eu era algo muito importante e silencioso e que Flora brincava intensamente. Estávamos nas margens do lago e, como nos últimos tempos começamos a estudar geografia, aquele lago era o Mar de Azove[9].

Repentinamente, nessas circunstâncias, percebi que, do outro lado do Mar de Azove, havia um espectador bastante interessado. Como essa certeza foi se apossando de mim, constituí uma estranheza invencível - uma estranheza, contudo, ainda menor que aquela na qual, rapidamente, converteu-se minha certeza.

Estava sentada segurando parte do cenário - pois era alguma coisa que poderia sentar -, em um velho banco de pedra que dominava toda a extensão de água. Foi nessa posição que comecei a ter certeza, ainda que sem um vislumbre direto, da presença, a distância, de uma terceira pessoa. As velhas árvores, os espessos arbustos, que forneciam abundante proteção do Sol

---

9   Uma extensão não muito profunda do Mar Negro, localizada ao sul da Rússia e da Ucrânia (N. do T.).

ajudavam a submergir tudo no cálido e silencioso resplendor daquela hora. Não havia ambiguidade em nada; ou, pelo menos, não havia ambiguidade na convicção de que, de um momento para outro, fui adquirindo a respeito daquilo que via diretamente, ao levantar meus olhos, através do lago. Minha vista estava fixa na costura que tinha em mãos, mas ainda sinto o espasmo causado pelo meu esforço em não os mover até que eu estivesse sob o controle da situação e soubesse qual atitude tomar. Havia um objeto estranho em meu campo de visão - uma figura cujo direito de presença eu, instantânea e apaixonadamente, questionei. Lembro-me de que enumerei perfeitamente as possibilidades, dizendo a mim mesma que nada seria mais natural, por exemplo, que nesse local surgisse um dos homens que trabalhava na casa, ou mesmo de um mensageiro, carteiro ou vendedor, todos advindos do vilarejo. Tal procedimento teve escasso efeito em minha certeza prática que era a maneira como estava ciente - mesmo sem olhar diretamente - do caráter e da atitude daquele visitante. Nada poderia ser tão natural quanto aquilo que nada tinha de natural.

Pude assumir a positiva identidade da aparição da mesma forma que o pequeno relógio de minha coragem deu o minuto exato. Contudo, após realizar um esforço considerável, dirigi minha atenção para a pequena Flora, que, naquele momento, estava a alguns metros de distância. Durante um segundo, meu coração deixou de bater diante de minha dúvida, repleta de espanto e terror, se ela também veria; prendi minha respiração, esperando por um grito ou outra reação inocente e súbita, fosse de interesse ou alarme, a se revelar. Esperei, mas nada aconteceu; então, em primeiro lugar - há nisso, creio, algo de mais sinistro que tudo o mais que ainda tenho por relatar –, fui invadida pela sensação de que, naquele minuto, todos os sons produzidos por Flora cessaram e que, nesse mesmo minuto, ainda em seu jogo, ela deu as costas para a água. Quando, por fim, decidi fixar meu olhar nela, com a convicção de que estávamos ainda sob uma observação direta e pessoal, Flora havia recolhido do solo um pedaço de madeira achatada com um pequeno orifício em seu centro, que evidentemente sugeria a ideia de encaixar outro fragmento que poderia dar a ideia do mastro de um navio de qualquer tipo. Enquanto eu a observava, ela tentava encaixar o segundo fragmento, dedicando-se a tal trabalho com cuidado e atenção extraordinários. Compreender o que fazia me ocupou por alguns instantes, de forma que me senti preparada para o que viria. Então, levantei meus olhos e contemplei aquilo que devia contemplar.

VII

Assim que pude, após o acontecido, fui ao encontro da senhora Grose. Agora, não consigo evocar, de forma inteligível, as angústias que senti nesse intervalo. Ainda assim, ouço com clareza meu choro quando me lancei aos braços de minha companheira.

- Eles *sabem*... É monstruoso demais. Eles sabem, eles sabem!

- Sabem o que, por Deus...

Senti a incredulidade dela no momento de seu abraço.

- Ora, o que *nós* sabemos... e só Deus conhece o que mais!

Depois, quando nos separamos, pude explicar o acontecido e só nesse momento, creio eu, consegui alcançar alguma coerência em minha explicação que serviu, mesmo, para mim mesma.

- Duas horas atrás, no jardim - consegui articular com dificuldade - Flora *viu*!

A senhora Grose recebeu tal informação como se tivesse levado um golpe no estômago.

– Ela lhe disse? – perguntou, trêmula.

– Nem uma única palavra; isso é o mais horrível. Ela reteve isso para si mesma! Uma criança de 8 anos, *aquela* criança!

Meu assombro era inexprimível. A senhora Grose, como esperado, apenas abriu a boca, pasmada.

– Mas, então, como soube?

– Eu estava lá, vi com meus olhos que ela compreendeu perfeitamente o que se passava.

– Quer dizer, ela estava ciente *dele*?

– Não, não, *dela*! – Tinha consciência de que falava das coisas espantosas que havia visto, pois havia um reflexo disso no rosto de minha companheira. – Desta vez foi outra pessoa. Mas, sem dúvida, era mais uma figura de indizível horror e maldade. Uma mulher trajando preto, pálida e terrível, com uma postura, um rosto... No outro lado do lago. Eu estava ali, com a menina, que brincava bastante tranquila. E então, ela surgiu.

– Veio como? De onde?

– De onde quer que ela tenha saído. Apareceu do nada e permaneceu onde estava, mas a certa distância.

– E não houve aproximação?

– Oh, pela sensação que tive e o efeito produzido, era como se estivesse tão próxima como a senhora, neste momento.

Minha amiga, seguindo um estranho impulso, deu um passo para trás.

– Era alguém que a senhorita nunca viu antes?

– Sim, mas que a menina conhecia. Alguém que seja do conhecimento da *senhora*. – Depois, acrescentei, para provar que havia meditado bastante sobre o assunto: – Minha predecessora, aquela que morreu.

- Senhorita Jessel?

- Senhorita Jessel. Não acredita em mim? - insisti.

A senhora Grose, angustiada, voltou-se para a esquerda e para a direita.

- Como posso ter certeza?

Dado meu estado de tensão nervosa, esta pergunta provocou em mim um acesso de impaciência:

- Pois então pergunte para Flora. *Ela* poderá dar essa certeza.

Nem bem pronunciei essas palavras, senti arrependimento.

- Não, pelo amor de Deus, *não* faça isso. Ela diria que não viu nada, mentiria!

A senhora Grose não estava tão surpreendida para evitar um protesto instintivo.

- Ah, como *pode*...

- Porque sou franca. Flora não quer que eu saiba.

- É tudo para poupar a senhorita.

- Não, não. Existem abismos, abismos! Quando mais eu avanço, mais eu vejo, e quanto mais eu vejo, mais eu temo. Não sei o que ainda *não* vi, o que ainda *não* temo.

A senhora Grose tentou seguir minhas ideias.

- Quer dizer que seu medo é vê-la de novo?

- Oh, não. Isso não é nada, pelo menos agora! - Depois, expliquei: - Temo *não* a ver.

Mas minha companheira empalideceu, apenas.

- Não compreendo.

- Pois bem, temo que a menina a veja sem me contar, e que deseje isso, em segredo.

Diante dessa possibilidade, a senhora Grose, por um breve instante, pareceu desfalecer, mas logo se recompôs, como se impulsionada pela força positiva advinda da consciência de que, se recuássemos uma polegada sequer, estaríamos nos rendendo completamente.

- Minha querida, não percamos a cabeça! Depois, se ela parece não se importar - aqui, ensaiou uma piada sinistra -, talvez aprecie tudo isso!

- Gostar *desse* tipo de coisa, uma criança tão pequena!

- Não seria essa apenas a prova de sua sagrada inocência? - questionou valorosamente minha amiga.

Por um instante, fiquei convencida.

- Sim, devemos nos apegar a *isso*. Se não servir como prova daquilo que a senhora disse, ainda é uma prova... Deus saberia do quê! Pois essa mulher é o horror dos horrores.

A senhora Grose, diante disso, cravou seus olhos por algum tempo no solo. Por fim, levantou-os para mim e disse:

- Me diga como soube.

- Então, admite que se trata dela? - gritei.

- Me diga como soube - repetiu a senhora Grose.

- Como eu soube? Basta olhar para ela! Pela maneira como lançava olhares.

- Para você, quero dizer, cheios de perversidade?

- Deus meu, não. Isso eu poderia suportar. Ela sequer olhou para mim. Fixou seu olhar apenas na criança.

A senhora Grose tentou vislumbrar o que eu disse.

- Fixou a menina?

- Ah, e com olhos atrozes!

Parecia inspecionar os meus olhos, como se eles se parecessem aos que eu descrevera.

- Quer dizer, de desprezo?

- Deus nos ajude, não. De algo bem pior.

Estava completamente aturdida.

- Pior que o desprezo?

- Com uma intenção determinada, indescritível. Uma espécie de fúria intencional.

Isso a fez empalidecer ainda mais.

- Intenção?

- De arrebatá-la.

Os olhos da senhora Grose, por um instante, cruzaram-se com os meus. Estremeceu e caminhou até a janela. Enquanto ela permaneceu ali, conclui meu relato:

- É *isso* o que Flora sabe.

Após uma pausa, ela virou-se para mim.

- Disse que essa pessoa estava vestida de preto, não é mesmo?

- De luto. Trajes bastante pobres, quase andrajos. Mas sim... de uma beleza extraordinária.

Agora, reconhecia para onde havia conduzido, golpe por golpe, a vítima de minha confidência, pois minhas palavras, visivelmente, pesavam sobre ela.

- Oh, era bela, muito mesmo - insisti. - De uma beleza extraordinária. Mas infame.

Lentamente, a senhora Grose voltou-se para mim.

- Senhorıa Jessel *era* infame.

Mais uma vez, ela segurou minha mão entre as dela com força, como se desejasse me fortalecer diante do alarme repentino da revelação que logo faria. Disse finalmente:

- Ambos eram infames.

Então, por um momento, trocamos novamente olhares. Senti certo alívio em encarar os fatos de frente. Então, eu disse:

- Agradeço sua grande decência em não ter feito esses comentários até agora. Mas chegou o momento de me contar tudo.

Parecia concordar, mas permaneceu em silêncio. Diante disso, prossegui:

- Preciso saber o que aconteceu. Foi qual a causa da morte dela? Vamos, é evidente que havia algo entre eles.

- Havia algo, sim.

- Apesar da diferença...

- Ah, do status, das condições de ambos, pois - a senhora Grose confessou com tristeza - ela era uma dama.

Refleti, evoquei a imagem dela em minha mente.

- Sim, ela era uma dama.

- E ele, terrivelmente abaixo dela - disse a senhora Grose.

Percebi que, em companhia de minha amiga, não precisava insistir a respeito do lugar que ocupa um empregado na escala social, mas nada me impedia de aceitar o valor que a senhora Grose dava ao declínio de minha predecessora. Havia um recurso ao meu alcance para tratar esse assunto, e fiz uso dele com ainda mais facilidade dada a persistência ante meus olhos da visão, plenamente nítida e manifesta, do criado morto, visto como o homem "certo" pelo nosso patrão: inteligente, arrogante, descarado, prepotente, soberbo e depravado.

- Esse homem era um animal.

A senhora Grose considerava o caso, talvez, como uma questão de tons.

- Nunca vi alguém como ele. Fazia o que queria.

- Com *ela*?

- Com todos.

Era como se a senhorita Jessel surgisse novamente diante dos olhos de minha amiga. De todo modo, por um instante, era possível perceber que a evocação dela era tão exata quanto minha visão no lago. Assim, disse:

– Devia ser, também, o que *ela* desejava!

O rosto da senhora Grose indicava que tal havia sido o caso, de fato, mas ao mesmo tempo ela redarguiu:

– Pobre mulher. Ela pagou por isso.

– Então, sabe a causa da morte dela? – perguntei.

– Não. Não sei de nada. Não quis saber de nada. Fico feliz de não saber as circunstâncias e agradeço aos céus pela morte ter acontecido longe daqui!

– Mas deve ter, mesmo assim, suas ideias a respeito...

– Do real motivo de sua partida? Ah, sim, disso sim. Não era possível ficar mais. Pense comigo... aqui mesmo, uma preceptora. E, depois, imagine... eu mesma ainda imagino. E o que minha mente consegue imaginar é terrível.

– Não tão terrível quanto *eu* imagino – respondi, pois pretendia mostrar, uma vez que minha convicção era bastante profunda, um aspecto de amarga derrota que despertou nela toda a compaixão que sentia por mim, e sua renovada bondade se fundiu ao meu poder de resiliência. Comecei a chorar e, por minha culpa, ocorreu o mesmo com a senhora Grose. Ela me abraçou em seu peito maternal e minhas lamentações transbordaram:

– Não posso mais – solucei em desespero –, e não há salvação ou proteção! É muito pior do que imaginei! Estão perdidos!

VIII

O que eu disse para a senhora Grose era bastante verdadeiro: naquele assunto em particular, havia possibilidades e profundezas que eu não tinha coragem de sondar. Por isso, quando nos encontramos novamente, com esse estupor que nos dominava, chegamos a um acordo: nosso dever era resistir às fantasias extravagantes da imaginação. Devíamos manter nossa cabeça no lugar, ainda que pudéssemos perder tudo - de fato, era algo bem difícil, pois tendo em vista nossa prodigiosa experiência, essa era a parte menos questionável.

Posteriormente, tarde da noite, enquanto todos na casa dormiam, tivemos outra de nossas conferências, desta vez em meu quarto, quando reconheceu, sem sombra de dúvidas, que eu havia visto aquilo que dissera ter visto. Para isso, apenas tive de perguntar como, se tivesse "inventado" a história, pude pintar, dessas pessoas que apareceram para mim, como que retratos, nos quais surgiam até os menores detalhes, suas marcas peculiares, pinturas em exibição, nas quais ela imediatamente reconheceu e indicou cada personagem.

A senhora Grose, naturalmente, preferia – e isso contava, ao menos de leve, contra ela – abafar o caso todo; eu garanti que meu interesse na questão havia se tornado, naquele momento, uma indagação violenta a respeito de como poderíamos escapar dela. Concordamos que me habituaria ao perigo caso as visões se repetissem – e era bastante plausível que tal se desse –, de forma que declarei abertamente serem os riscos que eu pudesse ter a menor de minhas preocupações. Considerava, isso sim, minha nova suspeita intolerável e, ainda assim, mesmo essa complicação me trouxe algum consolo nas últimas horas daquele dia.

Ao deixá-la, após meu primeiro acesso de angústia, voltei aos meus alunos, associando o remédio adequado para meu desespero com o encanto que emanava de ambos e que havia reconhecido desde o primeiro momento como algo suscetível de cultivo em termos positivos – algo que, até aquele momento, havia sempre funcionado para mim. Em outras palavras: embrenhei-me, mais uma vez, no mundo de Flora e, então, pude perceber – e isso foi quase uma embriaguez – que ela sabia colocar sua pequenina mão, de forma consciente, no ponto mais doloroso. Ela olhou para mim especulando, com doçura habitual, e depois me acusou, pelas evidências em meu rosto, de haver "chorado". Pensei ter apagado de meu rosto as feias marcas do pranto, mas a efusão penetrante de sua generosidade me fez exultar – por aquele momento, contudo – e agradeci que tais marcas ainda estivessem visíveis.

Ao contemplar os abismos azulados dos olhos de criança dela e declarar que a beleza ali presente nada mais é que um truque da astúcia prematura significa recair na culpa por cinismo - de forma que eu preferia, naturalmente, renunciar ao meu julgamento e, na medida do possível, ao meu tormento. Não podia renunciar aos fatos apenas por assim desejar, mas, sim, repetir para a senhora Grose - e para mim mesma, muitas vezes, pela madrugada - que ao ouvir as vozes daquelas crianças ressoando pelo ar, sentir seus corpos apertados contra meu peito e seus rostos perfumados pressionados contra o meu, tudo desaparecia menos a inocência e a beleza que brotava de ambos.

Era uma lástima que, de um modo ou de outro - e digo isso de uma vez por todas -, fosse obrigada a levar em conta novamente os signos da astúcia que, naquela tarde, quando estávamos perto do lago, converteu em um tipo de milagre a calma que consegui aparentar. Era uma lástima que eu fosse obrigada a recordar a certeza tida naquele exato momento para repetir a revelação que tive, daquela comunhão inconcebível que surpreendi. Pareceu, para ambas as partes, um simples hábito. Era uma lástima me ver obrigada a balbuciar, mais uma vez, as razões que não me permitiam dúvidas nem por um minuto sequer de que a menina havia visto nossa visitante como eu costuma ver a senhora Grose, e que era algo por ela desejado, de modo que tal atividade visionária era inegável, ainda que Flora, ao mesmo tempo, ao evitar tocar nesse assunto, buscava adivinhar o quanto eu mesma havia participado dessa visão. Era uma lástima que eu precisasse, novamente, a portentosa e diminuta atividade com a qual Flora tentou distrair minha atenção: o perceptível aumento de sua inquietação, a ampliação da intensidade de suas brincadeiras, seu canto, sua conversa de criança, seu convite para a travessura.

Mesmo assim, se não me fosse permitido tal exame dos fatos - cuja finalidade era provar sua inexistência -, perderia os dois ou três motivos de sombrio alívio que ainda me restavam. Não poderia, por exemplo, reiterar para a senhora Grose a certeza de que não me equivoquei, algo importante para o bem-estar de todos e que indicaria que, ao menos, *eu* não cheguei a trair a mim mesma.

Não poderia implorar de novo, pela força da necessidade, pela angústia que acometia meu espírito - sequer sei denominar meu estado -, certo auxílio para minha compreensão que apenas poderia surgir pela maneira como eu conseguia encurralar minha amiga, a senhora Grose. Pouco a pouco, graças ao meu estímulo, ela me contou muito do que acontecera, embora o lado mais sombrio da história fosse uma pequena mancha móvel e maligna que de vez em quando tocava meu rosto como a asa de um morcego; recordo-me como nessa noite - pois a casa toda estava adormecida e a favorável conjunção de nosso perigo e de nossa vigilância para nos ajudar - senti a necessidade de puxar a última dobra da cortina. Ainda posso ouvir minhas palavras:

- Não imagino nada mais abominável; não, coloquemos dessa forma, querida amiga, não é possível. Contudo, seu imaginasse, haveria uma exigência adicional, longe de ser pouca coisa, que eu faria para a senhora, imediatamente, de fato. Perguntaria: em que estava pensando quando disse, em meio à nossa angústia, pouco antes de Miles regressar e sob minha insistência, que não pretendia afirmar, como fato, o menino *nunca* ter se portado "mal"? *Nunca* se portou "mal" em todas estas semanas em que conviveu comigo e nas quais o vigiei de perto. Ele sempre foi esse pequeno e imperturbável prodígio de encantadora e adorável serenidade. Portanto, era razoável da sua parte fazer essa declaração dele se não conhecesse, como seria o caso, qualquer exceção nessa conduta. Qual exceção tinha em mente e a que circunstância pessoal aludia?

Era um questionamento horrivelmente austero, mas a frivolidade era evitada por nós e, em todo caso, antes que alvorada cinzenta surgisse como aviso da necessidade de nos separar, obtive minha resposta. O que se passou pela mente de minha companheira casava perfeitamente com minhas conjecturas. Tratava-se do seguinte, nem mais nem menos: por um período de muitos meses, Quint e o menino haviam permanecido perpetuamente juntos. E, de fato, ela havia se aventurado a criticar tal conveniência, assinalando como uma amizade íntima assim era incongruente, chegando mesmo ao extremo de uma abordagem franca, sobre esse tema, com a senhorita Jessel. Mas a antiga preceptora exigiu que a senhora Grose cuidasse de seus assuntos. Diante disso, minha amiga optou por uma abordagem direta ao pequeno Miles. O que ela disse para ele, uma vez que a pressionei por essa informação, foi simplesmente que *ela* preferia que os jovens cavalheiros nunca se esquecessem de sua posição.

Evidentemente, aumentei minha insistência diante dessas novas informações:

– Recordou a ele que Quint era apenas um criado de baixa extração?

- Tal como a senhorita disse! Mas foi a resposta dele, por um lado, a parte ruim.

- E pelo outro?

Esperei a resposta.

- Ele repetiu tudo o que a senhora disse para Quint?

- Não, não foi isso. Na verdade, isso foi justamente o que ele *não fez*! - A ênfase dada por ela tinha por objetivo que eu notasse esse detalhe. Depois acrescentou: - De qualquer modo, estou segura de que ele não teve tal atitude. Mas ele negou certas circunstâncias.

- Que circunstâncias?

- Aquelas, nas quais Quint dava mostras de atuar como tutor dele, um de grande responsabilidade, sendo que a senhorita Jessel estaria a cargo apenas da menina. E outras, relacionadas às saídas de ambos para passarem muitas horas juntos.

- Ele contestou tais circunstâncias, afirmou que tal não era o que ocorria?

Ela concordou de forma clara, e isso me motivou a acrescentar:

- Percebo. Ele mentiu.

- Oh! - balbuciou a senhora Grose, como se quisesse dizer que era algo de pouca importância, embora logo tenha destacado isto: - Mas veja, no final, a senhorita Jessel não se importava. Ela não impedia tais encontros.

Refleti por um momento.

- Essa foi a resposta que Miles deu, como um tipo de justificativa?

Diante de minha resposta, ela arriscou:

- Não, ele nunca mencionou nada disso.

- E nunca falou a respeito da relação dela com Quint?

Ela percebeu, visivelmente ruborizada, aonde eu queria chegar.

- Bem, ele não demonstrou saber de nada. Sempre negava.
- E ela repetiu: - Negava.

Meu Deus, nesse momento atingi o ápice da pressão que exercia sobre ela!

- Portanto, era possível para a senhora perceber que Miles sabia a respeito desses dois desgraçados?

- Não sei, não sei! - gemia ela.

- A senhora sabia, pobre mulher - respondi -, apenas não dispunha da terrível audácia de minha imaginação. Recuou, portanto, fosse por timidez, por decência, por delicadeza, escondeu até mesmo essa impressão de si mesma no passado, quando teve de suportar tudo o que ocorria sem esmorecer e sem a minha ajuda, embora lastimando, acima de tudo, tal atitude. Mas ainda preciso de mais! Havia algo no garoto que sugeria - prossegui - que a fez pensar que ele encobria ou ocultava seu relacionamento com Quint?

- Oh, ele não podia impedir...

- O quanto a senhora sabia da verdade? Posso imaginar. Mas, pelos céus - expressei, com veemência, meus pensamentos -, isso demonstra o que fizeram com ele!

- Ah, nada que não fosse bom *hoje*! - acrescentou a senhora Grose, de forma lúgubre.

- Não me admira a estranheza da sua expressão - persisti - quando mencionei a carta da escola!

- Tenho dúvidas se minha expressão era tão estranha quanto a sua - redarguiu com sua força habitual -, e, se o menino era tão mau por essa época, como transformou-se em anjo agora?

- Sim, de fato. Se era perverso na escola! Como, como, como? Muito bem - respondi, mergulhada em meu tormento -, a senhora deverá formular essa pergunta novamente, mas creio que só terei a resposta em alguns dias. Então, faça novamente essa pergunta! - gritei, de forma que minha amiga me olhou, espantada. Prossegui: - Há caminhos a percorrer, pelos quais não pretendo me aventurar neste momento.

Assim, retornei ao primeiro exemplo oferecido por ela e que acabara de aludir: hipótese otimista e que o menino tivesse cometido algum deslize ocasional.

- Se Quint, como a senhora colocou para Miles em sua reprimenda, era um serviçal inferior, creio que uma das respostas de Miles deve ter sido que a sua situação era a mesma. - Como ela assentiu, prossegui: - E a senhora perdoou o menino por ter dito isso?

- Não faria o mesmo a *senhorita*?

- Oh, sim!

Trocamos ali, na quietude da noite, uma risada divertida. Depois, continuei:

- Em todo caso, enquanto ele estava com esse homem...

- A senhorita Flora estava com a mulher. Isso era conveniente para todos eles.

E a mim também, convinha bem demais; com isso, quero dizer que tal informação encaixava-se perfeitamente na suspeita mortal que eu mesma tentava refrear. Contudo, consegui, de tal forma, reter a expressão de meu pensamento que, neste momento, não darei mais esclarecimentos além daqueles oferecidos pela observação final da senhora Grose.

- As mentiras e a insolência de Miles me parecem, confesso, os sintomas menos alentadores da maneira como a natureza humana revelou-se nele.

- Mesmo assim - acrescentei, sonhadora - preciso levar tudo isso em conta, pois necessito, mais que nunca, estar de vigília.

Logo, percebi que ruborizava ao observar o rosto de minha amiga: o quanto ela havia perdoado Miles, uma ternura que a sua longa anedota poderia me inspirar. Depois, na porta da sala de estudos, quando ela se preparava para me deixar, disse:

- Certamente, a senhorita não *o* acusa...

- De manter uma relação oculta de mim? Lembre-se de que, até encontrar evidências adicionais, não estou lançando acusações sobre ninguém.

E antes de abrir a porta para que ela fosse para seu quarto, acrescentei como conclusão:

- Só preciso esperar.

IX

Esperei e esperei, e os dias, conforme transcorriam, levavam algo de minha consternação. Bastaram, na verdade, alguns poucos dias para eu reforçar a constante vigilância que eu exercia sobre meus alunos; dias sem novos incidentes, o que foi suficiente para passar por cima de minhas elucubrações cruéis, bem como de minhas recordações odiosas, uma espécie de esponja. Já mencionei como me deixava levar pela extraordinária graça infantil de ambos, que me parecia um sentimento disponível para ser cultivado, ativamente estimulado - nem preciso dizer que não deixei de recorrer a essa fonte em busca de consolo. Nesse sentido, eram muito estranhos meus esforços para lutar contra as novas luzes em minha mente. Entretanto, a tensão seria ainda pior se não tivesse obtido alguns êxitos, eventualmente. Por vezes, me questionava como meus pequenos alunos não percebiam os estranhos pensamentos que eu nutria a respeito deles; e as circunstâncias apenas tornavam tudo mais interessante, o que não constituía um estímulo direto a manter ambos na ignorância. A possibilidade de eles descobrirem me fazia tremer de medo, mas os tornava ainda mais instigantes. No pior dos casos, ao final, e esse era um pensamento que por vezes me assaltava, qualquer possibilidade da inocência deles seria, se fossem realmente sem culpa e sem condenação, uma razão adicional para assumir tais riscos. Havia momentos em que, por um impulso irresistível, eu os apertava junto ao meu coração. Nesses momentos, costuma dizer para mim mesma:

– Que pensam desse meu movimento? Será que estou me traindo?

Seria fácil cair em tristes e enlouquecidas suposições sobre o quanto minhas atitudes indicavam de meu pensamento. Mas a verdadeira fonte, acredito, das horas de paz que ainda pude desfrutar estava no imediato encanto que minhas crianças continuavam despertando mesmo sob a suspeita de que era fingimento. Pois, se por vezes eu imaginava ocasionalmente excitar a suspeita por conta de pequenos arroubos de aguda paixão por eles, outras vezes me questionava se não havia algo de singular no aumento das demonstrações de carinho deles mesmos.

Por esse período, demonstravam uma extravagante e profunda afeição por mim; tratava-se, pude refletir, da graciosa resposta dessas crianças perpetuamente admiradas e adoradas. Esse tipo de homenagem, da qual meus órfãos eram tão pródigos, teve efeito tão positivo em meus nervos que nunca, por assim dizer, busquei neles uma segunda intenção. Nunca, penso eu, fizeram tanto por sua infeliz protetora. Ou seja, além de estudar cada vez melhor, algo que naturalmente agradava bastante, empenhavam-se na diversão e no entretenimento de sua preceptora, eu mesma, sempre de forma surpreendente. Liam para mim páginas e páginas, contavam histórias, propunham charadas, saltavam disfarçados de animais ou personagens históricos, e surpreendendo-me pela leitura de "trechos", que decoravam secretamente e recitavam interminavelmente. Nunca chegarei – ainda que por vezes seja arrebatada por minhas recordações – a reproduzir o íntimo e prodigioso comentário com os quais eu acompanhava, até o transbordamento, as horas já tão plenas de nossa vida em comum.

Desde o princípio, demonstraram habilidades para tudo, uma disposição geral que dava frutos notáveis a cada novo impulso. Realizavam seus pequenos deveres como se amassem a tarefa e se permitiam, pelo prazer de demonstrar seus dons, pequenos milagres da memória que não eram exigidos. Não surgiam apenas, diante de meus olhos, tigres e romanos, mas personagens de Shakespeare, astrônomos, navegadores. O caso era tão singular que motivou em grande parte, sem dúvida, um estado de ânimo que mesmo agora não consigo explicar de outra maneira: faço alusão à minha anormal omissão no que dizia respeito ao futuro colégio de Miles. Recordo-me de que, por aquele momento, resignei-me em deixar de lado tal assunto e a isso contribuiu a impressão de suas mostras constantes e assombrosas de inteligência. Era inteligente demais para ser prejudicado por uma preceptora medíocre, a humilde filha de um pároco. E, o mais estranho, se não o mais brilhante, dos fios da tapeçaria mental a que me refiro era a impressão que tive, a qual não ousava reavaliar, de que alguma influência operava como um tremendo estímulo para a jovem vida intelectual dele.

Entretanto, se era fácil admitir que um menino como aquele poderia ficar por algum tempo, sem problemas, fora do colégio, era pelo menos tão marcante o fato de ele ter sido "escorraçado" por um mestre-escola constituía mistério insondável. Acrescento que eu, em sua companhia – e tinha o cuidado de nunca o deixar sozinho –, não conseguia seguir nenhuma pista por muito tempo. Vivíamos em uma névoa perpétua de música, ternura e representações teatrais. A sensibilidade musical nessas duas crianças era notável, mas o maior, especialmente, tinha uma capacidade maravilhosa de lembrar e repetir o que havia escutado. O piano da sala de estudos explodia em extravagantes fantasias; quando a música cessava, havia colóquios nos cantos, com o desaparecimento de um deles, no ápice da animação, para ressurgir em uma "entrada" representando algo completamente novo. Eu tive irmãos e não me impressionava com o fato de as meninas serem escravas, a idolatrar os varões da casa. Assim, o que ultrapassava tudo o que fosse imaginável era que aquele menino demonstrava tamanha e tão articulada consideração pela idade, sexo e inteligência inferiores. Os irmãos eram extraordinariamente unidos, ou seja, dizer que jamais discutiam ou se queixavam um do outro seria um elogio bastante vulgar da doçura que demonstravam. Por vezes, de fato, quando me deixava arrastar por alguma grosseira suspeita, acreditava perceber entre os dois breves arranjos, depois dos quais um ou outro me mantinha ocupada enquanto o outro conseguia escapar. Existe um lado *naif*, suponho, em todas as relações diplomáticas; mas se meus alunos exerciam tal manipulação sobre mim, tal se dava com o mínimo de brutalidade. Por outro lado, a brutalidade surgiria, subitamente, depois da calmaria.

Hesito, de fato, em seguir adiante, mas necessito mergulhar novamente. Ao prosseguir com meu relato abordando aquilo que havia de odioso em Bly, não somente coloco à prova a mais generosa das confianças – e isso pouco importa – mas também – e aqui temos outra questão – revivo aquilo que eu sofri, estabeleço mais uma vez minha rota até o final.

Chegou o momento, de forma brusca, em que, ao me voltar para trás, a história toda me parece apenas puro sofrimento; mas, finalmente, cheguei ao centro do assunto narrado e prosseguir avançando parece ser o caminho mais curto para deixar tudo isso para trás.

Certa noite – sem que houvesse nada que conduzisse ou preparasse meu estado de espírito para isso –, senti em meu rosto o toque gélido da impressão que tive quando da minha chegada e que – muito mais leve, então, como já disse – não deixaria qualquer rastro em minha memória se não fossem os agitados desdobramentos subsequentes. Ainda não havia me deitado, lia à luz das velas de um candelabro. Em Bly, havia um quarto repleto de velhos livros; entre eles, alguns romances do século XVIII, bastante célebres para que fosse possível colocar em dúvida sua má reputação, mas não o bastante para que tal espécime extraviado desse tipo alcançasse meu retiro, despertando certas curiosidades inconfessáveis da minha juventude. Bem me lembro de que o livro que eu tinha em nãos era *Amelia*, de Fielding[10], e de que estava completamente desperta. Além

---

10 *Amelia*, de Henry Fielding (1707-1754), romance publicado em 1751, narra as peripécias da heroína do título em seu casamento, resultando em sucessivas provações em termos financeiros, sexuais e emocionais (N. do T.).

disso, minhas lembranças também me trazem de volta o fato de que tive a vaga noção de ser terrivelmente tarde, mas que, ao mesmo tempo, optei por não olhar para o relógio. Finalmente, evoco as brancas cortinas que envolviam, seguindo a moda da época, o pequeno leito de Flora, destinadas a proteger, como já havia me assegurado, a perfeita tranquilidade de seu sono infantil. Em suma, em minhas recordações, embora estivesse bastante interessada em meu livro, surpreendi-me dado momento ao virar a página e perceber que perdia o fio da narrativa, com meus olhos deixando para trás Fielding e fixando-se na porta do quarto. Por algum tempo escutei atentamente, com a diáfana sensação de que havia algo indefinidamente ativo na casa, ao perceber, através da janela aberta, a suave aragem que agitava o cortinado, parcialmente cerrado. Logo, dando mostras da fria deliberação que pareceria magnífica se houvesse quem contemplasse tal atitude, coloquei de lado o livro, levantei-me da cama, peguei uma vela, deixei resolutamente o quarto e, do corredor, iluminado apenas por minha vela, fechei rapidamente a porta atrás de mim, trancando-a com minha chave.

Hoje, não posso afirmar o que exatamente me impulsionava ou guiava meus passos, ou qual era meu objetivo, mas avancei com determinação pelo corredor, segurando minha vela no alto, até alcançar a grande janela que dominava a grande curva da escadaria. Nesse momento, percebi, com certa precipitação, três circunstâncias. Elas eram praticamente simultâneas, ainda que em lampejos sucessivos. Por causa de um movimento brusco, minha vela se apagou e percebi, pela janela sem cortinado, que a luz acinzentada da alvorada tornava meu parco recurso desnecessário. Sem minha vela, no momento seguinte, percebi uma forma humana na escada. Falo de instantes sucessivos, mas não precisava sequer de um segundo como lapso temporal para que me erguesse, disposta a um terceiro encontro com Quint. A aparição havia atingido o patamar da metade da escadaria e estava, portanto, no ponto mais próximo da janela, quando, ao me ver, deteve-se e fixou em mim seu olhar, da mesma forma que havia procedido quando estava na torre ou no jardim. Me conhecia tão bem quanto eu o conhecia. E ali, no fio e desmaiado alvorecer, entre dois reflexos brilhantes, provindos da janela e do piso polido da escadaria de carvalho, nos encaramos novamente, com nossa habitual intensidade. Nessa ocasião era, por completo, uma presença viva, detestável, perigosa. Mas esse não era o assombro dos assombros; reservo essa distinção para outra circunstância, bem outra: a de que o pavor me abandonou e de que nada havia em mim que não afrontasse e medisse meu inimigo.

Estava consideravelmente angustiada depois daquele momento extraordinário, mas não, graças a Deus, dominada pelo terror. E ele sabia disso. Ao final de um instante, estava de posse da magnífica certeza de não haver nada de terror em mim. Senti, com o rigor da impetuosa e indestrutível confiança, que, se permanecesse um minuto no local em que me encontrava, a influência espantosa de Quint cessaria, por algum tempo. E, de fato, durante tal minuto nosso encontro foi tão humano e odioso quanto um encontro real. Odioso, justamente porque *era* humano, tão humano como se deparar, sozinha, nessa hora da madrugada em uma casa completamente adormecida, com um inimigo, um aventureiro, um criminoso.

O silêncio mortal de nossa prolongada e próxima contemplação dava ao horror como um todo, monstruoso como era, sua única nota sobrenatural. Se houvesse encontrado um assassino no mesmo lugar, na mesma hora, ao menos haveria trocado algumas palavras com ele. Na vida, algo haveria se passado entre nós. Se nada se desse, um de nós teria se movido. O instante prolongou-se ao ponto que eu mesma, por pouco, não comecei a duvidar se *eu* estava viva. Apenas pude expressar o que aconteceu posteriormente afirmando que o próprio silêncio - que atestava, de certa forma, minha energia - tornou-se o elemento no qual contemplei sua desaparição. Foi nesse silêncio que eu vi como ele, definitivamente, voltou-se, como se tivesse visto o pobre desgraçado a quem outrora pertencera, ao receber uma ordem e se retirar - com meus olhos fixos nas costas infames que nada poderia ter desfigurado mais -, na escuridão em que se perdia a curva seguinte da escadaria.

X

Permaneci algum tempo no alto da escadaria, dominada pela compreensão clara de que meu visitante havia partido definitivamente. Depois, retornei ao meu dormitório. A primeira coisa que meus olhos perceberam, através da luz de velas que foram deixadas e ainda ardiam, foi que o leito de Flora estava vazio. Diante disso, contive minha respiração, sufocada por um horror que, cinco minutos antes, fora possível enfrentar. Lancei-me sobre o leito, no qual havia deixado a menina deitada e em torno do qual haviam corrido, de forma enganadora, as cortinas brancas - a pequena colcha de seda e os lençóis estavam desarrumados. Logo, meus passos - e que alívio inexplicável - produziram um rumor em resposta. O cortinado da janela agitava-se, e a menina, surgindo por baixo dela, abaixou-se e depois emergiu do outro lado dela. Flora permaneceu ali, com toda sua candura e roupa de menos, os rosados pés nus e o brilho dourado de suas madeixas. Olhou para mim de uma forma intensamente grave e nunca havia tido a impressão tão clara de que perdia uma vantagem recém-adquirida - que trouxe como consequência um estremecimento tão prodigioso - ao perceber que o olhar que ela me dirigia era de reprovação:

— Menina má: onde *você* esteve?

Em vez de censurar sua conduta, me vi eu mesma acusada, tendo de prestar esclarecimentos. Ela, por sua vez, explicava os fatos com a mais ardente e deliciosa simplicidade. Percebera, subitamente, ainda deitada, que eu havia deixado o quarto; por isso, saltou da cama e saiu em minha busca. A felicidade do reaparecimento de Flora me obrigou a buscar uma cadeira para me sentar, uma vez que desfalecia – sensação que tive apenas naquele momento. Ela, então, saltou em cima de meu joelho, entregando ao resplendor das velas seu pequeno e maravilhoso rosto, avermelhado ainda pelo sono. Fechei meus olhos por um instante, dócil e intencionalmente, para não ser ofuscada pela beleza excessiva de seus olhos azuis. Então, disse:

— Estava procurando por mim olhando pela janela? Pensou que saí para caminhar do lado de fora?

— Bem, pensei que havia alguém – respondeu-me sorrindo, sem vacilar. Oh, quão fixamente olhei para ela naquele momento!

— E viu alguém?

— Oh, *não*! – respondeu quase ofendida, desfrutando do privilégio da inconsequência infantil, se bem que sua negativa ainda estivesse mesclada com prolongada doçura.

Nesse momento, apesar de meus nervos, tinha certeza absoluta de que ela mentia, mas fechei meus olhos uma vez mais, perturbada diante das duas ou três possíveis respostas que podia escolher. Uma delas, por um momento, foi tão singularmente tentadora que, para resistir a ela, tive de abraçar com força a menina, que suportou tal furiosa pressão de meus nervos sem emitir um grito, sem um único traço de surpresa. Por que não acertar de uma vez por todas as coisas com ela? Atirar ao seu pequeno, adorável e luminoso rosto toda a verdade? Pensei em dizer o seguinte: "Você vê, sempre viu e *sabe* de tudo o que acontece por aqui, e já suspeita de que eu tenha percebido tudo isso; portanto, por que não confessar francamente para mim, para que possamos pelo menos conviver, tendo talvez a compreensão, na estranheza de nosso destino, de onde estamos e do que tudo isso significa?". Essa inspiração, contudo, desvaneceu-se imediatamente. Se tivesse sucumbido a tal possibilidade naquele momento, talvez poupasse a mim mesma de... Bem, já saberá o leitor ao que aludo. Mas me coloquei em pé, olhei para o leito e adotei um inútil meio-termo:

– Por que fechou as cortinas para me fazer crer que permanecia deitada?

Flora refletiu luminosamente; depois de um instante, respondeu com seu sorriso suave e divino:

– Por que não gostaria de assustá-la?

– Mas, se eu realmente tivesse saído, como me dissera ter acreditado...

Não se deixou perturbar de modo algum; voltou seus olhos para a chama da vela, como se a pergunta fosse irrelevante ou completamente impessoal, como a senhora. Marcet[11] ou quanto são nove vezes nove. Sua resposta foi bastante adequada:

– Mas você sabe, querida, que voltaria a qualquer momento, algo que *fez* realmente.

---

11 Jane Marcet (1769-1858) é autora de livros educativos nas áreas de ciência e economia, com o título de *Conversations* [Conversações], sempre na forma de diálogos entre dois alunos e seu mestre.

Pouco depois, quando ela finalmente se deitou, tive de ficar, por longo tempo, sentada ao lado dela, segurando-lhe a mão, para provar-lhe que eu reconhecia a necessidade de meu retorno.

Creio ser possível imaginar, depois dessa noite, o que foram todas as minhas noites. Era frequente permanecer acordada até sabe-se Deus que horas. Escolhia os momentos em que minha companheira de quarto dormia de fato para deslizar pelo lado de fora do quarto e percorrer rapidamente o corredor, chegando sempre até o ponto em que encontrei Quint da última vez. Mas nunca o encontrei nesse local de novo; e desde já posso garantir que em nenhuma outra ocasião cruzei com esse homem no interior da casa. Quase tive, por outro lado, uma aventura bem diferente nessas escadarias.

Certa vez, olhando para baixo desde seu ponto mais alto, notei a presença de uma mulher, de costas para mim, sentada no último degrau, seu corpo curvado, em posição que denotava agonia, a cabeça entre as mãos. Permaneci naquele ponto por um breve instante, quando a mulher desapareceu sem olhar para mim. Sabia, contudo, exatamente qual rosto terrível era o daquela figura; me perguntava, de fato, qual seria minha atitude se estivesse na arte debaixo da escadaria, se enfrentaria aquela aparição com o mesmo arrojo que demonstrei com Quint. Não faltavam ocasiões para que eu pudesse demonstrar minha fibra.

Na décima primeira noite – pois passei a numerá-las –, após meu último encontro com o afamado cavalheiro, tive um sobressalto que colocou meus nervos à prova, perigosamente, e que, por sua natureza singular e inesperada, provocou em mim impacto considerável. Foi, precisamente, na primeira noite desse período em que, cansada de minhas repetidas noites insones por causa de minha vigilância, acreditava não ser possível me deitar em meu horário antigo sem ser acusada de negligência. Adormeci por volta da uma da manhã, como soube mais tarde, mas logo despertei, sobressaltada, recuperando minha compostura, ainda na cama, permanecendo tão erguida como se alguém tivesse me sacudido violentamente. A vela, que deixei acesa, havia se apagado e adquiri de imediato a certeza de que Flora havia feito isso deliberadamente. Levantei-me e, caminhando pelo escuro, fui até o leito da menina, que estava vazio. Olhei para a janela e tal visão esclareceu muitas coisas, e o fósforo que risquei completou a cena.

A criança havia se levantado novamente – desta vez apagando a vela e, de novo, seguindo o propósito de observar algo ou responder alguém, estava encolhida por trás do cortinado, contemplando a noite. Aquilo que ela via – como não chegou a ver da vez anterior, disso estava segura – era provado pelo fato de ela não se perturbar com a luz acesa nem com o ruído que produzi para colocar meus chinelos ou cobrir meu corpo com uma manta. Escondida, protegida, absorta, apoiava-se no peitoril da janela – o caixilho era aberto projetando-se para fora –, liberando-se inteiramente à contemplação. Uma imensa e aprazível Lua surgia em seu auxílio, e isso influenciou em minha rápida decisão. Flora estava frente a frente com a aparição que encontramos no lago, e poderia se comunicar com ela, algo que não foi possível anteriormente. Por outro lado, eu precisava atravessar o corredor sem que a menina ouvisse meus passos e chegar até a outra janela, paralela àquela onde ela estava. Cheguei até a porta sem que ela percebesse; abri-a muito rapidamente, saí do quarto, fechei a porta e permaneci ouvindo atentamente do lado de fora, em busca de qualquer ruído que fosse proveniente do quarto. Enquanto permaneci no corredor externo, fixei meus olhos na porta do quarto de Miles, a dez passos do nosso, algo que, indiscutivelmente, renovou em mim o ânimo desse estranho impulso que chamei de tentação. O que aconteceria se entrasse diretamente no quarto de Miles através da janela *dele*? O que se daria se, arriscando a revelar o motivo de minha conduta adiante de seu assombro infantil, lançasse em torno do mistério o laço de minha audácia?

Esse pensamento apoderou-se de mim de tal maneira que cheguei a me aproximar da soleira da porta, mas parei novamente. Agucei meus ouvidos, que estavam anormalmente sensíveis. Me perguntava se a cama de meu aluno também não estaria vazia, se estaria, secretamente, em seu posto de observação. Foi um minuto profundo, silencioso, ao fim do qual desisti de minha tentação. Miles não fez nenhum ruído, talvez fosse inocente; o risco era odioso; dei as costas para a porta. Na área externa da casa, sem sombra de dúvida, havia uma presença, que rondava em busca de uma visão, um visitante com o qual Flora estava envolvida; mas esse visitante não dizia respeito ao menino. De novo hesitei, porém por pouco tempo e motivada por razões diversas; depois, tomei minha decisão. Em Bly havia muitos quartos vazios e era somente questão de escolher o adequado. Subitamente compreendi que o mais apropriado naquele momento estava no andar de baixo - ainda que bem acima dos jardins –, situado no ângulo da casa que já mencionei antes e que chamávamos de Velha Torre.

Era um cômodo amplo, retangular, organizado de certa forma como um quarto, embora seu tamanho extravagante fosse tão inconveniente que esteve por anos, apesar de mantido pela senhora Grose em estrita ordem, desocupado. Eu admirava esse cômodo com frequência e conhecia sua disposição. Após vencer a gélida obscuridade derivada de seu abandono, atravessei o quarto e abri o mais silenciosamente possível uma de suas venezianas. E logo levantei a cortina e pude ver, colando meu rosto ao vidro, que havia escolhido o local adequado, pois a escuridão exterior era menos profunda que a interior. Logo vi algo mais. A Lua, que tornava a noite extraordinariamente clara, mostrava que no gramado havia uma pessoa, diminuída pela distância, que permanecia imóvel, como se fascinada, olhando não para o meu posto de observação, mas para um ponto acima dele. Havia, sem dúvida, outra pessoa acima de onde eu estava, outra pessoa na torre. Mas a silhueta no jardim não era, de modo algum, quem eu suspeitava e para quem acorri com o objetivo de enfrentar. A presença no gramado – senti forte vertigem quando me veio a certeza disso – era o pobre garoto, Miles.

XI

Foi apenas em uma hora bastante avançada do dia seguinte que consegui falar com a senhora Grose, pois o cuidado que eu dedicava a não perder meus pequenos discípulos de vista dificultava as entrevistas privadas, ainda mais que nenhuma de nós sentíamos necessidade de provocar - na criadagem ou nas crianças - a suspeita, por menor que fosse, de alguma agitação secreta ou investigação sobre algum mistério. Nesse sentido, a suave aparência da senhora Grose me fornecia bastante segurança. Nada havia, naquele rosto sereno que indicasse qualquer pista que fosse das minhas horríveis confidências. Ela acreditava em mim completamente, disso tenho certeza; se tal não fosse o caso, desconheço qual seria o meu destino, pois não poderia suportar tal fardo sozinha. Mas ela foi um magnífico monumento dessa bênção celestial que é a falta de imaginação; apenas conseguia distinguir o encanto e a beleza, a felicidade e a inteligência das crianças, não estabelecendo conexões diretas com as fontes de meus problemas. Se as crianças mostrassem o mais leve sinal de abatimento e languidez, a senhora Grose sairia em busca dos motivos disso, transtornada. Mas, no estado em que as coisas estavam, conseguia perceber - quando ela vigiava os dois com os braços cruzados e o hábito da serenidade resplandecendo em seu ser - que ela agradecia aos céus o fato de que, mesmo se as crianças não escapassem ilesas, os pedaços ainda seriam de serventia.

Na mente da senhora Grose, a chama da fantasia transformava-se no aprazível fogo de lareira. Eu começava a compreender como - à medida que o tempo transcorria sem novos incidentes - aumentava a convicção dela de que nossos pupilos eram capazes de cuidar de si mesmos, sendo que sua maior solicitude era dedicada ao infeliz caso da preceptora. Tudo isso, no que me diz respeito, simplificava enormemente as coisas. Poderia suprimir completamente de meu rosto sinais das tristes histórias que testemunhei, mas me preocupar com o rosto da senhora Grose, dadas as condições de minha vida, teria significado um considerável esforço adicional.

Na hora mencionada, conversávamos no terraço, para onde ela havia se dirigido graças às minhas insistências e onde, desde a temporada passada, era um lugar em que o Sol da tarde era bem agradável. Foi nesse ponto que nos sentamos enquanto, diante de nós e a certa distância, mas ao alcance de nossa voz, as crianças brincavam da maneira mais tranquila que se poderia imaginar. Elas se moviam, de forma coordenada, diante de nós, no gramado. Miles, que havia entrelaçado com seu braço a irmã como que para senti-la perto de si, recitava em voz alta um livro de contos. A senhora Grose os observava com sincera placidez; mas eu quase não levei em consideração essa sufocada curiosidade intelectual, com a qual se voltava intencionalmente para o meu lado e, assim, observava o outro lado da tapeçaria. Havia transformado a senhora Grose em um receptáculo de coisas assustadoras, mas seu estranho reconhecimento de minha superioridade, por meus méritos e pela função por mim desempenhada, revelava-se em sua paciência diante de minha dor. Oferecia seu espírito para minhas confidências como se assim me alcançasse, embora eu estivesse a preparar uma mistura caprichada[12] para oferecer a ela, audaciosamente, uma caçarola larga e bem cheia. Tal oferecimento foi a atitude por ela tomada durante aquela tarde, diante do meu recital sobre os eventos da noite, no momento em que eu chegava na resposta dada por Miles quando fui buscá-lo no jardim, logo depois de avistá-lo pela janela, em um horário realmente incomum, quase no mesmo lugar em que passeava na nossa frente, ao lado da irmã. Optei por buscá-lo diante da necessidade de escolher um meio menos ruidoso de efetuar tal resgate e, assim, evitar ter de acordar a casa inteira. Dei a entender, para a senhora Grose, que não esperava ter de forçá-la a compartilhar - a despeito de toda sua simpatia - a magnífica atitude tomada pelo menino quando, após estarmos no interior da casa, lancei a ele, finalmente, meu desafio mais articulado. Mal cheguei ao terraço, iluminado pela luz da Lua, ele veio diretamente ao meu encontro. Eu o tomei pela mão sem dizer palavra e o conduzi, em meio à escuridão, e subimos a escadaria - a mesma na qual Quint o buscava freneticamente; depois, atravessando o corredor onde havia

---

12 No original "witch's broth", literalmente "caldeirão da bruxa". Essa expressão indica a mistura ou encontro de elementos perigosos em um mesmo local e momento (N. do T.).

permanecido atenta ao mínimo ruído, estremecendo, chegamos ao seu quarto.

Sequer trocamos uma sílaba durante o trajeto, mas eu me perguntava – oh, e *como* me perguntava – se buscava em seu pequeno cérebro alguma explicação plausível, sem ser demasiado grotesca. Teria bastante trabalho, certamente, para justificar sua conduta; então, ao pensar em seu embaraço, senti um curioso estremecimento de triunfo. Essa foi uma boa cilada para o pequeno inescrutável! Não poderia representar o papel da inocência; pois então, como sairia dessa? E esse amável questionamento, que ressoava como as batidas de um coração, fazia eco em outra, igualmente muda e profunda: como *eu* mesma me sairia com essa? Afinal, com todo o perigo que tal representava, minha voz faria ouvir toda aquela horrível nota. Recordo-me de que, conforme o conduzia por seu quarto, ao perceber a cama ainda arrumada e a janela com as cortinas totalmente puxadas, de forma que a luz brilhante da Lua tornava desnecessário riscar um fósforo, quase desfaleci e me deixei cair na beirada de sua cama, subjugada pela ideia de que Miles devia saber, necessariamente, como me dominar. Ajudado por sua inteligência ferina, podia fazer de mim o que bem entendesse, enquanto eu continuaria sendo parte dessa velha tradição dos mestres culpáveis, que alimenta superstições e medos. Sim, eu estava nas mãos dele, pois quem poderia me absolver, quem me salvaria da forca por causa da menor alusão na qual eu pudesse introduzir esse elemento completamente equívoco em nossas relações perfeitamente normais? Não, não: era inútil a tentativa de levar essa possível compreensão à senhora Grose, quase tão inútil como sugerir tal coisa aqui; e essa situação despertou meu assombro no breve e amargo duelo que tivemos na escuridão. Eu mantive minha aura bondosa e compassiva, evidentemente. Nunca, até então, havia apoiado as mãos em seus ombros com tanta ternura, enquanto permanecia sentada em um canto da cama. Mas não havia alternativa além de colocar minhas questões, ao menos para que ele soubesse.

- Precisa me dizer, agora, toda a verdade. Por que você saiu? O que fazia do lado de fora?

Ainda consigo distinguir seu lindo sorriso, o branco de seus olhos maravilhosos, seus pequenos dentes brilhavam na penumbra.

- Se eu contar, será que conseguirá compreender?

Meu coração começou a bater com mais força. Ele *contaria* para mim a verdade? Faltou-me a voz sequer para mentir, e tive consciência apenas de responder com uma vaga, insistente, instável inclinação de cabeça. Miles, por sua vez, era toda doçura e, enquanto eu permanecia balançando minha cabeça, ele parecia um príncipe de conto de fadas. Sua brilhante serenidade provocou em mim uma espécie de alívio. Seria tão excepcional se estivesse disposto a confessar?

- Pois bem - disse ele, por fim -, para que você fizesse exatamente o que fez.

- Fizesse o quê?

- Acreditar que eu fosse *mau*, para variar.

Nunca me esquecerei da doce alegria com a qual pronunciou essa palavra, nem como, para coroar sua atitude, inclinou-se em minha direção e me beijou. Era o fim de tudo. Devolvi o beijo e, enquanto o estreitava em meus braços, tive de fazer um esforço prodigioso para não chorar. Havia prestado contas de sua atitude da forma que praticamente me impedia de seguir exigindo o que fosse, e não fiz outra coisa que aquiescer diante de suas palavras, quando, ao observar o quarto, perguntei:

– Então, sequer tirou sua roupa?

Ele parecia brilhar na penumbra.

– De modo algum. Me sentei para ler.

– E quando desceu para o jardim?

– À meia-noite. Quando sou mau, *sou* mau para valer!

– Percebo, percebo... é encantador. Mas como tinha certeza de que eu saberia?

– Oh, combinei tudo com Flora.

Suas respostas brotavam com rapidez.

– Ela devia se levantar e permanecer olhando pela janela.

– Foi o que ela fez.

Eu havia caído em uma cilada!

– Sim, ela a intrigou, e você, para descobrir o que ela contemplava, também olhou para fora. Olhou mesmo.

– Enquanto você poderia ter morrido por causa do ar frio noturno!

Ele literalmente floresceu de orgulho, algo que permitiu assentir radiante.

– E de que outro modo eu poderia ser bastante mau?

Então, nos beijamos de novo e isso concluiu o incidente e nosso diálogo, depois que eu reconheci todas as reservas de bondade que necessitei acumular diante dessa brincadeira.

XII

A impressão que tive, em particular, pareceu-me no dia seguinte - e repito aqui - difícil de compartilhar com a senhora Grose, em que pese o reforço que dei mencionando outra observação feita por Miles antes de nos separarmos:

- Tudo cabia em meia dúzia de palavras - disse para ela - que realmente definiram a questão: "Pense no que eu *poderia* fazer!", disse-me para demonstrar o quão bom era. Conhece muito bem sua capacidade. Disso, deu uma amostra no colégio.

- Por Deus, como a senhorita mudou! - exclamou minha amiga.

- Não mudei. Simplesmente explico o que aconteceu. Os quatro, pode estar certa, reúnem-se o tempo todo. Se, em uma dessas últimas noites, a senhora estivesse com algum dos órfãos, compreenderia tal fato imediatamente. Quanto mais observo e vigio, mais percebo que, na falta de outra prova, o sistemático silêncio de ambos constitui prova suficiente. *Jamais* mencionaram seus antigos amigos, assim como Miles nunca fez qualquer alusão à sua expulsão do colégio. Oh, sim, podemos nos sentar e, tranquilamente, observá-los, e eles podem nos fazer crer no que quiserem, mas, mesmo no momento em que fingem estar perdidos em seu conto de fadas, estão compenetrados na visão desses mortos que retornam. - Logo depois, prossegui: - Miles não lê um conto para a irmã; eles falam *deles*, falam de horrores! A senhora acredita que eu tenha enlouquecido e se de fato ainda não esteja nessa condição foi por milagre. O que eu testemunhei com certeza seria suficiente para fazer *sua* razão se perder. Mas, no meu caso, ampliou minha lucidez, me fez compreender muitas outras coisas.

Essa minha lucidez devia parecer atroz, mas as encantadoras criaturas que eram vítimas dela, passeando para lá e para cá em seu agradável enlace, ofereciam um sólido apoio à incredulidade de minha amiga. Senti esse ceticismo quando ela, sem atiçar o fogo de minha paixão, persistiu acariciando as crianças com seus olhos.

- Quais outras coisas a senhorita compreendeu?

- Ora, todas essas coisas que haviam me encantado, fascinado e, no fundo, como bem vejo agora, me intrigado. Sua beleza inumana, sua mansidão absolutamente anormal. - Então continuei: - Trata-se de um jogo, de um método e de uma fraude.

- Da parte desses pobres, adoráveis...

- Crianças, apenas isso? Sim, por mais louco que pareça.

O fato mesmo de expressar minha opinião ajudou-me a examiná-la melhor, a recuperar sua origem, reconstruí-la passo a passo.

- Não são boas crianças: estão ausentes, e isso é tudo. É fácil conviver com elas, pois vivem uma vida toda própria, distante da nossa. Não são meus, nem seus. São dele e dela!

- Quint e aquela mulher?

- Quint e aquela mulher. Eles desejam chegar até eles.

Oh, com qual intensidade, diante de minha declaração, a senhora Grose não os observou?

- Mas para quê?

- Pelo amor ao mal que, naqueles terríveis dias do passado, o casal despertou nas duas crianças. Para continuar inspirando o mal neles; prosseguir com essa obra demoníaca é a motivação que encontram para retornar.

- Pelo amor! - exclamou a senhora Grose, com respiração bem mais pesada. Aquele clamor breve foi familiar e involuntário, outra prova daquilo que nos tempos ruins (porque houve tempos ainda piores) devia acontecer naquela casa. Nada justificava melhor minhas apreensões que seu reconhecimento fundado na experiência da absoluta depravação que eu suspeitava existir naquele par de canalhas.

Foi a óbvia submissão diante da memória que a fez exclamar momentos depois:

- *Eram* crápulas! Mas o que podem fazer agora? - postulou a senhora Grose.

- Fazer? - repeti como um eco, em tom tão elevado que Miles e Flora, passeando a certa distância, interromperam seu percurso por um momento e olharam para nós. - Não fizeram o bastante? - perguntei em voz mais baixa, enquanto as crianças, depois de sorrir e enviar beijos para nós, prosseguiram com sua comédia. Tudo aquilo durou em torno de um minuto; depois, prossegui: - Eles podem destruí-los!

A senhora Grose, então, voltou-se para mim, mas a pergunta que ela fazia era silenciosa, algo que me induziu a formulá-la explicitamente:

– Ainda não sabem exatamente como, mas buscam realizar tal desígnio de todas as formas. Até o momento, surgiram apenas atrás de alguma coisa, e a distância; em locais inusitados, no topo de torres, no telhado das casas, do lado de fora da janela, na margem distante dos lagos. Mas há um planejamento em tudo isso, dos dois lados, para diminuir a distância e superar os obstáculos. Nesse caso, o êxito dos perpetradores de tentações é apenas questão de tempo. Apenas precisam manter suas sugestões perigosas.

– Para levar as crianças com eles?

– E perecer tentando!

A senhora Grose ficou lentamente em pé, enquanto eu acrescentei, cheia de escrúpulos:

– A não ser que nós, é claro, possamos evitar.

Como permaneci sentada, ela começou a analisar a situação.

– O tio deles poderia impedir tais desdobramentos. Ele deve levá-los consigo.

– E quem poderá persuadi-lo?

Parecia perscrutar o horizonte, mas logo voltou para mim seu rosto ingênuo.

– Você, senhorita.

– Escrevendo para informar que a mansão dele está corrompida e que seus dois sobrinhos enlouqueceram?

– Mas e se eles *estiverem*, senhorita?

— Se eu estiver, a senhora quer dizer? Encantadoras notícias essas que eu enviaria, a preceptora cujo primeiro dever seria não o incomodar.

A senhora Grose voltou a meditar, enquanto seguia com os olhos as crianças.

— Sim, ele detesta preocupações. Essa foi a principal razão...

— Pela qual esses perversos puderam se aproveitar dele por tanto tempo? Sem dúvida, embora sua indiferença me pareça chocante. Em todo caso, como não sou perversa, não me aproveitarei dele.

Minha companheira, depois de um momento, voltou a se sentar e segurou meu braço.

— Em todo caso, peça que venha.

Olhei para ela, espantada.

— *Eu?*

Tive um medo repentino daquilo que ela poderia fazer.

— Pedir a *ele*?

— Deveria estar aqui, deveria ajudar.

Levantei-me de um salto e mostrei para ela um rosto mais estranho que nunca.

— A senhora me vê convidando a ele para uma visita?

Não, com os olhos fixos em meu rosto, ela evidentemente não via. E, por outro lado, podia ver — como uma mulher que consegue ler em outra — o que eu mesma enxergava: sua irrisão, seu divertimento, seu desprezo pelo colapso de minha resignação na solitude e pela refinada maquinaria que havia colocado em funcionamento com o objetivo de atrair sua atenção para meus desdenhados encantos. A senhora Grose não sabia — ninguém sabia — até que ponto eu estava orgulhosa de servir a ele, permanecendo fiel aos termos de nosso compromisso. Penso, sem dúvida, que ela não deixou de levar em conta a advertência que lhe fiz:

- Se a senhora perder a cabeça ao ponto de chamá-lo.

Ela estava, de fato, assustada.

- E então, senhorita? - balbuciou.

- Deixarei os dois, imediatamente. Ele e você.

XIII

Estar com eles era fácil, mas falar com eles tornou-se algo que estava além dos meus esforços – quando dentro de casa, as dificuldades pareciam insuperáveis. Era uma situação que persistia e piorava dia a dia, com novas circunstâncias e notas particulares – a mais singular delas, cada vez mais aguda, era suave e consciente ironia de meus discípulos. Não era, e hoje estou tão segura disso quanto estava à época, um efeito qualquer de minha infernal imaginação. Mas algo tão passível de rastreio que as crianças estavam cientes dos motivos de minhas tribulações, algo que contribuiu para criar, desse certo tempo, a estranha atmosfera em que vivíamos. Não quero com isso dizer que cometeram indiscrições ao estilo dos mexericos ou que fizeram algo assim vulgar, pois esse não era o estilo deles. Quero dizer, tão-somente, que naquilo que permanecia inominado, ou impossível de abordar, expandia-se em detrimento a todo o resto, e que, para evitar o inconveniente tema, precisávamos lançar mão de um consentimento tácito de expressivas dimensões. Era como se, por vezes, estivéssemos prestes a tratar certos assuntos diante dos quais optávamos por nos calar, virando bruscamente em ruas que percebíamos serem becos sem saída, fechando, com um pequeno ruído que nos fazia olharmos uns para os outros - pois como todos ruídos, era levemente mais alto do que havíamos desejado - as portas que, indiscretamente, chegamos a abrir. Todos os caminhos levam a Roma, e em certos momentos se diz que não haveria material de estudo ou tema para conversação que não conduzisse a um território interdito. E esse território interdito estava relacionado com o retorno dos mortos de modo geral e, em particular, qualquer coisa que trouxesse de volta, na memória das crianças, algo de seus amigos que se foram.

Havia dias em que eu jurava que um deles, com um pequeno e invisível toque, dizia para o outro: "Desta vez, pensa em fazer - mas ela não *fará*!". E que imaginavam se eu faria ou não? Por exemplo, se me permitiria uma fugaz alusão à dama que me precedeu como preceptora. Possuíam adorável e insaciável interesse por anedotas de minha história pessoal, que eu já havia contado inúmeras vezes; possuíam tudo o que havia acontecido comigo; conheciam, em seus mínimos detalhes, a história de minhas pequenas aventuras, de meus irmãos e irmãs, do cachorro e do gato que tive em casa, assim como alguns detalhes do caráter excêntrico de meu pai, da mobília e das disposições de minha casa e das conversas usuais das velhas de meu povoado. Em suma, sabiam de coisas de sobra para alimentar suas conversas, sempre que fossem rápidos e hábeis para saber até onde ir. Tinham uma arte própria para puxar dos fios de minha memória ou de minha invenção, e talvez - quando me lembro mais tarde dessas conversações - nada alimentava mais minhas suspeitas de ser observada de um local oculto.

Pois apenas aquilo que dizia respeito à *minha* vida, ao *meu* passado e aos *meus* amigos parecia nos dar alguma tranquilidade. Esse estado de coisas por vezes os levava a despertar de maneira gratuita, por mera sociabilidade, minhas recordações infantis. Sem um motivo claro, convidavam-me a repetir a celebre frase de Goody Gosling[13] ou confirmar os detalhes já fornecidos a respeito da esperteza do pônei do presbitério.

Em parte, por conta dessas circunstâncias, em parte por outras bastante diversas, minhas tribulações, como as chamei, tornavam-se mais complexas. O fato de os dias passarem, para mim, sem que houvesse nenhum novo encontro não resultou, ou ao menos assim me parecia, em apaziguamento de meus nervos. Desde o leve sobressalto que tive quando, no topo da escadaria, notei a presença de uma mulher sentada no primeiro degrau, não voltei a distinguir nada, dentro ou fora da casa, que eu preferisse não ver. Em vários recantos, esperei reencontrar Quint e que certas ocasiões - apenas por parecerem a mim algo sinistro - favoreceriam a aparição da senhorita Jessel.

O verão surgiu, o verão se foi; o outono desceu sobre Bly e cortou pela metade a claridade de nossos dias. Todo aquele lugar, com seu céu cinza e suas guirlandas murchas, espaços vazios e folhas mortas, era como um teatro após o espetáculo - o solo coberto com os descartados panfletos das peças em

---

13 A referência a Goody Gosling é algo obscura. Pode estar relacionada a uma piada ou jogo de palavras dos vizinhos da preceptora: "Goody", em inglês, é uma abreviação de "Goodwife", termo usado para designar mulheres idosas, casadas, em geral pertencentes às classes inferiores; ou a algum tipo de rima ao estilo Mãe Ganso (em inglês, "Mother Goose") que as crianças apreciariam (N. do T.).

exibição. As condições atmosféricas eram exatas, da mesma forma que as impressões sonoras e da própria quietude – elementos que anunciavam o *momento*, que me atiravam de volta ao estado de médium no qual, em junho, do lado de fora da casa, tive meu primeiro vislumbre de Quint, e no qual, igualmente, em outras circunstâncias, busquei em vão por ele em um círculo de arbustos, depois de observá-lo esquadrinhar o ambiente interno a partir da janela. Reconheci os signos, os presságios, o momento e o lugar. Mas todos eles permaneciam vazios, inanimados, enquanto eu prosseguia incólume – se for possível considerar como incólume uma jovem cujos sentidos foram de tal forma sensibilizados.

Quando contei para a senhora Grose a horrível cena de Flora junto ao lago, deixei-a perplexa ao declarar que, desde esse momento, lamentaria muito mais perder esse meu dom que mantê-lo. Tive de explicar para ela, então, a ideia que me dominava de forma tão vívida: independentemente daquilo que as crianças haviam visto – ou não, uma vez que inexistiam provas indicativas disso –, eu preferia, para a proteção de ambos, correr os riscos sozinha. Estava disposta a enfrentar o pior. Estremecia só de pensar que meus olhos poderiam estar fechados enquanto os deles permaneciam abertos. Pois bem, meus olhos *estavam fechados*, ou assim me parece hoje em dia, algo pelo qual soaria blasfemo não dar graças a Deus. Entretanto, surgiu, nesse sentido, uma dificuldade: eu agradeceria, de todo o meu coração, não ter a medida da convicção que eu tinha do segredo de meus pupilos.

Como descrever, agora, as estranhas etapas de minha obsessão? Em certos momentos, quando estávamos juntos, poderia jurar que, em minha presença, mas sem que eu tivesse disso uma percepção direta, recebiam visitantes conhecidos e desejados. Nessas ocasiões, caso não conseguisse deter o temor em meu íntimo de que a cura teria sido pior que a doença por mim combatida, teria dado livre curso à minha exaltação; gritaria: "Eles estão aqui, estão aqui, pequenos desgraçados! Não podem negar agora!". Mas esses pequenos desgraçados negariam tudo com a dupla força da sociabilidade e da doçura de ambos, desde os abismos cristalinos nos quais - como a aparição súbita de um peixe na correnteza de um rio - fulgurava, ironicamente, a vantagem que tinham em relação a mim.

Na verdade, minha perturbação foi ainda mais profunda do que acreditava, na noite em que descobri, enquanto buscava, sob o céu estrelado, por Quint ou pela senhorita Jessel, o menino cujo sono eu deveria velar, e que imediatamente baixou seus olhos - que se detiveram, resolutos, em meu rosto -, fixados em um olhar dulcífico que deveria ter contemplado, antes, o alto, na torre sobre nós, em que deveria estar a odiosa e brincalhona figura de Quint. Se era o espanto que estava em questão, essa descoberta que fiz me espantou mais que tudo. As induções que produzia, nesse caso, eram resultantes do estado em que se encontravam meus nervos. Essas induções me perturbavam de tal maneira que, por vezes, eu me trancava para ensaiar em voz alta - e isso era, ao mesmo tempo, um alívio soberbo e uma renovação de meu desespero - a maneira como trataria com eles tal assunto. Minha abordagem variava, tomava ora uma direção, ora outra, ao caminhar nervosamente por meu quarto, mas minhas tentativas esbarravam, sempre, na articulação monstruosa dos nomes próprios. Assim que as palavras morriam em meus lábios, dizia a mim mesma que, talvez, eu serviria de ajuda aos órfãos na representação de algo infame se, ao pronunciar tais nomes, isso não seria como a violação desse pequeno e instintivamente delicado mundo de nossa sala de estudo, provavelmente o único caso desse tipo conhecido. Quando dizia para mim mesma: "*Eles* possuem as habilidades necessárias para preservar seu silêncio, e você, em quem confiam, a baixeza de falar!". Então, sentia o rubor e cobria meu rosto com as mãos. Depois dessas cenas secretas, minha loquacidade aumentava e percebia que meu falar tornava-se mais volúvel que de costume, até o surgimento dos nossos prodigiosos, palpáveis silêncios – não consigo dar a tais intervalos outro nome – e da estranha, vertiginosa sensação – em vão busco termos exatos – de que deslizávamos, nos arrastávamos para a quietude, para a suspensão de toda a vida, pese o maior ou menor ruído que produzíssemos nesse momento – algo que eu podia perceber por meio das explosões de júbilo, fluxo repentino de versos ou acorde ruidoso ao piano.

Eis que ali estavam os outros, os intrusos. Ainda que não fossem anjos, "passavam", como se diz em francês, provocando em mim, enquanto a presença deles persistia, forte tremor pelo medo apenas em pensar que, talvez, pudessem dirigir às suas jovens vítimas alguma mensagem ainda mais infernal, alguma imagem ainda mais vívida – que aquelas que eu mesma julgava suficientes para mim.

O mais difícil de esquecer era a crueldade com que se materializava a ideia de que, diante de tudo aquilo que eu vi, Miles e Flora viram *mais* – cenas terríveis, impenetráveis, que surgiam da convivência mútua que tiveram no passado. Tais cenas deixavam naturalmente na atmosfera, durante alguns instantes, gélidas correntes que todos nós, vociferando em uníssono, negávamos sentir, e nós três, à medida que tais situações se repetiam, adquiríamos uma técnica bastante sofisticada que, ao assinalar o fim de um desses incidentes, executávamos como autômatos os mesmos movimentos.

Em todo o caso, era assombroso que as duas crianças vissem me beijar com uma espécie de indiferença selvagem e que, nesses momentos, Miles ou Flora sempre me fizessem a pergunta preciosa que havia nos ajudado a atravessar tais perigos: "Acredita que *ele* virá quando? Na sua opinião, *devemos* escrever-lhe?". Não havia nada como essas perguntas, percebi por experiência própria, para dissipar qualquer situação embaraçosa. "Ele" era, sem dúvida, o tio dos dois, que vivia em Harley Street. Sempre expressávamos profusamente a teoria de que "ele" poderia chegar a qualquer momento e se mesclar ao nosso pequeno grupo. Seria impossível encorajar tal teoria, tendo em vista o que o tutor deles havia feito até então. Mas se ela não existisse, como se de um alicerce se tratasse, seria impossível representar essas nossas astutas comédias. Ele nunca escrevia para nenhum dos sobrinhos, talvez por egoísmo, mas isso terminou por formar parte da confiança avassaladora que depositavam em mim, pois a maneira pela qual um homem poderia pagar o mais alto tributo a uma mulher deveria ser o festivo cumprimento de uma das leis da comodidade. Por isso, quando dava a entender aos meus pupilos que suas cartas de Londres nada mais eram que encantadores exercícios literários, cuja beleza excedia para os padrões das correspondências usuais, estava persuadida a manter minha fidelidade à promessa de nunca o incomodar.

Guardava as cartas dele, que conservo até hoje. Era uma regra que até servia para aumentar o efeito satírico de haver alimentado a suposição de que, subitamente, ele poderia se unir a nós. E era, ao mesmo tempo, como se meus alunos percebessem que nada me seria mais embaraçoso que semelhante visita.

Assim, quando penso nessa época, encontro pouco que seja tão extraordinário como o simples fato de, apesar da tensão que sentia e do triunfo dos órfãos, nunca perdi a paciência com eles. Provavelmente eram, de fato, adoráveis – penso agora –, para que não chegasse a odiá-los! Entretanto, se o alívio tardasse, eu finalmente não seria traída por minha exasperação? Pouco importa, de qualquer forma, pois o alívio chegou. Chamo de alívio, pois foi o único alívio possível diante de uma corda arrebentada ou do trovão que antecipa a tormenta em um sufocante dia. Foi uma mudança, pelo menos, e chegou como raio.

XIV

Certo domingo, pela manhã, nos dirigimos à igreja. Miles caminhava ao meu lado, enquanto a senhora Grose e Flora caminhavam um pouco adiante. Era um dia claro, seco, o primeiro passeio em muito tempo. A noite anterior trouxera um pouco de geada e um ar outonal, resplandecente e ativo, o que tornava o soar dos sinos da igreja quase alegres.

Por uma estranha sucessão de ideias, pensei que devia sentir uma grata comoção por conta da obediência dos meus pupilos. Por que nunca se rebelavam contra minha perpétua e inexorável companhia? Uma ocorrência ou outra, havia um conjunto de eventos que me deram a impressão de que menino estava, por assim dizer, agarrado à barra de minha saia, e que eu - pela maneira disciplinada empregada por ambos ao marchar junto a mim - precavia de possíveis rebeliões. Eu encarnava, assim, um carcereiro, sempre em guarda diante de possíveis surpresas e fugas. Mas tudo isso pertencia - quero dizer, a magnânima condescendência dessas crianças - a esse conjunto de fatos misteriosos por mim já aludidos. Miles, trajando suas roupas destinadas aos passeios dominicais - uma obra-prima do alfaiate de seu tio, a quem foi concedida carta-branca, e que soube até que ponto uma elegante casaca poderia tornar visível a elegante postura de seu diminuto cliente –, levava impressos em sua pessoa os títulos inalienáveis, inerentes à sua independência, aos direitos de seu sexo e de sua posição social, de forma que eu mesma nada poderia dizer se ele, repentinamente, houvesse reclamado bruscamente sua liberdade. E pela mais singular coincidência, me perguntava como poderia fazer diante dele quando a revolução se deu. Denomino tal acontecimento "revolução", pois vejo agora como, acompanhando as palavras dele, as cortinas se abriam para o último ato de meu terrível drama, com o avanço final da catástrofe.

– Ouça, minha querida – disse Miles de forma tão amável –, quando voltarei para o colégio?

Transcrito aqui, tal frase soa inofensiva – particularmente se for pronunciada com esse timbre suave, alto e despreocupado que ele oferecia a todos seus interlocutores, mas especialmente para sua eterna preceptora, com todas as modulações de sua voz que parecia oferecer rosas em sua enunciação. Nessa tonalidade vocal única parecia haver uma espécie de elemento surpresa e eu mesma fiquei pasmada por ter estancado subitamente, como se uma árvore tivesse caído no caminho. Havia algo de novo, perceptível imediatamente, em nossas relações – e ele estava perfeitamente inteirado de que eu reconhecia tal mudança, ainda que, para me obrigar a compreender, ele não tenha necessitado abrir mão de seu encanto e amabilidade habituais, ambos então em seu ápice. Também senti que apenas pelo fato de que eu não conseguia articular uma resposta imediata, ele discernia a vantagem que tinha sobre mim. A lentidão de minha resposta foi tamanha que ele teve tempo de sobra, depois de todo um minuto, para prosseguir com seu sugestivo, mas ambíguo sorriso:

- Bem sabe, querida, que, para um rapaz, permanecer *sempre* com uma dama...

A expressão "querida", quando conversava comigo, nunca se afastava dos lábios dele: nada melhor que a terna familiaridade dessa palavra para comunicar a tonalidade exata do sentimento que eu desejava comunicar aos meus pupilos. Era tão respeitosamente afetuoso.

Mas, oh, como sentia naquele momento a necessidade de escolher cuidadosamente minhas próprias palavras! Recordo-me de que, para ganhar tempo, ensaiei uma risada, mas percebi, pelo belíssimo rosto que me contemplava, quão estranha inadequada foi essa reação. Respondi:

- E sempre com a mesma dama?

Ele não empalideceu nem pestanejou. Tudo estava virtualmente claro entre nós.

- Ah, mas é claro! Uma encantadora, "perfeita" dama; mas, afinal, sou um rapaz, não percebe? Que... Bem, estou crescendo.

Fiquei com ele, em um instante adicional de gentilezas.

- Sim, você está crescendo.

E, oh, como me senti desamparada.

Até hoje mantive a percepção cruel de que Miles se apercebeu de meu desespero e brincava com isso.

- Além do mais, você não pode dizer que deixei de me portar terrivelmente bem, não é mesmo?

Coloquei minha mão no ombro dele. Percebi de imediato que o melhor seria prosseguir caminhando, mas não tinha forças para tanto.

- Não, isso não posso dizer, Miles.

- Exceto por uma noite, deve se lembrar bem...

- Uma única noite?

Não conseguia ser tão direta quanto ele.

- Ora, foi quando eu desci e fui para o jardim.

- Oh, sim, é verdade, mas me esqueci da razão dessa sua conduta.

- Esqueceu? - falava com a doce extravagância da reprovação infantil. - Essa foi a forma de demonstrar do que eu era capaz!

- Ah, sim, foi mesmo.

- E posso fazer de novo.

Senti que, talvez, pudesse manter, apesar de tudo, minha compostura diante daquilo.

- Certamente. Mas não fará.

- Não, não repetir *aquilo*. Foi quase nada.

- Quase nada - eu disse -, mas devemos prosseguir nosso caminho.

Voltamos a caminhar, e ele passou sua mão por debaixo do meu braço.

- Pois então, quando *voltarei*?

Para recepcionar essa pergunta, adotei uma expressão que denotava grande responsabilidade.

- Era feliz no colégio?

Meditou por um instante.

- Oh, sou consideravelmente feliz onde quer que eu esteja.

- Muito bem - respondi com voz trêmula -, se estava tão feliz quanto aqui em Bly...

- Ah, mas isso não é tudo... *Você* deve saber de muitas coisas...

- Mas, nesse caso, seu conhecimento é quase tão grande quanto o meu, não é mesmo? - arrisquei-me a dizer, enquanto Miles fazia uma pausa.

- Não é a metade daquilo que eu gostaria - confessou honestamente -, mas não é tanto assim como...

- Como o quê?

- Eu gostaria de ver mais do mundo.

- Compreendo muito bem.

Naquele momento, chegávamos à igreja e muitas pessoas, entre elas parte da criadagem de Bly, agrupavam-se próximas à porta para nos ver entrar. Acelerei nossa marcha: queria que entrássemos antes que a questão surgida entre nós se tornasse mais premente. Pensei que estando ali, por cerca de uma hora, ele ficaria quieto. Desejava intensamente a relativa obscuridade de nosso banco e o quase espiritual conforto do genuflexório sobre o qual descansariam meus joelhos. Parecia que eu disputava, literalmente, uma desesperada corrida em que Miles estava a ponto de me vencer e compreendi, de fato, que ele chegara primeiro quando ouvi sua exclamação, antes de atravessarmos o adro da igreja:

- Quero estar com gente da minha estirpe!

Suas palavras me sobressaltaram.

- Não há muitos como você - respondi, rindo -, com exceção, talvez, da pequena Flora.

- Está, realmente, comparando-me com uma garotinha?

Aquilo me desarmou.

— Então, não *gosta* de nossa doce Flora?

— Se não gostasse dela... Ou de você, também... Se esse não fosse o caso...

Insistia, como se retrocedesse para dar um salto e, entretanto, mantinha seu pensamento tão inconclusivo que, após passarmos o pórtico, se fez necessária nova pausa em nosso progresso, imposto pela pressão em meu braço feita por Miles. A senhora Grose e Flora já estavam na igreja, acompanhadas do restante dos fiéis, enquanto nós ali estávamos, no cemitério, entre as rústicas e veneráveis lápides. Nos detivemos no caminho que levava ao pórtico, junto a um túmulo baixo e oblongo como uma mesa.

— Sim, e se não fosse esse o caso?

Enquanto eu esperava pela resposta, ele permanecia contemplando os túmulos.

— Bem, você sabe!

Continuou imóvel, até que disse algo que me fez desabar em cima do túmulo em forma de mesa, como se necessitasse repentinamente de um descanso.

— Meu tio pensa o mesmo que *você*?

Respondi com deliberada lentidão:

— Como sabe exatamente o que eu penso?

— Ah, claro que não sei. Mas me surpreende que nunca tenha me dito nada. Mas e *ele*, sabe?

— Sabe o que, Miles?

— Como estão as coisas no meu caso.

Percebi rapidamente que, diante de tal pergunta, não poderia dar qualquer resposta que pudesse, de algum modo, sacrificar meu patrão. Embora me parecesse que, em Bly, estávamos todos bastante sacrificados para considerar esse pecado como perdoável.

- Não acredito que seu tio se importe, de fato.

Miles diante de minha resposta, olhou diretamente para mim.

- E, na sua opinião, ele não poderia vir a se preocupar?

- Em que sentido?

- Se ele tivesse de vir.

- Mas quem o faria vir até aqui?

- *Eu* - exclamou categoricamente, com os olhos brilhantes. Lançou para mim outro olhar carregado pela mesma expressão e depois, adiantando-se, entrou sozinho na igreja.

XV

A cena terminou nesse momento, pois não me atrevi a acompanhá-lo. Era uma deplorável rendição ao meu nervosismo, mas tal percepção não me ajudava a recobrar a calma. Assim, permaneci sentada sobre o túmulo, meditando a respeito das palavras de meu pequeno amigo, tratando de sondar seu significado completo. Quando compreendi, decidi voltar, usando como pretexto a confusão que causaria dar, com meu atraso, esse mau exemplo aos meus alunos e demais membros da congregação.

Dizia a mim mesma que Miles conseguiu arrancar de mim um tipo de vantagem, e a prova disso estava, desde o ponto de vista dele, em minha terrível prostração. Ele logrou descobrir algo que eu realmente temia; provavelmente, exploraria esse meu temor para obter maior liberdade. E esse meu medo consistia em ver-me obrigada a discutir um assunto intolerável: a expulsão de Miles do colégio, que encobria outras tantas coisas horríveis. Estritamente falando, eu deveria alimentar o desejo de que o tio dele esclarecesse tal assunto comigo, mas me faltava coragem para enfrentar a sordidez deprimente desse assunto; por isso, havia optado por protelar a busca por explicações e prosseguir minha existência sem qualquer preocupação com o futuro. O garoto, para meu imenso pesar, estava exigindo o que era plenamente justo; de sua posição, poderia exigir de mim: "Ou esclarece com meu tutor essa misteriosa interrupção em meus estudos, ou deixe de esperar que eu leve ao seu lado uma vida tão anormal para um garoto". O que era, na verdade, anormal para um garoto era ter consciência da gravidade do caso e, ao mesmo tempo, elaborar um plano para acertá-lo.

Isso me transtornava, impedia-me sequer de prosseguir em meu caminho. Vacilante, com a mente repleta de inquietude, dei uma volta completa em torno da igreja. Eu cometera uma falta irreparável e ocupar o lugar ao seu lado, em um banco na igreja, constituía esforço demasiadamente penoso. Com segurança ele não deslizou seu braço debaixo do meu, obrigando-me a permanecer sentada por uma hora em estrito e silencioso contato com suas triunfantes deduções sobre nossa conversação! Nos primeiros minutos após a chegada dele, procurei evitá-lo a todo custo. Quando me detive ao lado da grande janela lateral e escutei os hinos religiosos que saíam de dentro do templo, um impulso apoderou-se de mim e, ao menor estímulo, poderia me dominar por completo: terminar de uma vez por todas com a causa de meu sofrimento. O momento certo para isso havia chegado. Poderia voltar logo para a casa - praticamente vazia, pois toda a criadagem estava na igreja - para realizar meus preparativos de viagem e me retirar. Ninguém, aliás, poderia me condenar se desertava de meu posto em Bly, acossada pelo desespero. Qual a razão para me separar das crianças naquele momento se deveria revê-las no jantar? Meus pupilos – disso sempre tive a mais aguda percepção –, então, representariam sua comédia de inocente assombro diante de meu desaparecimento. Já podia ouvir o que diriam:

"O que você *fazia* até essas horas, sua malvada? Por que nos preocupou dessa forma: abandonando-nos na porta da igreja para que, aflitos, não pudéssemos rezar tranquilos?"

Não conseguiria suportar esse tipo de questionamento. Não poderia suportar os olhos falsos e adoráveis das crianças responsáveis por tais perguntas. Assim, à medida que essa imagem futura se desenhava em meu espírito, finalmente a ideia de partir ganhou intensidade.

Assim, partiria, por aquele momento. Minhas reflexões, enquanto cruzava o cemitério e tomava o caminho de volta pelo parque, eram intensas e profundas. Parecia que, ao chegar na casa, estaria completamente decidida. A quietude dominical que reinava no interior e no exterior de Bly, por não haver ninguém em meu caminho, era uma tentação para meu senso de oportunidade. Poderia desaparecer sem cenas, sem uma única palavra. Minha rapidez, nesse sentido, deveria ser extraordinária, enquanto ainda restava a questão crucial da conveniência do transporte. Permaneci no saguão, aniquilada pelas dificuldades e pelos obstáculos, deixei-me desabar no primeiro degrau da escadaria. Então, tive um sobressalto com a súbita realização de que foi naquela posição que, um mês antes, na escuridão da noite, igualmente curvada pelo peso de malignos pensamentos, havia visto – exatamente naquele local – o espectro da mulher mais horrenda do mundo. Recompus-me, subi ao primeiro andar e me dirigi imediatamente ao quarto de estudos, onde pretendia recolher certos objetos que me pertenciam. Mas, ao abrir a porta, repentinamente, a venda caiu de meus olhos. O que vi me fez cambalear, abalada, buscando agarrar-me ao que fosse para manter algo da minha resiliência.

Sentada à minha mesa, exposta à clara luz do meio-dia, ali estava uma pessoa que eu – sem minhas experiências anteriores – tomaria, à primeira vista, por uma jovem criada para quem fosse confiada a vigilância da casa e que, tendo disponível para si a casa solitária, a mesa da sala de estudos, além das tintas e penas, aplicava-se à tarefa consideravelmente árdua de escrever para o seu namorado. Sua postura indicava tal esforço, a maneira como suas mãos, com evidente cansaço, suportava sua cabeça inclinada, pois seus braços se apoiavam na mesa. Logo percebi que, a despeito de estar consciente de minha presença, estranhamente, não houve mudanças em sua atitude. Depois, alterou sua posição e, nesse momento, surgindo do próprio movimento que ela fazia, sua identidade pareceu brotar como uma chama repentina. Não se levantou como se reagisse à minha presença, mas com uma imensa e indescritível melancolia, plena de indiferença e desprezo. Nesse instante, a poucos metros de onde estava, pude contemplar minha vil antecessora. Desonrada e trágica, estava diante de meus olhos, mas mesmo que tenha cravado nela meu olhar, para reter sua imagem em minha memória, aquela horrível aparição desapareceu. Sombria como a noite, com seu vestido negro, sua beleza esquálida, seu indizível sofrimento – seu olhar fixou-me por tempo suficiente para dar a entender que seu direito de se sentar à minha mesa era tão válido quanto o meu, ao me sentar à mesa dela. Durante esses instantes, senti um poderoso estremecimento de angústia, subitamente invadida pela sensação de ser uma intrusa na casa. Como um protesto feroz contra tal fato, surpreendi-me ao gritar:

– Você, sua mulher terrível, miserável!

O som da minha voz ecoou pelo amplo corredor e em toda a casa vazia. E ela olhou para mim, como se tivesse ouvido, mas eu recobrava o domínio sobre mim mesma, e a atmosfera ao redor parecia purificada. Não havia mais nada naquele cômodo um minuto depois, além do esplendor do Sol e da certeza de que eu deveria ficar.

XVI

Tinha plena consciência de que meus pupilos, quando de seu retorno, viriam pedir explicações, por isso senti nova perturbação diante do mutismo que demonstraram com respeito à minha ausência. Em vez das carícias e das alegres acusações, não fizeram qualquer alusão à minha deserção e eu, naquele momento, não fiz outra coisa além de analisar o singular rosto da senhora Grose - percebendo que tampouco ela dizia uma palavra que fosse. Tal análise me persuadiu de que, de uma forma ou de outra, subornaram-lhe o silêncio; que eu, aliás, pretendia quebrar na primeira oportunidade que se apresentasse para que pudéssemos conversar sozinhas.

Tal oportunidade surgiu antes do chá: estive cinco minutos com ela durante o crepúsculo, no confortável quarto de empregada, em meio ao odor de pão recentemente assado. Encontrei-a, melancólica e plácida, sentada junto ao fogo. É assim como ainda a vejo, assim como a vejo melhor: ereta, em sua cadeia, contemplando a chama, na penumbra resplandecente de seu quarto, a ampla e nítida imagem do "colocar para fora" - de armários fechados e trancados, de repouso ineluctável e obrigatório.

– Sim. Pediram-me que não dissesse nada e, para agradá-los, enquanto estavam por perto, sem dúvida, fiz essa promessa. Mas o que aconteceu com a senhorita?

– Só pude acompanhá-los na caminhada. Tive de voltar para um encontro com uma amiga.

Ela se surpreendeu.

– Uma amiga... *sua*?

– Oh, sim, tenho um casal de amigos!

Comecei a rir. Depois, prossegui:

– Mas as crianças deram alguma razão para o pedido que fizeram?

– Para que eu não aludisse o fato de que a senhorita nos abandonou? Sim, disseram que essa era sua preferência. Mas, de fato, era isso o que preferia?

A expressão em meu rosto deixou-a desconsolada.

– Não, lamento muito. – E, depois de um instante, acrescentei: – Mas disseram por qual motivo eu preferiria dessa forma?

– Não. Mestre Miles apenas disse: "Devemos fazer apenas o que ela aprecia".

– Seria tão bom se ele colocasse em prática tal propósito! E que disse Flora?

– A senhorita Flora é um anjo de candura. Ela apenas disse: "Ah, sem dúvida, sem dúvida!". E eu disse o mesmo.

Pensei por um momento.

– A senhora também é um doce de candura. Quase consigo ouvir os três conversando. De qualquer maneira, tudo ficou claro entre mim e Miles.

Minha companheira arregalou os olhos.

– Tudo? Mas o que, senhorita?

— Tudo. Mas isso pouco importa. Já tenho em mente o que devo fazer. Voltei para cá, minha querida, para conversar com a senhorita Jessel.

Adquiri o costume de não pronunciar esse nome diante da senhora Grose sem que ela estivesse sob meu completo domínio, de maneira que, naquele momento, mesmo que seus olhos piscassem diante do presságio do que eu havia dito, ela mantinha-se relativamente tranquila.

— Conversar? Então ela disse algo?

— Isso mesmo. Quando do meu retorno, encontrei-a no quarto de estudo.

— E o que ela disse?

Ainda consigo distinguir a ênfase da candente estupefação dela.

— Que sofre os tormentos...

Essas palavras permitiram a ela reconstruir o quadro em sua totalidade. Empalideceu.

— ... das almas perdidas, é o que a senhorita quer dizer?

— Das almas perdidas. Condenadas. E por isso desejam compartilhar...

Dessa vez, a mim faltaram palavras por conta do horror evocado. Mas minha companheira, menos imaginativa, prosseguiu com meu raciocínio:

— ... para fazê-los compartilhar...

— Ela deseja Flora.

Diante dessas minhas palavras, a senhora Grose por pouco não fugiu do quarto se eu não estivesse prevenida, mantendo-a em seu lugar.

– De qualquer maneira, como eu disse, tudo isso pouco importa.

– Porque a senhorita havia determinado o que pretendia fazer. Mas tal determinação seria a respeito do quê?

– Tudo.

– E o que chama de "tudo"?

– Farei o tio das crianças vir para cá.

– Por piedade, senhorita, faça com que ele venha! - exclamou minha amiga.

– Farei, sim, *farei*. É a única solução possível. O que ficou "claro" entre mim e Miles, como disse antes: se ele pensa que tenho medo em fazer isso, verá que se engana completamente. Sim, sim. Direi ao seu tio aqui mesmo, na presença de Miles, se necessário, que se mereço alguma reprovação por não ter buscado outro colégio...

– Sim, senhorita... - pressionava a senhora Grose.

– Bem, utilizarei essa razão execrável.

Para minha companheira havia, naquele momento, tantos motivos execráveis que sua incompreensão era compreensível.

– Mas qual?

– Ora, a carta do antigo colégio.

– Vai mostrá-la ao patrão?

– Devo fazer isso neste instante.

– Oh, não! - disse resolutamente a senhora Grose.

– Explicarei - prossegui, inexorável - que não posso me ocupar desse assunto quando está em questão um garoto que foi expulso...

– Por razões que não conhecemos - declarou a senhora Grose.

- Por maldade. Por qual outro motivo, então, se é tão esperto, bonito e perfeito? Seria ele estúpido? Torpe? Inválido? Rebelde, talvez? É encantador. Portanto, só pode ser por *esse* motivo. E, se for assim, tudo fica esclarecido. De qualquer maneira, seu tio também é culpado. Deixar o garoto com gente desse tipo...

A senhora Grose empalideceu novamente.

- Na verdade, ele os conhecia pouquíssimo. A culpa é minha.

- A senhora não sofrerá por conta disso - respondi.

- As crianças também não - contestou, enfática.

Permaneci em silêncio. Trocamos olhares.

- Pois então, o que devo dizer? - perguntei.

- A senhorita não precisa dizer nada - redarguiu -, pois eu o farei.

Presumi o alcance da resposta dada por ela.

- Quer dizer que a senhora escreverá... - mas logo me lembrei de que ela não sabia escrever, e me corrigi: - de que maneira se comunicará?

- Direi o que preciso ao mordomo. Ele escreve.

- E a senhora gostaria de que ele escrevesse essa nossa história?

Minha pergunta foi mais sarcástica do que eu pretendia e isso fez com que a senhora Grose, após alguns instantes, explodisse em um impensado fluxo de choro e soluços.

- Ah, pois então escreva, *senhorita*! - exclamou, com os olhos cheios de lágrimas.

- Sim, farei isso esta noite.

Com essas palavras, nos separamos.

XVII

Durante a noite, cheguei a escrever o começo de minha carta. O tempo tinha mudado e o vento soprava forte do lado de fora. Em meu quarto, debaixo da luz de uma lâmpada, tendo Flora suavemente adormecida ao meu lado, sentei-me por um considerável período diante da página em branco, ouvindo o murmúrio da chuva e o lamento da tempestade. Finalmente saí, levando minha vela. Atravessei o corredor e me detive junto à porta de Miles, para ouvir seu interior. Induzida por minha eterna obsessão, tentava perceber qualquer sinal que indicasse estar o garoto desperto. E o sinal chegou, mas não da forma esperada. Sua voz ressoou em meus ouvidos:

– Ora, sei que você está aí. Vamos, entre!

Que alegria aquela, em meio à escuridão!

Entrei com minha luz e o encontrei, na cama, completamente desperto e tranquilo.

– Muito bem, o que *você* faz desperta? – perguntou com graciosa familiaridade; pensei que a senhora Grose, se estivesse presente, teria buscado inutilmente uma prova daquilo que "ficou claro" entre nós.

Permaneci em pé, junto a ele, com minha vela.

- Como sabia que eu estava aqui?

- Porque ouvi seus passos. Você imagina que não faz qualquer ruído? Seus passos são como uma tropa de cavalaria! - Caiu em uma risada encantadora.

- Então, não estava adormecido?

- De forma alguma. Estava acordado, pensando.

Havia me distanciado intencionalmente com o pretexto de colocar minha vela sobre uma mesa. Depois, como ele me estendeu sua mão, amistosa e querida, sentei-me na beirada de sua cama.

- Em que pensava?

- Em que outra coisa, minha querida, além de *você*?

- Ah, não preciso de tanto para me sentir orgulhosa. Preferia que estivesse dormindo.

- Bem, também penso, você sabe, em nosso estranho assunto.

Percebi que sua mão, pequena e firme, tornou-se mais fria.

- Que estranho assunto, Miles?

- Na sua maneira de me educar e em todo o resto.

Contive a respiração por um momento. Sem dúvida, a limitada luminosidade da vela bastava para mostrar que ele sorria em seu travesseiro.

- O que quer dizer com todo o resto?

- Mas você sabe. Claro que sabe.

Não pude dizer qualquer palavra por um breve momento, embora sentisse, enquanto mantinha a mão dele entre as minhas e fixava nele meu olhar, como ele fazia comigo, que meu silêncio tinha toda a aparência de uma admissão de culpa e que nenhuma outra relação, em todo o mundo, era tão estranha quanto a nossa.

- Certamente, voltará para o colégio - eu disse -, se assim prefere. Mas não o antigo. Devemos encontrar outro, um que seja melhor. Como poderia adivinhar que isso o aborrecia quando nunca me disse nada, nunca abordou tal assunto de forma alguma?

Seu rosto claro, atento, emoldurado por suave brancura, o fazia parecer um melancólico paciente de um hospital infantil. Quando essa semelhança me veio ao espírito, percebi que eu poderia sacrificar tudo o que tivesse neste mundo para ser sua enfermeira ou a irmã de caridade que poderia ficar ao lado dele, buscando sua cura. Pois bem, mesmo ali talvez eu pudesse ser útil.

- Sabia que nunca disse alguma palavra para mim a respeito do seu colégio, quero dizer, seu antigo colégio, e que nunca houve qualquer menção sobre esse tema?

Pareceu espantar-se; sorriu com o encanto de sempre. Mas, nitidamente, esperava ganhar tempo. Aguardava por algo, algum tipo de ajuda para sair daquela situação.

- Não mencionei?

Não era a *minha* ajuda que ansiava - mas daquela coisa com a qual eu já havia me confrontado.

Algo no tom de sua voz e na expressão de seu rosto oprimiu meu coração com uma angústia que desconhecia; era tão indizivelmente comovedor sentir sua jovem mente contorcer-se, atormentada, pregando todos os seus pequenos recursos para desempenhar, sob o maligno feitiço que pesava sobre ele, um papel inocente e razoável.

– Não. Nunca - prossegui -, desde o exato momento de sua chegada. Nunca me disse nada sobre seus professores, de seus colegas, nem o mais desprezível acontecimento que tenha se dado no colégio. Nunca, pequeno Miles. Nunca me forneceu nem que fosse a mais tênue informação do que *poderia* ter acontecido em tal lugar. Assim, pode imaginar o quanto desconheço a esse respeito. Até esta manhã, quando tocou no assunto, desde a primeira hora que eu o vi, você fez pouquíssimos comentários a respeito de sua vida anterior. Parecia completamente de acordo, aceitando a situação atual.

Era extraordinário como minha absoluta convicção em sua secreta precocidade - ou qual fosse o termo possível para a venenosa influência que me atrevia a mencionar apenas com meias palavras - o fazia parecer, apesar de sua respiração revelar algo de sua íntima perturbação, tão acessível como um adulto, o que me obrigava a tratá-lo como se fôssemos intelectualmente iguais.

– Pensava que estava tudo agradável para você - prossegui.

Pareceu-me que ele corava. Em todo caso, de um modo que lembrava um convalescente fatigado, negou languidamente com a cabeça.

– Não, não. Quero ir embora.

– Está cansado de Bly?

– Não. Gosto de Bly.

– Bem, então...

– Oh, *você* sabe bem o que quer um garoto!

Não sabia tanto quanto Miles, por isso me refugiei temporariamente em sua resposta:

– Deseja ir para a casa de seu tio?

De novo, olhou para mim com um rosto suave e irônico, e moveu negativamente a cabeça no travesseiro.

- Ah, disso você não consegue escapar tão fácil!

Por um momento, permaneci em silêncio e creio que, dessa vez, fui eu quem corou.

- Querido, não desejo sair do que quer que seja.

- Não pode. Mas gostaria. Não pode, não pode! - Sempre deitado nesse estado de languidez, me observava. - Meu tio deve vir para que vocês arrumem a situação.

- Se assim for - redargui com alguma audácia -, posso garantir que será para tirá-lo daqui.

- Pois você não compreende que busca exatamente isso? Você terá de explicar o motivo de ter deixado as coisas se arrastarem. Terá muito o que explicar.

Seu tom exultante, ao pronunciar aquelas palavras, acabaram por decidir o caminho que eu devia seguir.

- E *você*, Miles? Quanto não teria de contar? A respeito de tudo o que ele perguntar!

Refletiu.

- É bem possível. Mas sobre o quê?

- As coisas que nunca disse para mim. Para que seu tio saiba o que deve fazer contigo. Não pode mandá-lo de volta...

Interrompeu me, dizendo:

- Oh, não quero voltar. Quero um lugar novo.

Disse isso com perfeita serenidade e incontestável alegria. E esse tom, sem dúvida, evocada em uma pungente e anormal tragédia infantil de seu provável regresso ao colégio, depois de três meses de ausência, carregando consigo sua imensa arrogância e sua desonra ainda maior. Senti-me oprimida pela certeza de que não poderia suportar aquilo, e não consegui me conter. Lancei-me sobre ele com toda a ternura de minha piedade e enlacei-o com meus braços:

— Querido, querido Miles!

Meu rosto estava próximo ao dele; ele me permitiu beijá-lo, tomando esse momento de afeto com indulgente bom humor.

— E, então, velha dama?

— Não há nada, nada realmente, que queira me contar?

Voltou-se para a parede, levantando uma mão para observá-la, como costumam fazer as crianças adoentadas.

— Já disse tudo... disse hoje, pela manhã.

Oh, como sofria por ele.

— Seu único desejo é... não ser incomodado por mim?

Voltou seus olhos para mim, como alguém que por fim se sente compreendido. Depois, acrescentou com a máxima gentileza:

— Que me deixe em paz — replicou.

Havia nessas palavras uma estranha e suave dignidade, algo que me obrigou a ceder e que, ao mesmo tempo, quando já estava em pé, reteve-me ao seu lado. Deus sabe que nunca foi minha intenção perturbá-lo, mas sentia que dar as costas para ele, depois do que havia dito, era o mesmo que abandoná-lo ou, mais exatamente, perdê-lo.

— Comecei a escrever uma carta para o seu tio — declarei.

— Pois bem, então a termine logo!

Esperei um minuto.

— O que aconteceu antes?

Cravou em mim seus olhos novamente.

— Antes do quê?

- Antes do seu regresso. Antes de você vir embora.

Por um momento, permaneceu em silêncio, mas seu olhar persistia em me fixar.

- O que aconteceu?

Em sua entonação, pareceu-me haver, por vez primeira, a pequena, débil palpitação de uma consciência aquiescente. Então, prostrei-me junto de sua cama, novamente dominada pela emoção diante da possibilidade de trazê-lo de volta.

- Querido Miles, querido Miles! Se soubesses o quanto desejo ajudar! Isso, unicamente e nada além disso. Preferia morrer a tocar um fio do seu cabelo. Querido Miles - sim, *cheguei* a dizê-lo, correndo o risco de ir longe demais -, quero que me ajude a salvá-lo!

Mas soube, logo depois de dizer tais palavras, que me excedi, de fato. A resposta ao meu chamado foi imediato e chegou sob a forma de uma extraordinária rajada de ar gélido e um estremecimento em todo o quarto, como se as paredes, impotentes diante de um vendaval selvagem, fossem estourar. O garoto lançou um grito agudo que, perdido em meio àquele fragor, e ainda que eu estivesse ao lado dele, era impossível determinar se se tratava de um clamor motivado por júbilo ou terror. Assim permanecemos por um momento enquanto eu, perscrutando os arredores, notei que as cortinas continuavam imóveis e a janela, fechada. Então gritei:

- Mas apagaram a vela!

- Fui eu quem a soprou, querida! - disse Miles.

XVIII

No dia seguinte, depois das lições, a senhora Grose encontrou um momento para me abordar, suavemente:
— Escreveu a carta, senhorita?
— Sim, escrevi.

Mas acrescentei – naquele momento – que ainda guardava minha carta, endereçada e selada, em meu bolso. Tinha bastante tempo para enviá-la antes que o mensageiro visitasse o povoado. Entrementes, graças aos meus pupilos, não houve manhã mais brilhante, mais exemplar. Foi exatamente como se ambos tivessem levado adiante a ideia de apagar os traços de um leve e recente desentendimento. Realizaram proezas vertiginosas em aritmética, ultrapassando *meus* frágeis recursos, e perpetraram, com um refinamento considerável, suas farsas históricas e geográficas. Sobretudo Miles parecia demonstrar certo gosto em me deixar para trás. Em minhas lembranças, esse garoto habita uma atmosfera de beleza e angústia intraduzíveis: cada um de seus gestos revelava uma singularidade sem par; nunca houve em tão pequena criatura – toda franqueza e natural despreocupação aos olhos dos não iniciados –, um homenzinho do mundo tão engenhoso e extraordinário. Minha percepção, no entanto, já estava iniciada e era preciso que, para não me trair, eu estivesse sempre em guarda contra o fascínio que eu tinha ao contemplá-lo. Necessitava chamar a mim mesma à razão, controlar a observação gratuita e os suspiros de abatimento com que, vez por outra, surgiam e eram abandonados diante do enigma em saber por qual motivo um pequeno cavalheiro tão perfeito havia merecido tão humilhante condenação. Era inútil dizer a mim mesma que, pelo prodígio sombrio ao qual ele fora exposto, a imaginação de todo o mal lhe *fora* revelada: um sentimento de justiça me levava a buscar, dolorosamente, a prova de que todo esse mal florescera em atos.

De qualquer forma, nunca se mostrou tão cavalheiresco quanto nessa tarde, quando me perguntou – depois de nossa ceia adiantada desse dia malfadado – se seria de meu agrado ouvir alguma música do piano, que ele executaria, por cerca de meia hora. Davi, tocando para Saul[14], não demonstraria sentido mais adequado para a situação. Era literalmente uma encantadora exibição de tato, de generosidade, como se dissesse:

– Os verdadeiros cavaleiros, cujas histórias lemos para nos encantarmos, nunca levam muito longe uma vantagem adquirida. Sei aquilo que quer me dizer. Você pretende me dizer que, por sua própria paz e conveniência, deixará de se preocupar comigo, de me vigiar, de me ter sempre perto; que me deixará ir e vir. Pois bem, eu "venho", como pode ver, mas não vou. Haverá tempo de

---

14 Referência a Samuel 16:23: "E sempre que o espírito mau de Deus acometia o rei, Davi tomava a harpa e tocava. Saul acalmava-se, sentia-se aliviado e o espírito mau o deixava" (N. do T.).

sobra para isso. Sua companhia realmente me agrada e apenas queria demonstrar que minha luta era por um princípio.

Pode imaginar se cheguei a resistir a seu chamado, se deixei de acompanhá-lo, de mãos dadas, à sala de estudos. Sentado ao velho piano, tocava melhor do que nunca e se não faltaria quem pense que o melhor seria se ele me deixasse sozinha e fosse chutar uma bola posso apenas dizer que estou plenamente de acordo com tal ideia, pois depois de algum tempo, cuja duração não consigo precisar porque estava submetida à influência de garoto, tive um sobressalto com a estranha sensação de que literalmente adormeci em meu posto. Tudo isso ocorreu logo depois do almoço, junto da lareira do quarto de estudos e eu não adormecera de modo algum. Fizera muito pior: havia esquecido. Onde estava Flora, durante todo aquele tempo? Quando perguntei para Miles, ele continuou tocando mais um momento, antes de responder:

– Querida, como *eu* poderia saber? – disse e lançou uma jovial gargalhada que durou alguns instantes, como um tipo de acompanhamento vocal para uma canção extravagante e incoerente.

Fui direto para o meu dormitório, mas ela não estava ali; depois busquei em todos os quartos do primeiro andar. Como não estava em parte alguma, deveria estar, necessariamente, com a senhora Grose, que procurei fiando-me nessa tranquilizadora teoria. Encontrei-a no mesmo local em que nos encontráramos na tarde anterior, mas ofereceu à minha rápida investigação uma total e amedrontada ignorância. Pensava que eu, após o almoço, havia levado as crianças comigo. Suposição bastante razoável, pois eu havia permitido, pela primeira vez, que a menina se distanciasse de minha vista sem um motivo particular. Flora devia estar com alguma das criadas e era preciso buscá-la sem aparentar inquietação. Decidimos tal procedimento de imediato, mas, quando nos encontramos no saguão, dez minutos depois, como combinamos, foi apenas para trocarmos reciprocamente a informação de que havíamos fracassado em nossa cuidadosa investigação. Ali, durante um minuto, confrontamos nossos mudos alarmes, quando pude perceber o considerável interesse com que a senhora Grose me devolvia a aflição que eu originalmente lhe transmitira.

- Ela tem de estar no primeiro andar - disse, depois de um instante -, em algum dos quartos que a senhorita não checou.

- Não, ela está longe - compreendia, finalmente -, saiu da casa.

A senhora Grose olhou-me, surpreendida.

- Sem um chapéu?

Devolvi o olhar, intencionalmente.

- Por acaso, aquela mulher não está sempre sem chapéu?

- Está com *ela*?

- Está com *ela*! - afirmei. - Precisamos encontrá-la.

Tomei minha amiga pelo braço, mas, durante um breve momento, ao ver como encarava tal assunto, ela não respondeu à pressão de minha mão. Estava completamente entregue à sua própria inquietação.

- E onde está mestre Miles?

- Oh, *ele* está com Quint! Na sala de estudos.

- Deus meu, senhorita!

Compreendi que minha visão e, por consequência - suponho -, o tom de minha voz nunca haviam alcançado tamanha calma e certeza.

— Representaram uma comédia - prossegui - e empreenderam com sucesso seu plano. Ele descobriu uma maneira quase celestial de me manter quieta e sossegada enquanto a irmã escapava.

— Celestial? - repetiu como um eco a senhora Grose, desnorteada.

— Pois então digamos infernal! - respondi de forma quase jovial. - Conseguiu o que queria de qualquer maneira. Venha comigo!

Sem ter qualquer remédio, a senhora Grose lançou desesperadamente os olhos para o andar superior.

— A senhorita o deixará...

— Tanto tempo com Quint? Sim, pois isso não importa agora.

Sempre, nesses momentos, acabava por tomar-lhe a mão e desta vez pude retê-la junto a mim. Da mesma maneira. Mas, depois de abrir a boca por segundos diante da minha súbita resignação, perguntou-me ardentemente:

— Foi por que a senhorita escreveu a carta?

À guisa de resposta, apalpei rapidamente minha carta, guardada no bolso, que mostrei para ela e depois, deixando sua mão de lado, coloquei o envelope sobre a grande mesa do saguão.

— Luke a levará.

Fui até a porta de entrada, que abri para descer a escadaria. Minha companheira ainda vacilava. Havia cessado a tempestade da noite e da madrugada, mas a tarde permanecia úmida e cinzenta. Enquanto a senhora Grose persistia, parada na porta, eu já estava na alameda.

— A senhorita sai assim, sem arrumar-se? - perguntou-me.

— Que importa, se a menina saiu da mesma forma? Não posso perder tempo para vestir-me - gritei - e, se a senhora precisa fazê-lo, deixo-a para trás. Entretanto, há muito com o que se ocupar no andar de cima.

– Com *eles*?

Diante disso, a pobre mulher prontamente se juntou a mim!

XIX

Nos dirigimos, resolutas, ao lago, como era chamado em Bly, e atrevo-me a dizer que esse termo foi bem escolhido, ainda que tal massa de água fosse menos notável que supunham meus olhos provincianos. Minha experiência com lagos era pequena, e o de Bly, em todo caso, impressionou-me por sua extensão e por estar sempre agitado nas poucas vezes em que aceitei confrontar sua superfície, com a proteção de meus discípulos, no velho bote de fundo achatado que permanecia preso à margem para nosso uso. O lugar em que habitualmente embarcávamos ficava a meia milha da casa, mas eu tinha a íntima convicção de que Flora, independentemente de estivesse, afastara-se da casa. Não escapara de minha vigilância para uma medíocre aventura e, desde o dia em que juntas participamos de outra aventura considerável, nas margens do lago, havia percebido, em nossas caminhadas, qual o rumo que ela apreciava tomar. Por essa razão, podia guiar os passos da senhora Grose em uma direção precisa; a oposição que oferecia aos meus intentos surgiu a mim como um novo elemento de espanto.

– A senhorita está indo para o lago? Acredita que ela esteja *dentro*...

– Pode ser que esteja, embora me pareça que a profundidade não seja muito grande. Mas o mais provável é que esteja no mesmo local onde, dias atrás, tanto ela quanto eu vimos aquilo que contei para a senhora.

– Quando ela fingiu que não via...

– Com aquele assombroso domínio de si mesma! Estava certa de que ela desejava voltar sozinha. E, agora, seu irmão conseguiu ajeitar as coisas para que tal se desse.

A senhora Grose permanecia no local onde havia parado.

– A senhoria supõe que eles realmente *falam* deles?

– Posso responder com confiança. Dizem coisas que, se pudéssemos ouvir, nos fariam estremecer.

– E se ela *estiver* lá...

– Sim?

– Então, a senhorita Jessel também estará?

– Mas não tenha dúvidas disso. A senhora verá.

– Oh, muito obrigada – exclamou minha amiga, plantando-se com tanta firmeza que eu, ao perceber sua atitude, continuei meu caminho sem esperar por ela. Quando alcancei o lago, contudo, ela estava logo atrás de mim e eu soube que, apesar de sua apreensão diante dos perigos que poderia correr, o risco de enfrentá-los em minha companhia parecia-lhe menor.

A senhora Grose, ao contemplar grande parte do lago sem que houvesse sinal da menina, soltou um suspiro de alívio. Não havia sinal de Flora na margem mais próxima – de onde minha observação dela foi tão assombrosa – nem do lado oposto, que – exceto por certa área cuja extensão era de vinte metros – estava coberto de densa vegetação que descia até a água. O lago, de forma oblonga, tinha pouco de largura, se comparada ao seu comprimento, que naquele ponto, onde desapareciam seus extremos, poderia ter sido tomada por um riacho. Olhamos para o espaço vazio e eu senti a sugestão que surgia nos olhos de minha amiga. Sabia o que ela queria dizer: respondi fazendo um gesto de negação com a cabeça.

– Não, não, espere! Ela pegou o bote.

A senhora Grose olhou para o embarcadouro, depois atravessou com seu olhar o lago.

– Mas onde está o bote?

– O fato de não estar visível é uma prova bastante significativa. Ela usou o bote para atravessar o lago, depois encontrou um jeito de escondê-lo.

– Mas aquela menina, sozinha?

– Ela não está sozinha. Nesses momentos, ela não é mais uma criança. É uma mulher bem velha.

Inspecionei toda a margem visível enquanto a senhora Grose repetia o mesmo processo, no estranho elemento que colocava à sua disposição obedientemente. Depois, sugeri que o bote poderia estar em um pequeno reduto formado por uma das depressões do lago, uma reentrância oculta, desde a margem onde estávamos, pelo saliente da ribanceira e por um grupo de arbustos que avançava perto da água.

– Mas se o barco estiver neste local, por onde andará *ela*? – Minha companheira perguntou, ansiosa.

– Isso será, exatamente, o que precisaremos descobrir.

Comecei a caminhar apressadamente.

– Teremos de dar toda a volta ao redor do lago?

– Certamente, pois não nos tomará nem dez minutos. Não é tão distante assim, mas o suficiente para que a menina tenha preferido não caminhar, e, sim, atravessar diretamente.

– Por Deus! – exclamou minha amiga.

A cadeia de minha lógica, como sempre, era demais para ela: mantinha-a firme sob meus calcanhares e, mais uma vez, arrastei-a adiante. Quando estávamos na metade do caminho – tratava-se de uma expedição tortuosa, extenuante, que se dava em terreno irregular, por um caminho coberto de densa vegetação –, detive-me para que ela tomasse fôlego. Eu a sustentei com um braço agradecido, assegurando que ela seria de grande ajuda e logo partimos novamente. Depois de cinco minutos, chegamos ao ponto no qual estava o bote, sendo local exato que eu havia imaginado. Fora colocado intencionalmente o mais oculto possível, amarrado a um dos troncos do cercado que chegava próximo do ponto extremo do lago e que serviu de auxílio ao desembarque de seu ocupante. Ao observar o par de remos, curtos e grossos, tirados cuidadosamente da água, apreciei o prodigioso esforço da pequena Flora; mas, àquela época, fazia bastante tempo que eu vivia em meio a tantas maravilhas, sendo oferecidos a mim diversos motivos de assombro. O cercado dispunha de um portão, que atravessamos, e logo estávamos em campo aberto. As duas, então, exclamaram ao mesmo tempo:

– Ela está ali!

Flora estava no relvado, em pé, a uma distância mínima de nós, e sorria como se tivesse terminado alguma tarefa. Seu primeiro movimento foi agachar-se e recolher – como se estivesse ali com esse único propósito – um grande e feio galho de samambaia. Instantaneamente tive a certeza de que acabara de sair do bosque denso. Nós esperamos sem avançar um passo sequer e me dei conta da singular solenidade de nossa aproximação. Flora sorria e sorria, e nós nos unimos a ela, e tudo isso aconteceu em meio a um silêncio inegavelmente sinistro.

A senhora Grose foi a primeira a romper o feitiço: ajoelhou-se e, trazendo para si a menina, deu-lhe um prolongado abraço naquele pequeno corpo suave e débil. Enquanto esse mudo espasmo durou, apenas pude observar a cena – e observava com mais intensidade quando percebi o rosto de Flora, que se voltou para mim por cima do ombro da senhora Grose. Estava sério – o sorriso o havia abandonado – e esse rosto ampliava a angústia com que, neste momento, invejei a simplicidade das relações que a senhora Grose mantinha com *ela*. E nada mais aconteceu, além de Flora deixar cair seu estúpido galho de samambaia no solo. Ela e eu, virtualmente, havíamos dito que todo pretexto, de agora em diante, era inútil entre nós. Por fim, a senhora Grose levantou-se tomando a menina pela mão, de modo que ambas permaneceram diante de mim, e a singular reticência de nossa comunicação pareceu acentuar-se pelo olhar direto que ela dirigiu-me. "Que me enforquem" – dizia esse olhar – "se *eu* disser algo!"

Foi Flora quem, olhando-me de cima para baixo com ingênuo assombro, quem quebrou o silêncio. Parecia inquieta por me ver sem meu chapéu.

– Mas onde estão suas coisas? – perguntou ela.

– E onde estão as suas, querida? – respondi prontamente.

Recuperara sua alegria e minha resposta pareceu-lhe suficiente.

- Onde está Miles? - prosseguiu.

Havia algo em sua infantil coragem que não pude suportar: essas três palavras sacudiram em um segundo, como o fulgor de uma espada desembainhada, a taça cheia até a borda que minha mão sustentava, por semanas a fio, e que agora, ainda antes daquelas palavras, sentia transbordar como um dilúvio.

- Te digo, se me disser...

Ouvi a minha voz pronunciar essas palavras; depois, ouvi o tremor dessa mesma voz que se partia.

- Bem, o quê?

A senhora Grose me fulminou. Mas era demasiado tarde: trouxe a questão temerariamente.

- Onde, minha querida, está a senhorita Jessel?

XX

Tal como aconteceu com Miles, no cemitério, a situação não oferecia escapatória. Embora eu esperasse o efeito que poderia causar esse nome, nunca pronunciado entre nós, o súbito e feroz brilho que, ao escutá-lo, iluminou o rosto da menina e conferiu à minha interrupção do silêncio algo como ruído de vidro estilhaçado. A isso somou-se o grito que a senhora Grose, apavorada por minha violência, empregou para atenuar o golpe, o brado de uma criatura transtornada, ou talvez ferida, que em poucos segundos foi completado pelo surdo gemido de minha garganta. Segurei no braço de minha amiga:

– Ali está ela, ali está ela!

A senhorita Jessel estava diante de nós, na margem oposta, como em nosso primeiro encontro. Recordo-me, estranhamente, que a primeira sensação despertada por aquela presença foi um estremecimento de júbilo pela prova que finalmente consegui obter. Ela estava ali, e isso me justificava. Ela estava ali, e eu não era louca nem perversa. Ela estava ali, para a pobre senhora Grose, mas sobretudo por Flora. Talvez, nenhum momento desse monstruoso período de minha vida foi tão extraordinário como aquele em que dirigi conscientemente - com a certeza de que, ainda que fosse um pálido e nocivo demônio, receberia e compreenderia - uma mensagem inarticulada de gratidão a ela.

A senhorita Jessel ergueu-se no mesmo local em que minha companheira e eu estávamos minutos antes, e não havia, em toda a amplitude do desejo dela, um milímetro de maldade que não atingisse seu alvo. A acuidade inicial daquela visão, a emoção evocada, foram coisa de poucos segundos, durante os quais o atordoado piscar dos olhos da senhora Grose, que olhava na direção indicada por mim, pareceu-me o sinal inegável de que por fim ela também via, até que desviei precipitadamente minha visão para o rosto de Flora, e fiquei atônita; mais atônita, de fato, do que se ela estivesse simplesmente agitada, uma vez que não seria de se esperar, da parte dela, qualquer perturbação que fosse reveladora. Nossa busca havia deixado a menina bem mais preparada e em guarda - logicamente, ela reprimiria todo sentimento que pudesse trair suas intenções. Por isso, fiquei atônita quando percebi nela uma atitude que não havia previsto. Que Flora, com seu inacessível rosto plenamente rosado, sequer fingisse olhar na direção do prodígio que eu anunciava e que, antes, voltou seu olhar para *mim* com uma expressão absolutamente nova e sem qualquer precedente que parecia ler meus atos, acusar-me, julgar-me - era um golpe que, de certa forma, transformava a menina na verdadeira aparição que poderia me levar ao desfalecimento. E desfaleci, de fato, apesar da certeza de que sua visão nunca fora tão nítida quanto nesse instante, e fiz, na imediata perspectiva de me defender, uma arrebatadora invocação ao que testemunhávamos:

– Ali está ela, pequena infeliz, ali, ali, *ali*, e você a enxerga, da mesma forma que nós.

Pouco antes, havia dito para a senhora Grose que, nesses momentos, Flora não era uma menina, mas uma mulher bastante velha, e nada poderia confirmar a tal ponto minhas palavras como a forma que respondeu ao que eu disse – sem uma única concessão, um semblante que indicava crescente reprovação, que subitamente se fixou. Nesse momento, eu estava – se fosse possível resumir minhas sensações – mais aterrorizada pelo que poderíamos chamar "seus modos", que por qualquer coisa que fosse neste mundo, mesmo percebendo, ao mesmo tempo, que devia lutar contra outro obstáculo formidável: a senhora Grose. De qualquer maneira, minha velha amiga, tornou tudo opaco menos seu próprio rosto inflamado e seu ruidoso, escandalizado protesto, com um estilo de violenta desaprovação:

– Que atitude horrível, senhorita! Onde há qualquer coisa para ver?

Apenas pude agarrar seu braço, pois, enquanto ela falava, a odiosa e vil aparição persistia, nítida, impávida. A aparição durou um minuto e ainda estava no mesmo local enquanto eu persistia – pressionando minha colega, empurrando-a naquela direção – e apontava com o dedo:

– Não a vê como *nós* a vemos? Quer dizer que não a vê... *agora*? Mas ela resplandece como fogo! Apenas olhe, boa mulher, *olhe*!

Ela olhava e olhava, como eu mesma; com um profundo gemido, que expressava negação, repulsa, compaixão, uma mescla de piedade para comigo e de alívio por sua feliz cegueira, que me deu a impressão – a mim, apesar de tudo, comovente

– de que me apoiaria se fosse possível. Muito me auxiliou esse apoio, uma vez que, com o devastador golpe advindo da constatação de que seus olhos estavam selados, sem esperança, senti a instabilidade espantosa de minha própria posição, sentia – e via – minha lívida antecessora, desde sua posição inexpugnável, contemplando minha derrota e me dava conta, acima de tudo, do perigo que teria de enfrentar diante da espantosa postura da pequena Flora. Quando, por meio do sentimento de minha ruína se abriu algo como um triunfo pessoal, surgiu a senhora Grose, que adotou de maneira instantânea e violenta a mesma atitude de Flora, na forma de uma torrente de palavras que se espalhavam, tranquilizadoras:

– Não está ali, querida menina, ninguém está ali e você não vê nada, querida. Como poderia estar ali a pobre senhorita Jessel... se a pobre senhorita Jessel está morta e enterrada? *Sabemos* disso, não é mesmo, meu amorzinho? – E fazia para a menina uma suplicante invocação: – Foi tudo um erro e um tormento absurdo, uma brincadeira... e voltaremos para casa o mais rápido possível.

A menina, ao ouvir as palavras dela, havia acedido com uma curiosa e petulante rispidez, plenamente convencional e ali estavam as duas, dispostas a partir, unidas contra mim por uma oposição escandalizada. Flora continuava observando-me com sua pequena máscara de reprovação e ainda nesse minuto pedi perdão ao céu, pois, enquanto segurava com força o vestido de nossa amiga, sua incomparável beleza infantil subitamente murchava, até desaparecer. Sim, não temo em dizê-lo: estava literalmente odiosa, cruel. Tornou-se ordinária, quase horrível.

- Não compreendo o que quer dizer - exclamou -, pois não vejo ninguém. Não vejo nada. Nunca *cheguei* a ver. Acho que você é malvada. Te odeio!

Depois desse desabafo, digno de uma vulgar, impertinente pirralha de rua, ela abraçou a senhora Grose ainda mais e escondeu em suas saias o atroz rostinho. Nessa posição, explodiu em um lamento quase furioso:

- Leve-me, leve-me embora *dela*!

- De mim? - perguntei, vacilante.

- De você, sim ... de você! - gritou ela.

Até mesmo a senhora Grose olhou-me desconcertada e eu mesma não tive outro recurso que me comunicar com a figura que, na outra margem, imóvel, rigidamente alerta, parecia ouvir nossas vozes através do espaço que nos separava e que persistia, de maneira tão vívida e no mesmo lugar, precipitando minha derrocada como se inadvertidamente. A miserável menina falara exatamente como se tomasse cada uma de suas afiadas palavras de uma fonte externa. No desespero absoluto de tudo aquilo que precisava aceitar, limitei-me a mover tristemente minha cabeça.

- Se alguma vez - disse - duvidei, já não tenho a menor dúvida. Vivi por muito tempo com essa amarga verdade e agora já não posso resistir a ela. Sim, evidentemente, a perdi. Quis interferir, mas ela seguiu *suas* ordens - e, mais uma vez, afrontei através da lagoa nossa infernal testemunha -, de forma que encontrou o meio mais simples e perfeito de me impedir. Fiz tudo o que podia, mas a perdi. Adeus. - E dirigi para a senhora Grose um imperativo, quase enlouquecido: - Vá embora! Vá embora!

Diante disso, profundamente desesperada, mas tomando silenciosa posse da menina e claramente convencida, apesar de sua cegueira, de que algo horrível acabava de acontecer e da catástrofe em que estávamos mergulhadas, retirou-se o mais rápido possível pelo caminho que havíamos tomando para chegar.

A princípio, não tenho recordações claras do que aconteceu em seguida, quando fiquei sozinha. Unicamente sei que, depois de quinze minutos - suponho - uma fétida, úmida, acerba frialdade penetrou e estremeceu aquele meu momento de punição, fazendo-me compreender que havia abandonado a mim mesma, colocado o rosto contra o solo, entregue ao selvagem desatino da infelicidade. Creio que fiquei ali, prostrada sobre o solo por muito tempo, gritando e soluçando, pois quando ergui a cabeça o dia estava próximo do fim. Levantei-me e olhei por um instante, no crepúsculo, para o lago cinzenta e suas confusas margens enfeitiçadas; logo, compreendi quão triste e penoso seria meu caminho de volta. Ao chegar no portão da cerca, percebi, com assombro, que o bote não estava mais lá, o que me fez pensar novamente na extraordinária presença de espírito de Flora. Minha pupila passou o final da tarde em diante no mais tácito e, acrescentaria - se o termo não introduzisse uma nota a tal ponto falsa que se tornava grotesca - feliz entendimento com a senhora Grose.

Ao regressar para a casa, não vi nenhuma das duas, mas, por uma ambígua compensação, Miles estava bastante presente. Na verdade, eu o vi - não posso usar outra expressão - mais do que nunca naquele momento. Nenhuma tarde passada em Bly teve a poderosa qualidade dessa tarde. Apesar disso - tendo em conta, igualmente, o profundo abismo de consternação que acabava de se abrir debaixo dos meus pés -, aquela tristeza da tarde minguante foi extraordinariamente doce. Quando cheguei a casa, eu não perguntei pelo garoto: subi diretamente para meu quarto para trocar de roupa e verificar, com uma olhada ainda que não quisesse fazê-lo, mais de um testemunho material de meu rompimento com Flora; haviam mudado de quarto todos os objetos pertencentes a ela. Depois, quando a criada usual trouxe o chá junto à lareira do quarto de estudos, permiti-me não fazer qualquer questionamento a respeito de meu outro pupilo. Ele conseguiu a liberdade que tanto almejava. Que usufruísse dela como bem lhe aprouvesse! Usou dela, com efeito, mas foi em parte, ao menos, para se apresentar por volta das oito e sentar-se silenciosamente ao meu lado. Quando levantaram as coisas do chá, apaguei os candelabros e aproximei minha poltrona da lareira; um frio mortal me dominava e parecia que nunca mais voltaria a sentir calor. Por isso, Miles devia pensar que me encontrara reflexiva, entregue aos meus pensamentos. Ele deteve-se, olhando-me do vão da porta; logo, - como se quisesse compartilhar do que eu tinha em mente - aproximou do outro lado da lareira e sentou-se em outra cadeira. Permanecemos sentados, absolutamente imóveis; sem dúvida, sentia que ele queria permanecer comigo.

XXI

Antes que um novo dia iluminasse por completo meu quarto, recebi a senhora Grose, que trazia notícias bastante ruins diretamente para minha cama. Flora, parecia ter febre, talvez tivesse adoecido de fato. Sua noite fora de insônia, extremamente agitada, sobretudo por conta do temor que tinha não por sua antiga, mas por sua nova preceptora. Não protestava contra a possível volta da senhorita Jessel, mas, clara e notadamente, contra a minha. Levantei-me de um salto e fiz diversas perguntas, até porque minha companheira, como poderia esperar, estava preparada para colocar-se em posição segura diante de um eventual interrogatório. Senti isso quando a sinceridade da menina foi colocada em oposição à minha:

Ela persiste na negação de que viu, ou que tenha visto, qualquer coisa?

O problema da minha visita, verdadeiramente, era considerável.

- Ah, senhorita, não é um tema que eu possa abordar. E tampouco, devo dizer, que deva ser tratado. É um assunto que a envelheceu dos pés à cabeça.

- Oh, vejo perfeitamente de onde estou. Está ofendida como uma pequena alteza cuja sinceridade foi colocada em questão, assim como, por assim dizer, sua respeitabilidade. "A senhorita Jessel, claro e *ela*!" Como é respeitável, a pirralha! Ontem, e isso eu garanto para a senhora, ela me deu a impressão mais estranha do mundo; algo que estava além de todos os outros. E eu *estraguei* isso! Ela não mais falará comigo.

Todo esse assunto, sórdido e obscuro, manteve a senhora Grose em silêncio por pouco tempo. Depois, apoiou-me com uma franqueza que - posso assegurar - tinha uma base sólida.

- De fato, senhorita, creio que ela fará isso mesmo, pois tomou a coisa a sério.

- Deve estar literalmente indignada. - Acrescentei depois: - E será assim, dessa maneira, agora!

E sim, essa maneira estava visível no rosto da minha visitante, e um pouco mais também.

- Me pergunta de três em três minutos se a senhorita entrará no quarto.

- Percebo, percebo...

Conseguia adivinhar a conduta da menina.

- Ela chegou a dizer, desde ontem, algo a respeito da senhorita Jessel que não fossem recusas em estar associada a algo tão assustador?

- Nenhuma palavra. E como a senhorita deve saber - acrescentou -, tomei isso como verdadeiro, pois, ao menos no lago, não *havia* ninguém.

- Mas claro! E, naturalmente, a senhora tomou por certa as palavras da menina.

- Evitei contrariá-la. O que mais poderia fazer?

— Nada neste mundo! Saiba que está lidando com uma pessoa diminuta, a mais hábil que se tem notícia. Eles os tornaram, seus dois amigos, quero dizer, mais hábeis do que a natureza permitiria; assim, plasmaram um material por si só admirável! Flora obteve seu motivo de queixa, e o utilizará para conseguir aquilo que deseja.

— Sim, senhorita, mas *o que* seria?

— Me colocar contra seu tio. Dirá a ele que sou a criatura mais vil...

Desfaleci ao perceber toda a cena refletida no rosto da senhora Grose: parecia que observava a conversa dos dois.

— E ele, que possui opinião tão boa da senhorita!

— Me ocorre agora que ele, de fato, o demonstra de uma forma bastante estranha - comecei a rir -, mas isso não importa. O que Flora deseja, sem dúvida, é se livrar de mim.

Minha companheira concordou, impávida.

— Não deseja vê-la nunca mais.

— E a senhora veio para verificar - questionei - se a minha partida será sem breve?

Mas, antes que a senhora Grose tivesse tempo de responder, retomei o controle da situação.

— Contudo, tenho outra ideia, resultado de minhas reflexões. Minha partida *seria* o mais correto, e antes do domingo estive bem perto de partir. Mas tal atitude perdeu seu sentido. É a *senhora* quem precisa partir. Levando consigo Flora.

Minha visitante refletiu por um instante.

— Mas para onde?

— Longe daqui. Longe *deles.* Longe, acima de tudo, neste momento, de mim. Leve-a direto para a casa do tio.

- Apenas para ela diga que a senhorita...

- Não, "apenas" para isso! Quero ficar sozinha, além disso, com meu recurso.

Ela ainda não compreendera.

- E qual é o *seu* recurso?

- Para começar, sua lealdade. E a de Miles.

Ela fixou em mim seu olhar.

- Acredita que ele...

- ... Não se voltará contra mim se tiver chance? Sim, tenho essa esperança. Mas, de todo modo, quero tentar. Parta com a irmã dele o mais rápido possível e deixe-me sozinha com ele.

Eu mesma estava impressionada com essas reservas de energia; um pouco por isso, sentia-me desconcertada, porque, apesar desse meu belo exemplo, ela ainda hesitava.

- Naturalmente - prossegui - há uma condição indispensável: as crianças não podem se ver nem um momento sequer.

Logo refleti que, embora Flora provavelmente tenha estado em isolamento desde seu retorno do lago, poderia ser tarde demais.

- Na verdade, a senhora quer dizer - perguntei ansiosamente - que eles *já* se encontraram?

A senhora Grose ficou ruborizada diante de minha pergunta.

- Ah, senhorita, não sou tão idiota para fazer isso. Nas três ou quatro vezes que fui obrigada a sair do quarto, deixei sempre uma criada junto a ela e neste momento, mesmo estando sozinha, fechei a porta com a chave. E mesmo assim... Mesmo assim...

Havia muitas coisas, de fato.

- Mesmo assim o quê?

- Bem, está segura a respeito do pequeno cavalheiro?

- Não tenho segurança ou certeza de nada além da *senhora*. Mas, desde a noite passada, acalento uma nova esperança. Acredito que o pobre menino deseja falar. Penso que busca uma ocasião para tanto. Na noite passada, junto ao fogo, esteve sentado ao meu lado duas horas, em silêncio. Pareceu a ponto de revelar algo.

A senhora Grose olhou fixamente, através da janela, para o cinzento dia que despontava.

- E ele o fez?

- Ainda que eu tenha esperado e esperado, devo confessar que não. Por fim, nos beijamos e demos boa noite um ao outro sem romper o silêncio, e sem a mínima alusão ao estado de sua irmã ou à sua ausência. Contudo - prossegui -, se seu tio vir como ela está, não posso consentir que veja o garoto sem que ele tenha um pouco mais de tempo, tendo em vista o fato de as coisas terem tomado um rumo tão ruim.

Diante disso, a senhora Grose fez incompreensível oposição ao que eu havia proposto.

- O que quer dizer com mais tempo?

- Bem, um ou dois dias, até que resolva fazer a confissão. Então, ele estará do *meu* lado; perceba a importância disso. Se não acontecer nada de relevante, terei fracassado, e a senhora, na pior das hipóteses, terá dado sua ajuda fazendo, a meu favor, tudo o que for possível assim que chegar à cidade.

Foi assim que apresentei meu plano, mas ele continuava tão incompreensivelmente perplexa que voltei a ajudá-la:

- A menos que - acrescentei - prefira, realmente, *não* partir.

Pude ver que seu rosto se tornava mais claro. Estendeu sua mão como que para selar um pacto.

- Irei, sim irei. Nesta manhã mesmo.

Mas eu não queria forçá-la a nada.

- Se a senhora *deseja* ficar por mais algum tempo, me comprometerei a não permitir que Flora me veja.

- Não, não: é pelo lugar em si. Ela deve deixá-lo.

Deteve em mim seus tristes olhos e logo deixou escapar as seguintes palavras:

- Sua ideia é muito boa, senhorita. Eu...

- Sim?

- Eu não posso ficar.

O olhar que ela lançou em mim abalou-me pelas possibilidades nele refletidas.

- Quer dizer que, ontem, a senhora *viu*...

Negou dignamente com a cabeça.

- Eu *ouvi*!

- Ouviu?

- Da boca da menina... horrores! Veja só! - suspirou com alívio trágico. - Por minha honra, senhorita, ela disse cada coisa...

Não pôde suportar essa recordação e desabou no sofá, com repentino choro e, como fez anteriormente, deixou-se levar por sua angústia.

Eu também me deixei levar, mas em um sentido totalmente distinto:

- Oh, graças a Deus!

Ela levantou-se de um átimo, gemendo, enxugando as lágrimas nos olhos:

- Graças a Deus?

- Isso justifica meu ponto de vista.

- De fato o faz, senhorita!

Não poderia esperar uma concordância mais enfática, mas ainda assim hesitei.

- Ela disse coisas tão horríveis assim?

Vi que minha colega mal sabia como colocar o ocorrido em palavras.

- Indecorosas!

- Sobre mim?

- Sobre a senhorita, realmente. Menciono apenas para responder à sua pergunta... Além de tudo o que se poderia esperar, tratando-se de uma menina. Não sei de onde conseguiu arranjar tais coisas...

- A espantosa linguagem que emprega para se referir a mim? Eu posso dizer, a senhora bem sabe - disse e lancei uma gargalhada bastante significativa.

Mas apenas consegui intensificar a seriedade da minha amiga.

- Bem, talvez eu pudesse... uma vez que ouvi algo semelhante antes. Mas, sem dúvida, não consigo suportar isso - prosseguiu a pobre mulher enquanto lançava um olhar ao meu relógio colocado sobre a penteadeira -, mas agora devo partir.

Eu a retive, contudo:

- Ah, se a senhora já não consegue suportar...

- Como consigo me manter perto dela, a senhorita quer dizer? Pois bem, precisamente por esse motivo. Para tirá-la daqui. Para irmos o mais longe possível - prosseguiu -, longe *deles*...

- E ela poderia mudar? Poderia se libertar?

Eu a incitava quase que com júbilo:

- Então, apesar do que aconteceu ontem, a senhora *crê*...
- Em tais fatos?

A maneira como ela referiu-se a eles, ainda mais clara diante de sua expressão, não exigia maiores explicações - ela se rendera a mim por completo.

- Eu acredito.

Sim, era uma felicidade nos sentirmos assim, unidas. Se tivesse seu apoio, pouco importava o que poderia acontecer: teria no desastre a mesma sustentação que tive nos primeiros tempos, quando precisava de uma confidente; se minha boa amiga poderia responder em nome de minha honestidade, seria possível, para mim, tratar do resto. Mesmo assim, ao nos despedirmos, me senti um pouco perplexa.

- Há algo que não devemos nos esquecer - disse -, e é a minha carta, dando o sinal de alarme, que chegaria em Londres antes da senhora.

Agora percebia de maneira completa como a senhora Grose havia carregado seus temores e o cansaço advindo de tal esforço.

- Sua carta não chegará. Nunca foi enviada.
- O que aconteceu com ela, então?
- Só Deus sabe! Mestre Miles...
- Quer dizer que *ele* a tomou? - suspirei.

A senhora Grose titubeava; logo, dominando sua relutância:

- Quero dizer que ontem, quando voltei com a pequena Flora, não estava onde a senhorita havia deixado. Mais tarde, tive a oportunidade de perguntar a Luke e ele me declarou que não havia visto ou tocado em carta alguma.

Apenas trocamos nossos recíprocos olhares, repletos de significados, e a senhora Grose expressou a conclusão em tom quase triunfal:

- Veja a senhorita!
- Sim, vejo que Miles pegou a carta, para ler e depois destruir, possivelmente.
- E nada mais?

Olhei para ela por um instante e sorri com tristeza.

- Me parece que agora - disse - seus olhos estão mais abertos que os meus.

E estavam, de fato, mas ela ainda corava ao demonstrá-lo.

- Percebi o que ele deve ter feito no colégio.

E, em sua inocente perspicácia, fez com a cabeça um gesto de desencanto quase cômico.

- Ele roubou.

Refleti por um momento, tratando de ser imparcial.

- Talvez, sim.

Ela olhou para mim assombrada, diante de tão inexplicável tranquilidade.

- Ele roubava *cartas*!

A senhora Grose não poderia conhecer as razões de minha tranquilidade, bastante relativa, depois de tudo. Expliquei-me como pude:

- Espero, então, que tenha sido com mais proveito que neste caso. A carta que deixei sobre a mesa ontem - prossegui - continha um simples pedido de reunião. Deve estar envergonhado de ter ido tão longe por tão pouco. É possível que ontem fosse isso o que o atormentava, precisamente o desejo de confessar seu ato.

Por um breve momento, pareceu-me que contemplava a totalidade e que conseguia dominar a situação.

- Nos deixe, agora - exclamei da porta, empurrando-a para fora -, pois farei com que ele revele seu segredo. Confessará. Se confessar, estará salvo. E se estiver salvo...

- Também a *senhorita* estará?

A querida mulher me beijou ao pronunciar essas palavras e nos despedimos. Ao partir, gritou:

- Salvarei a senhorita sem que ele precise intervir!

XXII

Apenas depois da partida dela – e senti sua falta de imediato – surgiu diante de mim o aperto real. Qualquer que fosse minhas expectativas de um encontro sozinha com Miles, rapidamente percebi que tal forneceria, ao menos, um termo de comparação. De fato, não houve nenhum momento, de minha estadia em Bly, tão carregado de apreensões como aquela que conheci quando, ao descer do piso superior, soube que a carruagem que conduzia a senhora Grose e minha pupila havia atravessado o portão.

Agora, eis-me *aqui*, disse para mim mesma, face a face com os elementos, e durante boa parte do dia, ao lutar contra minha fraqueza, confessava em meu íntimo como fora temerária. O círculo tornava-se mais estreito ao meu redor; a isso somava-se o fato de que era possível perceber no aspecto dos outros, pela primeira vez, um confuso reflexo da crise. O ocorrido, naturalmente, causava assombro em todos; apenas foi possível explicar, por muito que nos esforçássemos, o repentino procedimento de minha amiga. As criadas e os empregados pareciam estupefatos; essa impressão geral excitava meus nervos até que eu, finalmente, percebi que devia tirar dela algo de positivo. Compreendi, em suma, que apenas me aferrando ao grupo seria possível evitar o naufrágio. Atrevo-me a dizer que, nessa manhã, para enfrentar os fatos, mostrei-me bastante seca e altiva com todos. Recebi de bom grado a consciência de minha total responsabilidade e dei a entender que eu, a promotora de toda aquela situação, era uma pessoa de caráter notavelmente firme. Assim, em auxílio àqueles que poderiam se importar com minhas atitudes representei a comédia da tranquilidade com o coração cheio de angústia.

Miles foi a pessoa para a qual essa atitude menos importava, ao menos até o jantar. Não o encontrei em minhas idas e vindas pela casa, mas essa sua ausência demonstrava, por si só, a mudança ocorrida em nossas relações por consequência de sua conduta na tarde anterior, quando me detive junto ao piano, tão seduzida e alheia, no interesse de Flora. Chamava a atenção, evidentemente, o confinamento e a partida da menina, além da inobservância de nossa cotidiana reunião na sala de estudos. Miles desaparecera quando o chamei à porta. Pude saber, então, que havia feito seu desjejum com a senhora Grose e com Flora, na presença de duas criadas. Depois saiu - segundo ele mesmo disse - para dar uma volta. Refleti, então, que nada poderia expressar com mais franqueza seu julgamento sobre a abrupta transformação de meu papel na casa. Ainda não estava claro o que esse novo papel permitiria a ele, Miles, mas, de qualquer modo, significava um tipo de alívio singular - especialmente, no caso, para mim - renunciar a tal pretensão. Das muitas coisas que estavam agora na superfície, atrevo-me a dizer que a mais evidente era o absurdo de prolongar a ficção de que tinha algo para ensinar a ele. Durante muito tempo, por pequenas manobras tácitas nas quais ele parecia mais preocupado do que eu mesma, com minha dignidade, busquei sua ajuda para que pudesse afrontá-lo nos termos de sua verdadeira capacidade. Independentemente, agora estava livre e eu não faria nada para limitar sua liberdade. Isso ficou claro, desde a noite anterior, quando se reuniu comigo na sala de estudos eu evitei perguntas ou alusões a respeito do que havia feito naquela tarde. A partir daí, dediquei-me por inteiro às minhas ideias. Sem dúvida, quando Miles chegou, percebi a dificuldade de colocá-las em prática diante daquela presença tão encantadora, para a qual tudo o que se passou - ao menos exteriormente - não deixou sombra ou mácula.

Para assinalar ao resto da casa a etiqueta que eu havia decidido impor, ordenei que minhas refeições com o garoto fossem servidas "lá embaixo", como costumávamos dizer. Por isso esperei pela presença dele na augusta pompa do cômodo próximo da janela em que recebi da senhora Grose, nesse primeiro domingo no qual tanto me assustei, um lampejo de algum tipo de luz. Agora sentia novamente - uma vez que tivera sensações parecidas vez por outra - até que ponto meu equilíbrio dependia da vitória de minha rígida vontade de fechar os olhos ao fato de me encontrar diante de um caso sórdido e antinatural. Só poderia seguir em frente chamando a "natureza" em meu auxílio, confiando nela, considerando minha monstruosa provação como um impulso em direção inusitada, sem dúvida, e desagradável, mas que exigia apenas - para uma vitória em combate justo - outra volta do parafuso da virtude humana ordinária. Nenhuma tentativa, sem dúvida, poderia exigir mais tato que o intento de suprir, solitariamente, *toda* a natureza. Mas como eu poderia introduzir um pouco de tal artigo se me era impedido o acesso ao ocorrido? E, em contrapartida, como aludir ao ocorrido sem um novo mergulho no odioso e equívoco abismo? Bem, uma resposta possível, depois de algum tempo, ocorreu-me e foi confirmada pelo que havia de excepcional em meu pequeno companheiro. Ainda agora, parecia como se encontrasse - como acontece com frequência em minhas horas de estudo - outra delicada e suave maneira de facilitar as coisas entre nós. Não foi a luz que surgiu do fato que, ao compartilharmos nossa solidão, seria absurdo desprezar em um garoto de tantas qualidades - pois a ocasião, a precisa ocasião havia chegado por fim - o auxílio que eu podia esperar de sua preciosa inteligência? Para que ele teria sido agraciado por tal qualidade, essa inteligência brilhante, se não para salvá-lo? Não seria lícito, portanto, com a finalidade alcançar seu espírito, arriscar a estimular impávida e violentamente seu caráter?

Nessa noite, quando estávamos frente a frente na sala de jantar, foi como se o próprio garoto me mostrasse o caminho. O assado de cordeiro estava à mesa e, depois, pedi para a criada se retirar. Miles, antes de se sentar, permaneceu imóvel por um momento, as mãos nos bolsos, a observar o assado, aparentemente prestes a fazer algum comentário bem-humorado. Mas o que disse, por fim, foi:

— Ouça, querida: ela está assim tão doente?

— A pequena Flora? Não está tão mal que não possa melhorar em breve. Londres lhe fará bem. Bly já não lhe convinha. Venha pegar o seu assado.

Obedeceu, atento, esse meu pedido, e carregou o prato cuidadosamente até seu lugar na mesa. Uma vez instalado, prosseguiu:

— Bly começou a causar mal a ela assim tão de repente?

— Não tão de repente quanto pensa. Era possível perceber que havia algo de errado.

— Então, por que não solicitou que ela fosse embora antes?

— Antes do quê?

— Antes que ficasse demasiado enferma para viajar?

Encontrei uma resposta imediata:

— Ela *não* está demasiado enferma para viajar. Mas ficaria se permanecesse aqui. Partiu no momento oportuno. A viagem dissipará influências nocivas — não me faltava coragem — e a recuperará por completo.

— Percebo, percebo.

Nesse sentido, tampouco faltava coragem para Miles. Começou a comer com modos à mesa que, desde o dia de sua chegada, me haviam dispensado de fazer-lhe qualquer vulgar admoestação. Não fora expulso do colégio, sem dúvida, por maus modos à mesa. Estava, como de costume, comportando-se de forma irrepreensível, mas parecia ter mais consciência disso. Estava, perceptivelmente, dando por certas mais coisas que podia admitir sem explicação; e depois caía em um tranquilo silêncio ao perceber tal movimento. Nossa refeição foi das mais breves — a minha, uma vã simulação — e logo os pratos foram removidos. Enquanto tal procedimento era realizado, Miles permaneceu imóvel, as mãos novamente nos bolsos, de costas para mim — olhava a grande janela, através da qual, dias atrás, eu havia visto algo que tanto me alarmara. Permanecemos em silêncio enquanto a criada estava no cômodo - silenciosos como, pensei ironicamente, um jovem casal que, em sua viagem de núpcias, instalados em um hotel, sentem certa timidez na presença de um garçom. Ele voltou-se para mim apenas quando esse garçom foi embora.

– Bem, estamos a sós.

XXIII

— Oh, mais ou menos. - Imaginei que meu sorriso devia estar pálido. - Não totalmente. Isso não seria do nosso agrado - prossegui.

- Não. Suponho que não seria. Sem dúvida, há todos os outros.

- Temos os outros. Nós temos, de fato, os outros - consenti.

- Mas, mesmo que eles estejam por perto - respondeu, com as mãos nos bolsos -, são poucos, não é mesmo?

Fiz o melhor que pude com as palavras dele, mas me sentia esgotada.

- Isso depende do que você toma por "pouco".

- Sim - respondeu, conciliador -, tudo depende!

Depois, contudo, aproximou-se da janela novamente com um andar vago, nervoso, pensativo. Permaneceu naquele ponto por algum tempo, com sua testa encostada ao vidro, contemplando os estúpidos arbustos e a paisagem tediosa de novembro. Eu tinha sempre disponível a hipocrisia de meus "afazeres": através dela ganhei o sofá. Essa mesma hipocrisia serviu para me tranquilizar, com já havia feito inúmeras vezes nesses momentos torturantes que descrevi como aqueles em que as crianças se entregavam a algo que me era inacessível; assim, docilmente, prossegui com minha habitual espera pelo pior. Mas tive uma impressão extraordinária ao compreender o significado daquela forma angustiada de se colocar de costas para mim – naquele momento, não havia barreiras ao meu acesso. Essa inferência, em pouco tempo, atingiu uma aguda intensidade e pareceu fundir-se à percepção direta de que Miles, positivamente, era *quem* estava nessa situação excludente. As esquadrias e os painéis da grande janela transformavam-se, para ele, em um tipo de imagem simbólica do fracasso. Eu pressentia nele o sentimento de estar trancado do lado de dentro ou do lado de fora. Como usual, era admirável, mas isso não lhe garantia uma posição confortável; dei-me conta desse fato como um estremecimento de esperança. O garoto não estaria buscando, através daquela janela assombrada, por algo que ele mesmo não conseguia ver? E essa visão não lhe faltava por vez primeira? Sim, era a primeira vez: percebi nesse fato um esplêndido presságio. Isso o deixava ansioso, embora tivesse suficiente autodomínio para evitar que seus sentimentos transparecessem; esteve dominado por essa ânsia todo o dia e, mesmo com seus encantadores modos à mesa, teve de utilizar todo o seu estranho gênio para ocultar esse fato. Quando, afinal, voltou-se para mim, era como se seu gênio tivesse sucumbido.

– Bem, estou feliz por Bly não ser prejudicial para *minha* saúde.

– Me parece que aproveitou muito bem as últimas vinte e quatro horas em Bly. Bem mais que antes, creio eu – prossegui, ousada – que tenha se divertido.

- Oh, sim, nunca fui tão longe. Por todas as partes, por milhas e milhas. Nunca fui tão livre.

Inegavelmente, tinha sua própria altivez, e eu tentava manter-me em seu nível.

- Muito bem, gostou?

Ele abriu um sorriso; então, pronunciou aquelas duas palavras:

- E *você*?

Nelas, havia mais sentido do que jamais acreditei possível em tão poucas palavras. Entretanto, sem dar tempo para minha resposta, prosseguiu, como se tentasse suavizar sua impertinência:

- Nada pode ser mais amável como sua maneira de tomar as coisas, pois, se é verdade que agora estamos sozinhos, você está mais sozinha ainda. Assim, espero - acrescentou - que não se importe muito...

- Em ocupar-me de você? - perguntei. - Querido, como poderia me importar? Ainda que eu tenha renunciado à sua companhia, pois você está bem acima de mim, eu ao menos desfruto do prazer de tê-lo por perto. Se assim não fosse, por que eu ficaria em Bly?

Olhou para mim diretamente, e a expressão de seu rosto, que se tornou bastante séria, pareceu-me a mais bela que já havia visto.

- Ficou, portanto - questionou -, unicamente por *esse* motivo?

- Certamente. Fiquei, pois sou sua amiga, pelo enorme interesse que você me inspira, para que eu possa fazer algo digno convosco. Isso não deveria surpreendê-lo.

Minha voz vibrava, trêmula, de tal forma que tornava impossível dissimular tal efeito.

— Não se lembra - prossegui - que no dia da tempestade, quando me sentei na beirada de sua cama, disse-lhe que não havia nada no mundo que eu não faria por você?

— Sim, me lembro.

De sua parte, cada vez mais agitado, também precisou dominar a voz. Mas, bem mais hábil que eu, conseguiu rir apesar de sua seriedade, fingindo que tudo não passava de uma brincadeira.

— Apenas que a senhorita me disse aquilo, creio, para conseguir que eu fizesse algo a *seu* favor.

— Em parte - concedi - foi para que fizesse algo. Mas bem sabe que não fez o que eu desejava.

— Ah, sim - exclamou com intensa e artificial impaciência. - Você queria que eu contasse algo.

— Isso mesmo, que me contasse francamente, que me confessasse tudo o que se passava em sua mente.

— Ah, então ficou por *esse* motivo?

Falava com uma alegria por meio da qual era possível perceber um leve rastro de cólera e ressentimento. Mas sequer conseguia captar o efeito que me produziu tal implicação, por velada que fosse, de sua derrota. Era como se aquilo pelo qual eu havia lutado tanto chegasse ao fim, mas apenas para minha estupefação.

— Bem, sim, agora posso confessar que foi precisamente por esse motivo.

Demorou tanto tempo em responder que parecia buscar um argumento para repudiar as suposições nas quais minha conduta se baseava. Mas, por fim, disse:

— Você quer que diga aqui e agora?

– Não poderia encontrar um lugar e um momento mais adequado.

Passeou, assim, seu olhar ao nosso redor, de forma que acreditei perceber – mas que curiosa impressão! – o primeiro sintoma de seu medo. Parecia ter medo de mim; talvez, refleti, esse fosse o melhor sentimento que eu poderia inspirar-lhe. Sem dúvida, na angústia mesma de seu esforço, tentei inutilmente me apresentar mais severa, e um minuto depois ouvi minha pergunta, elaborada com uma doçura que beirava o grotesco:

– Segue tendo tanta vontade de ir embora?

– Mais do que nunca.

Sorriu para mim, heroicamente. O repentino rubor causado pelo sofrimento acentuava sua comovente audácia infantil. Pegara seu chapéu, que trouxera consigo ao entrar, e começo a retorcê-lo entre as mãos de uma maneira que me fez sentir – mesmo naquele momento, quando estava tão próxima de encontrar meu porto – um horror perverso por minha conduta. Independentemente de qual *fosse* minha atitude, tratava-se de um ato de violência, pois no que consistia a intrusão de uma ideia de grosseria e culpabilidade no caso de uma criatura indefesa que foi para mim uma revelação de potenciais e encantadoras relações? Não era um ato de baixeza despertar, em um garoto tão requintado, apenas esse desconforto distante de seu ser? Agora – suponho – consigo ler a situação em que nos encontrávamos com uma clareza que me faltava naquele momento, pois pareço perceber em nossos pobres olhos uma luminosidade que é reflexo das fagulhas premonitórias da angústia que viria a seguir. Assim, rodeamos o assunto, carregados de terror e de escrúpulos, como lutadores que não se atrevem a reduzir a distância para efetuar seus ataques. Pois um temia o outro! Isso nos manteve, por mais algum tempo, em suspenso, sem que desferíssemos golpes.

— Contarei tudo — disse Miles —, ou seja, contarei tudo o que desejar. Você ficará comigo e tudo ficará bem. Sim, *contarei* tudo, mas não agora.

— Por que não?

Minha insistência o distanciou de mim; ele dirigiu-se novamente para a janela: era tamanho o silêncio entre nós que seria possível ouvir um alfinete cair. Depois, voltou-se para mim novamente, com o ar de quem é aguardado do lado de fora por um visitante inevitável.

— Preciso ver Luke.

Nunca havia levado o garoto a dizer uma mentira tão vulgar, de forma que me senti proporcionalmente envergonhada. Contudo, horrível como fosse, suas mentiras determinaram minha verdade. Fiz alguns pontos adicionais em meu trabalho usual de costura.

— Pois bem, vá ter com ele: eu aguardarei, conforme sua promessa. Mas, em troca disso, antes de ir, responda a uma pergunta bem menos importante.

Aparentemente, ele se sentia tão triunfante que não via problemas em tal concessão.

— Bem menos importante...

— Sim, apenas uma fração do todo. Diga-me — acrescentei negligente, como se ofuscada pela minha dedicação ao que costurava — se foi você quem pegou, ontem à tarde, minha carta, bem sabes, que estava na mesa do saguão.

XXIV

Depois de dizer o que eu disse, sofri por um instante algo que só consigo descrever como uma espécie de desdobramento agudo da minha atenção, um golpe que, a princípio, quando busquei me recuperar, me reduziu ao cego movimento de tomá-lo em meus braços, de apertá-lo contra mim e - enquanto me apoiava no móvel mais próximo - instintivamente mantê-lo de costas para a janela. A aparição de que tanto falei já estava diante de nós: Peter Quint, como sentinela em sua prisão. Imediatamente pude ver a chegada dele à janela, seu pálido rosto de condenado colar-se ao vidro para perscrutar o aposento. Dizer que, naquele mesmo segundo, decidir o que fazer é resumir de forma muito grosseira o que acontecia dentro de mim; pois de fato, desconheço outro caso de uma mulher tão aturdida conseguir, em tempo tão curto, retomar o domínio de seus *atos*. Pelo horror mesmo dessa presença imediata, daquilo que eu via e enfrentava, compreendi que deveria manter o garoto distante dela. A inspiração - inútil dar outro nome a isso - era a maneira como eu percebia voluntariamente, transcendentemente, que eu era *capaz*. Era como enfrentar um demônio pela posse da alma de um ser humano, e ao pensar dessa forma pude ver essa alma humana, que tinha uma adorável face infantil banhada de suor. E eu, de braços estendidos e mãos trêmulas, segurava-o pelos ombros. Seu rosto, tão próximo ao meu, não estava menos pálido que aquele, colado ao vidro da janela e, alguns instantes depois, pude ouvir uma voz que aspirei como se fosse uma fragrância requintada. A voz não era baixa, ou débil, mas parecia vir de longe.

- Sim, eu a peguei.

Então, com um gemido de felicidade, abracei-o loucamente; e enquanto o estava cingindo contra meu peito, o que me permitia sentir o formidável bater de seu coração naquele pequeno corpo subitamente dominado pela febre, continuava vigiando o personagem que assomava na janela, que vi mover-se e trocar de posição. Comparei Quint a uma sentinela, mas seu lento ir e vir me recordou, por um momento, o andar de uma fera de quem arrebataram a presa. Tive de abrandar a chama de minha avivada coragem, contudo, para não me deixar levar muito longe. E, de novo, o olhar sinistro brilhava atrás do vidro, pois o miserável cravava em nós seus olhos como se espreitasse e aguardasse. Mas eu me sentia capaz de desafiá-lo; sentia, por sua vez, que o garoto ignorava sua presença. Isso me induziu a continuar falando:

- Por que a pegou?
- Para saber o que você dizia de mim.
- Chegou a abrir a carta?
- Sim, abri.

Meus olhos fixaram-se, naquele momento, no rosto de Miles, no qual o colapso definitivo da ironia mostrava até que ponto chegou seu mal-estar. Era prodigioso que, afinal, por conta de meu triunfo, seus sentidos permaneceram selados e a comunicação, rompida: Miles sabia que estava na presença de algo que ignorava, e ignorava que eu também estivesse ciente da mesma presença, mas que dela tivesse percepção clara. Mas que importava o mínimo que fosse qualquer problema quando meus olhos, ao se voltarem para a janela, captaram apenas o ar transparente - para meu triunfo pessoal -, pois aquela maligna influência fora vencida? Não havia mais nada ali, por minha causa e, logo, meu triunfo seria *total*. Lancei uma exclamação de júbilo:

- E não encontrou nada?

Ele me respondeu com um menear de cabeça desconsolado, quase pesaroso.

- Nada.

- Nada, nada? - Eu quase gritei de alegria.

- Nada, nada. - Ele repetiu, dominado pela tristeza.

Beijei sua testa, que estava molhada de suor.

- E o que fez com ela?

- Eu a queimei.

- Queimou? - Era naquele momento ou não seria nunca! - E foi isso o que fez na escola?

Isso o deixou alerta.

- Na escola?

- Pegou cartas? Ou outras coisas?

- Outras coisas?

Naquele momento, parecia que a mente dele estava distante, acessível apenas pela pressão de sua própria ansiedade. Mesmo assim, minhas palavras bastaram para alcançá-lo.

- Se eu teria *roubado*?

Eu senti que enrubescia até a raiz de meus cabelos, refletindo sobre o que seria mais estranho: se colocar para um cavalheiro aquele tipo de pergunta ou se ver como ele reagia a ela, apresentando certa indulgência que dava a medida de sua derrota.

- Por isso não podia regressar?

Ele demonstrou que sentia uma pequena e ordinária surpresa.

- Já sabia que eu não poderia voltar?

- Sabia de tudo.

Ele olhou para mim longamente, de modo estranho.

- Tudo?

- Sim, tudo. De qualquer forma, você fez isso... - Não consegui repetir a pergunta.

Miles conseguiu, com simplicidade.

- Não, eu não roubei.

Meu rosto deve ter demonstrado a ele que eu acreditava no que dizia; mas minhas mãos, em um tipo de candura automática e pura, sacudiram-no, como se questionassem o motivo, se não havia nada demais, de ele ter me condenado a meses de tormento.

- Então, o que foi que fez?

Ele olhou para o teto, dominado por vaga agonia e, ao respirar algumas vezes, demonstrou alguma dificuldade. Seria possível dizer que ele estava no fundo do mar, levantando os olhos para um tênue crepúsculo verde.

- Pois bem... dizia coisas.

- Apenas isso?

- Eles acharam que foi o suficiente.

- Você foi expulso por isso?

Nunca o fato de ter sido expulso serviu tão pouco para explicar os fatos ocorridos como no caso daquele jovem. Ele parecia avaliar minha pergunta, mas demonstrando uma desenvoltura quase irremediável.

- Bem, suponho que não devia tê-las dito.

- Mas a quem disse tais coisas?

Evidentemente, tentava recordar, mas não conseguiu - esquecera de todos.

- Não sei.

Quase sorriu para mim, em meio à desolação de sua derrota, já tão completa que o melhor a fazer seria deixar de lado tal assunto. Mas eu estava convencida, cega pela vitória, embora tal triunfo tivesse como efeito acentuar ainda mais nossa separação, não o contrário, que então perguntei:

- Para todos?

- Não, somente para... - Moveu a cabeça, enfadado. - Não me lembro dos nomes.

- Então foram tantos assim?

- Não, apenas alguns poucos. Aqueles de que eu gostava mais.

Aqueles de quem ele gostava? Parecia que eu flutuava não em direção à claridade, e sim à escuridão obscura. Depois de um minuto, da própria compaixão surgiu a espantosa inquietude de que talvez ele fosse inocente. Tratava-se de uma possibilidade que mergulhava tudo em insondável confusão, uma vez que, caso o garoto *fosse* inocente, o que seria *eu* mesma então? Fiquei paralisada quando tal pensamento aflorou, enquanto meus braços perderam a força, de forma que ele se viu livre e, após um longo suspiro, afastou-se de mim; mas, quando se voltou para a janela, tratava-se agora de algo passível de suportar, uma vez que eu sabia não haver nada ali. Prossegui após uma pausa:

— E eles repetiram o que você disse?

Ele estava a certa distância de mim, ainda respirando com alguma dificuldade e novamente exibindo o ar de alguém que era forçado contra sua vontade, embora não demonstrasse raiva dessa situação. De novo olhou para a luz declinante do dia que terminava, como se, daquilo que fora seu sustentáculo, nada mais restasse além de uma indizível ânsia.

— Oh, sim — ele, contudo, respondeu —, eles devem ter repetido. Ao menos, *aqueles* que apreciaram.

Aquilo era, de alguma forma, muito menos do que eu esperava; mas refleti um pouco.

— E tais coisas chegaram aos ouvidos...

Ele respondeu de forma bastante simples e direta:

— Dos professores? Oh, sim! Mas não sei exatamente o que eles disseram.

— Os professores? Não disseram nada. É por isso que pergunto a você.

Ele voltou-se novamente para mim, seu pequeno, belo e febril rosto.

— Sim, foi muito mau.

— Muito mau?

— Aquilo que suponho ter dito dado momento. Pois chegaram a escrever para casa.

Não consigo expressar a insólita e patética contradição que havia entre essas palavras e o garoto que as enunciava. Apenas sei que, depois de um momento, ouvi a mim mesma exclamar com familiar violência:

– Falatório e bobagens!

E, logo depois, devo ter lançado minha pergunta com bastante severidade:

– Que *coisas* eram?

Minha severidade era dirigida aos juízes, aos algozes dele; de fato, isso induziu a um distanciamento em relação ao meu ponto de vista, e tal movimento *me* fez, de um salto que culminou em um irreprimível grito, trazê-lo de volta para mim. Pois, mais uma vez, contra o vidro, como para interrompê-lhe a confissão e suspender a resposta, estava o odioso autor de nossa desgraça, aquela face pálida e maldita. Tive a sensação de afundar quando percebi que minha vitória esvanecia, e a necessidade de reiniciar a batalha provocou em mim vertigens, de modo que meu impulso selvagem apenas serviu para denunciar-me. Percebi, quando traía a mim mesma, que Miles apenas adivinhava o que estava acontecendo, uma vez que para ele não havia ninguém na janela. Então, permiti que meu arrebatamento se transformasse no apogeu do engano e na própria libertação dele.

– Nunca mais, nunca mais, nunca mais!

Gritei para o visitante, enquanto tentava manter o garoto entre meus braços. Miles, por sua vez, perguntou ansioso:

– Ela *está* aqui?

Apesar de seus olhos fechados, havia compreendido o significado de minhas palavras. Depois, como o estranho "ela" por ele pronunciado me transtornou sobremaneira, eu, fora de mim, passei a repetir tal palavra como um eco, ao que ele redarguiu com súbita fúria:

— A senhorita Jessel, a senhorita Jessel!

Estupefata, compreendi sua exclamação: supunha que eu estava repetindo a cena com Flora, mas isso apenas aumentou minha ânsia em demonstrar que minha vitória fora completa.

— Não é a senhorita Jessel! Mas está na janela, bem diante de nós. Está *ali*, o horror pávido, que surge pela última vez!

Ao cabo de um instante, no qual ele moveu a cabeça como um cão perplexo que perdeu a pista de um odor específico, que a deixou para trás em busca de ar e luz, voltou-se para mim, pálido pela ira, perplexo, olhando em vão para todas as direções e não encontrando nada, embora eu sentisse todo o cômodo envenenado pela intensidade esmagadora daquela presença.

— É *ele*?

Eu estava tão determinada a obter minha prova acima de tudo que simulei uma glacial indiferença apenas para provocá-lo:

— A quem você se refere por "ele"?

— Peter Quint, seu demônio!

Seu rosto dirigiu novamente, ao cômodo como um todo, uma súplica convulsa.

— *Onde*?

Mas estava em meu ouvido, ainda, o nome maldito que levava consigo sua entrega absoluta e seu tributo à minha devoção.

— Que importância isso tem agora, meu querido? Agora e *sempre*? Já é meu — exclamei, dirigindo-me à fera. — Mas ele te perdeu para sempre!

Depois, para demonstrar minha obra, disse para Miles:

– Ali, *ali*!

Mas ele escapara de meus braços, explorava ao nosso redor, perscrutava uma e mais outra vez, mas nada via além do dia tranquilo. Com o golpe dessa perda que me enchia de orgulho, soltou o grito de uma criatura que despenca em um abismo, e o abraço que utilizei para recobrá-lo poderia ter sido aquele empregado para segurá-lo durante a queda. Eu o agarrei e apertei junto ao meu peito – é possível imaginar com que paixão! Mas ao fim de um minuto, comecei a perceber aquilo que eu abraçava. Estávamos sozinhos, o dia era tranquilo, e seu pequeno coração, despossuído, havia parado de bater.

A HUMILHAÇÃO DOS NORTHMORE
– CONTO –

I

Quando morreu lorde Northmore, as alusões em referência ao ocorrido adotaram, em sua maior parte, uma forma bastante pesada e acabrunhada. Uma grande figura política havia desaparecido. Uma grande luz de nosso tempo foi apagada bem no meio de sua carreira. Fora antecipado o fim de uma grande utilidade que de toda forma, apesar disso, foi desempenhada de forma notável. A nota de grandeza, ao longo de toda a linha, ressoava, em suma, com força própria, e a imagem do falecido evidentemente se prestava com facilidade a figuras e floreios, essa poesia da imprensa diária. Os jornais e seus compradores cumpriram igualmente o seu dever com o exigido no caso - organizaram-no de forma ordenada e impressionante, embora talvez com uma mão um pouco violenta, despachada, no carro funerário, acompanharam o transporte corretamente pela avenida e então, encontrando o assunto de repente esgotado, passaram ao próximo item da lista. Sua senhoria tinha sido alguém - e aí havia algo concreto - do qual não havia quase nada para contar além da encantadora monotonia de seu êxito. Esse êxito fora sua profissão, seus meios e também seu fim; de modo que sua carreira não admitia nenhuma outra descrição e não exigia, na verdade não tolerava, nenhuma análise ulterior. Fez política, fez literatura, teve terras, cometeu enganos de conduta e muitos equívocos, teve uma esposa franzina e tola, dois filhos extravagantes e quatro filhas insípidas - de tudo tirou máximo proveito, como *poderia* ter feito com praticamente o que fosse. Havia algo nas profundezas do seu ser que permitia isso, e seu velho amigo Warren Hope, a pessoa que o conheceu desde bem cedo e provavelmente, de modo geral, melhor, nunca entendeu o que era, ao menos por curiosidade. Era um segredo que, a bem da verdade, esse distanciado competidor não havia de fato compreendido, nem para seu alívio intelectual, nem para uso imitativo; e houve uma espécie de homenagem a isso na maneira como, na noite anterior às exéquias e dirigindo-se à sua esposa, ele disse depois de alguma reflexão silenciosa:

- Caramba, preciso acompanhar o velho. Devo ir ao enterro.

Em um primeiro momento, a senhora Hope limitou-se a olhar para seu marido com muda preocupação.

- Não tenho paciência contigo. Você está muito mais doente do que *ele* já esteve.

- Ah, mas isso me não significa deixar de ir aos enterros dos outros...

- Isso significa que me destroça o coração com seu cavalheirismo exagerado, sua recusa insistente em considerar os seus interesses. Você os sacrificou por ele, durante trinta anos, sempre e sempre, e a partir desse sacrifício supremo, possivelmente sua própria vida, creio ser possível, em sua condição, ser absolvido.

Ela realmente perdeu a paciência.

– Ir ao enterro, neste tempo, após a maneira como ele se portou com você!

– Minha querida – Hope replicou –, a maneira como ele se portava comigo é uma invenção da sua mente engenhosa, da sua lealdade demasiado apaixonada, da sua bela lealdade. Lealdade a *mim*, quero dizer.

– Obviamente deixo para você – declarou – aquela devotada a *ele*.

– A verdade é que era uma de minhas amizades mais antigas, o primeiro. E não estou assim tão mal... Irei; pois quero fazer o que é decente. O fato é que nunca rompemos, sempre estivemos juntos.

– Sim, de fato – ele riu em meio de sua própria amargura –, ele sempre cuidou disso! Jamais reconheceu seus méritos, mas nunca deixou que você escapasse. Enquanto a sua função era mantê-lo bem, ele te espezinhava. Arrancou até a última gota da sua vida e deixou apenas essa pergunta para seu incrível idealismo, sua incorrigível modéstia: como diabos tal idiota conseguiu chegar aonde chegou. Ora, ele trilhou seu caminho nas suas costas. Em sua ingenuidade, perguntava aos outros: "Qual será o dom que ele possui?". E os outros eram tão idiotas que tampouco tinham a menor ideia. *Você* foi esse dom!

– E você é o meu, querida – exclamou seu marido, abraçando-a com força, embora seu riso fosse de resignação.

Saiu no dia seguinte em um "especial" para o enterro, que se deu na propriedade do grande homem, na própria igreja do grande homem. Mas ele foi sozinho, ou seja, acompanhado por assembleia numerosa e distinta, a flor da demonstração unânime e gregária.

Sua esposa não quis acompanhá-lo, embora tenha permanecido ansiosa enquanto ele esteve ausente. Para ela, a passagem das horas foi angustiante, em constante observação do tempo, pois temia o frio. Vagava de cômodo em cômodo, detendo-se, absorta, nas janelas opacas, e antes do retorno de seu marido ela havia pensado em muitas coisas. Era como se, enquanto ele assistia ao grande homem ser enterrado, ela também, sozinha, no reduzido lar de seus últimos anos, estivesse diante de uma sepultura aberta. Nela, depositou, com suas mãos fracas, o penoso passado, todos os seus sonhos comuns mortos e as cinzas acumuladas. A pompa em torno da extinção de lorde Northmore a fez sentir mais do que nunca que não foi Warren quem nunca tirou proveito de nada. Ele sempre foi o que ainda era, o homem mais inteligente e o trabalhador mais resoluto que ela conhecera; mas, aos 57 anos, o que havia para ele exibir, como diz o vulgo, além de sua genialidade perdida, sua saúde arruinada e sua pensão medíocre? Era o termo de comparação convenientemente fornecido pelo esplendor, agora reduzido, daquele rival feliz que se fixava na percepção dela. Como rivais ditosos de sua própria e monótona união foi sempre como encarou os Northmore; os dois homens, ao menos começaram juntos ao sair da universidade, ombro a ombro, e - falando em termos superficiais - com uma bagagem semelhante de preparação, ambição e oportunidade. Começaram no mesmo ponto e desejavam coisas semelhantes - embora as desejassem de maneiras bem diferentes. Pois bem, os desejos do homem morto foram obtidos da maneira que os desejava. Mas havia conseguido além disso, com seu título de nobreza, aquilo que Warren nunca quis: não havia mais nada a ser dito. Não havia mais nada e, no entanto, em sua solidão sombria e estranhamente apreensiva daquela hora, ela disse muito mais do que eu posso contar. Tudo chegou àquele ponto: de algum modo, em algum momento, houvera uma injustiça. Era Warren quem deveria ter triunfado. Mas ela se tornara a única pessoa a saber disso, porque o outro fora levado com seu conhecimento para o túmulo.

Ela sentava-se, depois voltava a vagar, na cinzenta expectativa de sua pequena casa em Londres, com um senso aprofundado dos vários conhecimentos estranhos que floresceram entre os três. Warren sempre sabia de tudo e, com sua suave força - em nada tão excessiva quanto para a indiferença -, nunca se importou. John Northmore sabia, pois, ele, anos atrás, havia dito para ela; portanto, tinha uma razão a mais - além do fato de não a ter por idiota - para intuir qual seria a opinião dela. Reviveu e reavivou tudo aquilo: estava com todos os fatos à mão. John Northmore a conheceu primeiro e ainda existia um grosso pacote de cartas de amor como testemunha do quanto desejava se casar com ela. Ele apresentara Warren Hope para ela - por pura causalidade e porque, à época que dividiam o quarto, era algo inevitável: e foi apenas isso que ele *fez* por eles. Pensando nisso, ela talvez enxergasse até que ponto ele poderia conscientemente considerar que tal ato o eximia de fazer mais. Seis meses depois ela aceitou o pedido de Warren, pela mesma razão aparentemente determinante para o tratamento que havia dado a seu amigo. Ela acreditou que ele teria futuro. Estava convencida de que, a partir desse momento, John Northmore nunca havia diminuído seu esforço em averiguar até que ponto se considerava "vendida". Mas ela, graças a Deus, nunca demonstrou nada a ele.

Seu marido voltou para casa com um resfriado, e ela o colocou imediatamente na cama. Durante uma semana, cada vez que ela rondava o enfermo, trocaram apenas coisas profundas com o olhar; passou-se muito depressa do ponto que ainda seria suportável que ela dissesse: "eu te avisei!". Nada havia de extraordinário, certamente, no fato de que, para seu falecido benfeitor, não fosse difícil se aproveitar *dele*. Mas seria realmente um pouco demais se lhe levasse embora até mesmo a vida. Foi isso o que acabou acontecendo - algo de que ela estava certa, desde o primeiro momento. Naquela noite, surgiu a congestão pulmonar e, no dia seguinte, com repugnância, ela estava diante da pneumonia. Era mais do que - somado a tudo que houve anteriormente - poderiam resistir. Depois de dez dias, Warren Hope sucumbiu. Ele a amara ternamente, divinamente; mas ela sentiu sua rendição, com toda aquela angústia, como uma parte inexprimível daquela indiferença sublime na qual, afinal, florescera a desafortunada história de seu marido. "Sua força suave, sua força suave!" - a paixão que ela acalentara nunca encontrara uma expressão tão simples e secreta para retratá-lo. Era tão orgulhoso, tão refinado e tão flexível que para ele fracassar um pouco era tão ruim quanto fracassar completamente; por isso abriu as comportas de uma vez só - atirou, como diz o refrão, o bebê junto com a água do banho[15]. Havia se divertido ao contemplar quando o mundo devorador poderia arrancar dele. Bem, o mundo arrancou tudo.

---

15 No livro em inglês, *throw the helve after the hatchet* (literalmente, "jogou o cabo depois da lâmina do machado"). Trata-se do ato de ser imprudente, de lançar tudo o que resta quando suas perdas são consideráveis. Alude à fábula do lenhador que perdeu a cabeça do machado em um rio e depois jogou o cabo fora (N. do T.).

II

Mas foi depois de perdê-lo que seu nome surgiu como que escrito em água. O que havia deixado para trás? Deixou apenas *ela* mesma, em sua sombria desolação, sua piedade solitária, sua rebelião dolorida e incessante. Por vezes, quando um homem morre, a morte realiza por ele algo que a vida não conseguiu. Em pouco tempo, surgiam pessoas, de um lado ou de outro, que o descobriam, o nomeavam, recrutavam-no para sua causa. Mas o conhecimento de que havia perdido Warren Hope aparentemente não tornou mais aguda a engenhosidade do mundo e esse era o golpe, como de uma lança afiada, mais sentido pela viúva - a trivialidade como foi encarado seu renome. Ela recebeu muitas cartas, em todo caso, pois ele, obviamente, era muito estimado; os jornais o mencionaram copiosa e estupidamente; três ou quatro sociedades, "eruditas" ou não, nas quais ele teve participação, enviaram notas de pesar e condolência; e três ou quatro colegas, a respeito dos quais havia sido divertido ouvir-lhe falar, balbuciaram elogios; mas, de fato, qualquer coisa teria sido melhor para ela que o consenso geral de que se cumpria com o que mandava a situação. Dois ou três solenes penduricalhos dos "círculos administrativos" escreveram para ela dizendo que, sem dúvida, estaria reconfortada pela unanimidade do pesar, dando a entender claramente que seria um absurdo se não estivesse. Contudo, o que ela sentia era que suportou de forma passável o fato de ele não ter sido percebido; o que não podia suportar era aquele tratamento, qual uma celebridade de segunda linha. Em economia, na mais lata política, na filosofia da história, ou ele fora um gênio subestimado ou nada. Não era, em todo caso – que disso Deus o livrasse – uma "figura notável". As águas, de qualquer maneira, fecharam-se sobre ele como já acontecera com lorde Northmore; e precisamente, com o passar do tempo, esse foi o fato que ela considerava mais difícil de aceitar. Aquele personagem, na semana subsequente de sua morte, sem uma hora que fosse de prorrogação, limpou o lugar dos vestígios da mesma forma que se faz com um salão, emprestado para uma instituição de caridade, que precisa limpar as mesas e estandes para um bazar de três dias – aquele personagem tinha ido direto para o fundo, caiu como uma circular amassada no cesto de lixo. Onde, então, estava a diferença? Se o fim *seria* o fim de cada um, por igual? Para Warren, deveria ter sido propriamente o começo.

Durante os primeiros seis meses, ela se perguntou o que poderia fazer, e na maior parte do tempo tinha a sensação de estar caminhando pelo veloz fluxo de água de um rio, que arrastava um objeto que lhe era precioso para o mar. Todo o seu instinto estava concentrado em acompanhá-lo, não perdê-lo de vista, correr ao longo da margem e chegar com antecedência a algum ponto de onde pudesse esticar seu braço para pegá-lo e salvá-lo. Infelizmente, o objeto seguia flutuando; ela o manteve à vista, pois o riacho era longo, mas nenhum conveniente promontório surgiu para facilitar seu resgate.

Ela corria, vigiava, vivia com seu grande medo; e o tempo todo, conforme a distância em relação ao mar diminuía, a corrente aumentava perceptivelmente. No final, se quisesse fazer qualquer coisa, teria de se apressar. Começou a examinar os papéis dele, vasculhar suas gavetas; algo desse tipo, pelo menos, ela poderia fazer. Mas havia dificuldades, o caso era especial; ela se perdeu no labirinto, sua competência foi questionada. Dois ou três amigos, a cujo julgamento ela apelou, pareceram-lhe mornos, até mesmo frios, e os editores, quando responderam – mais do que todos, na verdade a casa através da qual os três ou quatro volumes mais importantes dele foram trazidos ao mundo – manifestaram pouco entusiasmo por uma coleção de restos literários. Só agora ela compreendia perfeitamente quão pouco os tais três ou quatro volumes tão importantes haviam realmente "feito". Ele ocultara dela tal fato com êxito, como havia feito com outras coisas que poderiam causar-lhe sofrimento: lidar com suas notas e memorandos era perceber-se, no deserto, no vasto deserto, seguindo os passos de sua alma conscienciosa. Entretanto, ela finalmente teve de aceitar a verdade de que deveria prosseguir seguindo aqueles passos apenas para ela mesma, para seu alívio pessoal. Para a obra de Warren, que não tivera estímulos e foi interrompida, faltou em uma forma definitiva: nada ofereceria, apenas fragmentos de fragmentos. Sentiu, mesmo assim, ao reconhecer isso, que o abandonava; ele morreu para ela naquele momento uma segunda vez.

Essa hora, além disso, coincidiu com outra, de modo que ambas se mesclaram em sua amargura. Ela recebeu uma mensagem de lady Northmore, anunciando o desejo de reunir e publicar as cartas de sua falecida senhoria, tão numerosas e tão interessantes, e convidando a senhora Hope, como uma depositária mais do que provável, a ter a bondade de contribuir para o projeto como as missivas dirigidas a seu marido. Isso resultou em diversos sobressaltos. A longa comédia da grandeza da falecida senhoria *não* acabara? A ele seria erigido um monumento que ela percebia ser impossível para seu derrotado amigo? Tudo recomeçaria, as comparações, os contrastes, as conclusões tão descaradamente a seu favor? A mesma montagem astuta, na qual o colocavam à luz enquanto mantinham todos os outros à sombra? Cartas? Havia escrito John Northmore mais de três linhas que poderiam, àquela altura, ter alguma importância? De quem foi a ideia dessa absurda publicação, e que patrocínio editorial fascinante a família poderia ter obtido? Ela, é claro, de nada sabia, mas ficaria surpresa se houvesse material. Então ocorreu-lhe, após alguma reflexão, que compiladores e editores deviam ter afluído - a estrela do defunto ainda reinava. Por que ele não deveria fazer suas cartas sacarem algo na morte o mesmo que em vida? Tal como estava, já foram pagas. Seria um tremendo sucesso. Voltou a pensar nas relíquias ricas e confusas de seu marido - nos blocos de mármore soltos que só podiam permanecer onde caíram; depois disso, com um de seus suspiros profundos e frequentes, retomou à mensagem de lady Northmore.

As cartas de John para Warren, conservadas ou não, nunca lhe passaram pela cabeça. Aquelas endereçadas para ela estavam muito bem guardadas - sabia onde colocar a mão para encontrá-las; mas essa sua correspondente cuidadosamente evitou solicitar e provavelmente sequer tinha conhecimento de sua existência. Eles pertenciam, além disso, àquela fase da carreira do grande homem que era distintamente - só assim poderia ser chamada - anterior: anterior à grandeza, ao tema apropriado do volume em questão e, em especial, a lady Northmore. O grosso pacote descolorido permanecia, oculto, onde sempre estivera nos últimos anos; mas naquele momento ela não saberia dizer por qual motivo o conservara, como também desconhecia a razão de nunca - embora ele soubesse daquele episódio inaugural - ter mencionado a Warren tal atitude de preservação. Esta última circunstância certamente a eximiu de mencioná-lo para lady Northmore, que, sem dúvida, também sabia do episódio. A parte estranha da questão era, de qualquer forma, que a retenção desses documentos não foi um acidente. Seu procedimento obedeceu a um instinto obscuro ou a um cálculo vago. Um cálculo de quê? Não saberia dizer: havia operado, em um ponto obscuro de sua consciência, simplesmente como uma sensação de que, não destruída, a pequena coleção completa era uma garantia de segurança. Mas para quem, por Deus? Talvez ela ainda devesse averiguar; embora nada, ela confiava, surgisse com a exigência de que deveria tocar naquelas coisas ou lê-las. Não as teria tocado ou lido por nada neste mundo.

Ela ainda não havia, de todo modo, revisto os receptáculos nos quais as cartas que Warren guardava estariam armazenados; e tinha suas dúvidas de que contivesse qualquer coisa de lorde Northmore. Por que ele deveria ter guardado alguma correspondência daquele homem? Ela mesma tinha mais motivos. Seria o modo epistolar amadurecido de sua senhoria considerado bom, ou do tipo que, por qualquer motivo, proibia o cesto de lixo ou o fogo?

Warren viveu em meio a um dilúvio de documentos, mas talvez tenha considerado tais papéis contribuições para a história contemporânea. No entanto, com certeza, ele não armazenou muita coisa. Ela começou a procurar em armários, caixas, gavetas ainda não visitadas, e teve suas surpresas tanto no sentido daquilo que guardava quanto do que não guardava. Cada palavra proveniente dela estava lá - cada bilhete que, em ausências ocasionais, fora enviado. Bem, felizmente tal se encaixava com ela saber exatamente onde procurar esses bilhetes que, em tais ocasiões, ela mesma havia recebido. A correspondência de ambos pelo menos estava completa. Mas, enfim, por outro lado, como surgia gradualmente, também estava a de lorde Northmore. A superabundância dessas missivas indicava, evidentemente, que seu marido não havia sido sacrificado nada dali por qualquer conveniência passageira; ficava cada vez mais que claro que havia preservado cada fragmento; e ela mal conseguia esconder de si mesma que estava - apenas percebia o motivo - um pouco desapontada. Não havia faltado a ela esperança, ainda que vaga, de ver-se informando lady Northmore que, para seu grande pesar e após extensa busca, não conseguiu localizar nada.

Encontrou infelizmente, e de fato, tudo. Cuidadosa, buscou até o fundo, quando uma das mesas literalmente gemia com o peso dos frutos de sua procura. Além disso, as cartas pareciam ter sido bem cuidadas e mais ou menos classificadas - ela poderia enviá-las para a família em perfeita ordem. Certificou-se, por fim, de que nada fora esquecido e, então, fatigada, claramente irritada, preparou-se para responder seguindo um sentido bem diferente da resposta que tinha, por assim dizer, planejado. Frente a frente com sua missiva, entretanto, descobriu que não conseguia escrevê-la; para não ficar tempo sozinha com a pilha que havia sobre a mesa, logo saiu do quarto. Tarde da noite – pouco antes de ir para a cama – voltou, quase como se esperasse que pudesse ter havido, desde a tarde, alguma intervenção agradável que ajudasse a sanar sua repugnância. Não poderia ter acontecido, por algum tipo de mágica que sua descoberta não passasse de um erro? Que as cartas não estivessem ali ou, afinal, fossem de outra pessoa? Ah, elas estavam em seu lugar, e quando ela ergueu a vela acesa na penumbra, a pilha sobre a mesa se endireitou com insolência. Diante disso, a pobre senhora teve por uma hora sua tentação.

Era obscura, era absurda; tudo o que poderia dizer era que, naquele momento, tratava-se de algo extremo. Ela se viu, enquanto circulava em volta da mesa, escrevendo com perfeita impunidade:

Cara lady Northmore, eu busquei em todos os lugares e não encontrei nada. Meu marido, evidentemente, antes de sua morte, destruiu tudo. Lamento tanto – gostaria imensamente de tê-la ajudado. De sua a amiga, com afeto.

Deveria apenas, no dia seguinte, privada e resolutamente, aniquilar a pilha, e essas palavras permaneceriam uma perfeita explicação do assunto que ninguém estava em posição de contestar. Que bem isso lhe traria? Era *essa* a questão? Faria bem a ela que o pobre Warren parecesse ter sido um pouco menos usado e enganado. Era algo que, em seu estado de espírito, a aliviaria. A tentação era real; mas então sentiu, depois de um tempo, que havia outras coisas. Sentou-se, à meia-noite, para escrever seu bilhete:

Cara lady Northmore, fico feliz em dizer que encontrei uma grande quantidade de cartas – meu marido parece que foi bastante cuidadoso em conservar tudo. Tenho um bom pacote à sua disposição, se puder enviar alguém que possa buscá-lo. Alegra-me ajudar no seu trabalho. De sua amiga, com afeto.

Saiu como estava e colocou a carta na caixa de correio mais próxima. Ao meio-dia seguinte, a mesa, para seu alívio, estava vazia. Sua senhoria enviara um criado responsável – seu mordomo, em um coche de um cavalo, com uma grande caixa laqueada.

III

Depois disso, durante doze meses, houve frequentes anúncios e alusões. Vinham de todos os lados, e havia momentos em que o ar, para sua imaginação, não continha quase que só isso. Em um estágio inicial, imediatamente após a comunicação feita por lady Northmore para com ela, houve um apelo oficial, uma circular *urbi et orbi*[16], reproduzida, aplaudida, comentada em todos os jornais, requerendo a todos os possuidores de cartas que as enviassem sem demora à família. A família, para lhe fazer justiça, recompensava tal sacrifício generosamente – na medida em que seria um tipo de recompensa manter o mundo informado sobre o rápido progresso da obra.

O material mostrou-se mais copioso do que se concebeu inicialmente. Por mais interessante que os volumes iminentes naturalmente fossem vistos, aqueles que foram agraciados

---

16 Locução adverbial latina que significa "à cidade de Roma e ao mundo, a todo o universo". Assim denomina-se a benção de Páscoa e Natal, com as quais o Papa se dirige ao público em geral na Praça de São Pedro (N. do T.).

com um vislumbre de seu conteúdo já se sentiam autorizados a prometer ao público um brinde sem precedentes. Certos aspectos da mente do escritor receberiam luzes até então insuspeitadas. Lady Northmore, profundamente reconhecida pelos favores recebidos, permitiu-se renovar sua solicitação; por mais gratificante que a resposta tenha sido, acreditava-se que, particularmente em conexão com várias datas, as quais foram dadas, um resquício daquele tesouro perdido ainda poderia ser encontrado.

A senhora Hope via, e isso percebia bem, com o passar do tempo, cada vez menos pessoas; no entanto, mesmo agora seu círculo de amigos não era tão estreito para que pudesse ouvir que um Thompson ou um Johnson havia "sido chamado". A conversa no mundo londrino pareceu-lhe por um tempo quase confinada a tais perguntas e respostas:

 - Perguntaram para você?

- Ah, sim, sim. Meses atrás. E para você?

Era notável, pois essas solicitadas contribuições cobriam a cidade inteira, que o pedido havia sido claramente acompanhado, em todos os casos, pela capacidade de resposta. Bastou aquele ressoar para que milhões de cartas voassem. Dez volumes, nesse ritmo, refletiu a senhora Hope, não bastariam para acabar com o estoque. Meditou bastante - não fez nada além de meditar; e, por estranho que possa parecer à primeira vista, era inevitável que um dos resultados desse seu processo mental fosse um princípio de dúvida. Parecia possível, em vista de tamanha unanimidade, que ela, afinal, tivesse se enganado. A reputação do falecido *era*, então, para o consenso, sólida e segura. O defeito não estava nele, imortal, mas nela - tola e ainda sobrecarregada com a falibilidade do ser. Ele tinha sido um gigante, então, e as letras iriam mostrar isso triunfantemente. Olhara apenas para os envelopes das cartas que entregou, mas estava preparada para tudo. Havia outro fato que não podia ser ignorado: o notável testemunho de Warren. A atitude dos outros era apenas a *sua* atitude; e ela suspirou ao percebê-lo neste caso, pela única vez em sua vida, do mesmo lado que a multidão tagarela.

Estava perfeitamente ciente de que tinha se deixado levar por sua obsessão, mas quando a publicação de lady Northmore surgiu, de fato, no horizonte - era o mês de janeiro, mas já se anunciava o lançamento para março -, sua pulsação acelerou-se de tal maneira que passava boa parte das longas noites acordada. Foi numa dessas vigílias que, de repente, na escuridão fria, sentiu o roçar daquele que seria praticamente o único pensamento que, durante muitos meses, não a fez estremecer; o efeito disso foi que saltou da cama dominada por nova felicidade. Sua impaciência fulgurou em seu máximo, naquele instante - mal podia se conter, na espera do dia seguinte para se lançar à ação. Sua ideia não era, nem mais nem menos, coletar e divulgar, imediatamente, as cartas de *seu* herói. Ela publicaria as cartas de seu próprio marido - glória a Deus! - e sequer perdia tempo questionando a si mesma sobre o motivo de sua espera. Ela *havia* esperado - muito tempo. No entanto, talvez não fosse mais do que natural que, para seus olhos lacrados pelas lágrimas e o coração pesado de injustiça, não houvesse uma visão instantânea de onde estava seu remédio. Já considerava aquilo como seu remédio - embora provavelmente considerasse um constrangimento nomear, publicamente, a seu agravo. Era errado sentir, mas não, sem dúvida, falar a respeito.

E eis que, imediatamente, o bálsamo começou a funcionar: o equilíbrio da balança logo seria estabelecido. Passou todo o dia lendo suas antigas cartas, íntimas e sagradas demais - infelizmente! - para figurar em seu projeto. Mas, de qualquer maneira, despejavam mais vento em suas velas e acrescentavam certa magnificência à sua presunção. É claro que ela - pois em todos aqueles anos de casados a separação de ambos nunca foi nem frequente nem prolongada - conheceu seu marido como correspondente de forma bem menos intensa do que os outros; ainda assim, essas relíquias constituíam uma propriedade - ficou surpresa com seu número - e testemunhavam enormemente a respeito de seu dom inimitável.

Ele, sim, era um escritor de cartas, se esse era o caso - natural, espirituoso, variado, vívido, tocando, com a mão mais solta e leve, toda a escala disponível. Sua suave força, sua suave força: tudo que o trazia de volta carregava isso. As mais numerosas eram, claro, as primeiras e a série de seu noivado, testemunhas de sua longa provação, rica e ininterrupta; tão plenas de fato e tão maravilhosas que ela quase gemeu por ter que ceder à medida comum de sua modéstia conjugal. Havia discrição, havia costumes, havia bom gosto; mas ela teria de bom grado atirado tudo isso no rosto dos outros. Se havia páginas muito íntimas para publicar, havia muitas outras valiosas demais para qualquer supressão. Talvez depois da morte dela... não apenas se sentiu reanimada com o pensamento feliz dessa libertação, tanto para ela quanto para seu tesouro, fazendo-a prometer realizar os trâmites necessários de imediato: isso reforçou a impaciência com que esperava o término de sua mortalidade, o que deixaria um campo livre para a justiça por ela invocada. Seu grande recurso, e, no entanto, isso era claro, seriam os amigos, os colegas, os admiradores particulares para os quais ele havia se correspondido durante anos, aqueles que eram do conhecimento dela, muitos cujas próprias cartas, de forma alguma extraordinárias, ela tinha descoberto em suas recentes classificações e buscas. Fez uma lista dessas pessoas e escreveu-lhes imediatamente ou, nos casos em que faleceram, às suas viúvas, filhos, representantes; lembrando-se durante o processo, não de forma desagradável, mas como um elemento bastante inspirador, de lady Northmore. Ocorreu-lhe que lady Northmore considerava, de alguma forma, um bom negócio garantido; mas essa ideia, por incrível que pareça, não ocorreu a ela em relação à senhora Hope. De fato, foi com sua senhoria que ela começou dirigindo-se a ela exatamente nos termos do próprio apelo inicial, utilizando cada palavra de que se lembrava.

Assim, esperou, mas não teve de esperar muito desse lado.

Cara senhora Hope, busquei por todas as partes e não encontrei nada. É evidente que meu marido destruiu toda essa correspondência antes de morrer. Tome minha palavra: sinto muitíssimo; teria muito gosto em auxiliá-la. De sua amiga, com afeto.

Isso foi tudo o que lady Northmore escreveu, sem sequer oferecer a elegância de uma alusão ao auxílio que ela mesma havia recebido; embora, mesmo no primeiro momento de estupor e ressentimento, nossa amiga reconhecesse a estranha identidade formal entre aquele bilhete e outro que não chegou a ser escrito. Sua resposta foi a mesma, no mesmo caso, que, em sua hora maligna, sonhara em responder. Mas a resposta não acabou aí – ainda tinha que fluir, dia após dia, de todas as outras fontes alcançadas por sua pergunta. E, dia após dia, enquanto o espanto e a amargura aprofundavam-se, a resposta consistia sempre em apenas três linhas de pesar. Todos procuraram, e sempre em vão. Todos teriam ficado felizes em ajudar, mas estavam reduzidos, como lady Northmore, ao pesar. Ninguém conseguiu encontrar nada e nada, portanto, havia para ser recolhido ou foi preservado. Alguns desses informantes foram mais pontuais do que outros, mas todos responderam e o assunto continuou por um mês, ao final do qual a pobre mulher, ferida, com o coração trespassado, aceitou forçosamente sua situação e virou o rosto para a parede. Nessa posição, por assim dizer, ela permaneceu por dias a fio, sem se importar com nada, apenas sentindo e cuidando de sua ferida. A crueldade desse ferimento foi maior pelo fato de tê-la encontrado tão desprotegida. Desde o momento em que esse remédio foi sussurrado para ela, não teve um momento sequer de dúvida, e o lado bonito da coisa toda residia em que, acima de tudo, era tão fácil. A estranheza do problema era ainda maior do que a dor por ele causada. A verdade é que aquele mundo era uma piada[17], um mundo em que as cartas de John Northmore eram classificadas e rotuladas para a posteridade

---

17 No livro em inglês, "*pour rire*" (do francês) significa "para se divertir" ou "para rir" (N. do T.).

enquanto as de Warren Hope alimentavam fogueiras. Todo sentido, toda medida de qualquer coisa, só poderiam permanecer – permanecer na indiferença e no mutismo. Não havia nada a ser feito – o espetáculo estava virado ao avesso. John Northmore era imortal e Warren Hope estava condenado. E, por si mesma, ela estava liquidada. Aquela foi sua derrota. Inclinou-se, imóvel, sufocada, por um tempo que, como mencionei, ela não levou em consideração. Então, por fim, foi alcançada por um grande som que a fez virar a cabeça velada. Era o ruído provocado pelo aparecimento dos volumes de lady Northmore.

IV

O barulho foi bem grande, de fato, e todos os jornais, naquele momento, repercutiam tal som com elevado volume. Oferecia-se ao leitor, desde a página principal e também no interior dos cadernos editoriais de praxe, além de resenhas. As tais resenhas, aliás, ela as viu de relance, como transbordavam de citações; bastava olhar dois ou três jornais para avaliar o entusiasmo reinante. A senhora Hope folheou dois ou três mais que mandara comprar, para confirmação, além daquele que habitualmente recebia, enquanto tomava seu café da manhã; mas sua atenção falhou em qualquer análise ulterior. Não podia, percebeu, enfrentar o contraste entre o orgulho dos Northmore em tal manhã e sua própria humilhação. Os jornais trouxeram isso de forma muito contundente; afastou-os e, para se livrar deles, para não sentir sua presença, saiu cedo de casa. Encontrou pretextos para ficar de fora; era como se houvesse um copo com medicação prescrita, mas preferia adiar a hora da provação. Preencheu o tempo como pôde: comprava nas lojas coisas que não apreciava e visitava amigos pelos quais não nutria a menor simpatia. Quase todos, por aquela época, estavam colocados nessa categoria, e teve que escolher, para as visitas, as casas sem culpa, como poderia ter dito, pelo sangue de seu marido.

Não podia falar com as pessoas que haviam respondido em termos tão terríveis sua última circular. Em contrapartida, aquelas fora de seu alcance eram também as que estariam impassivelmente inconscientes da publicação de lady Northmore e das quais o sopro de simpatia só poderia ser extraído indiretamente.

Como havia almoçado em uma confeitaria, parou para tomar chá, e o crepúsculo de março havia caído quando chegou em casa. A primeira coisa que viu em seu corredor iluminado foi um pacote grande e bem-feito sobre a mesa; então, soube antes de se aproximar que lady Northmore lhe enviara o livro. O pacote chegara, ela soube, logo depois que ela saiu; de modo que, se ela não tivesse procedido daquela maneira, poderia ter passado o dia com aquilo. Agora, compreendia perfeitamente seu repentino instinto de fuga. Pois bem, a fuga ajudou-a, bem como o contato com a vida de maneira geral e indiferente. Mas, afinal, teria de enfrentar a realidade.

Esse enfrentamento se deu depois do jantar, em sua pequena sala de estar, onde desempacotou os dois volumes – *Correspondência pública e privada de sua Ilustrissima etc. etc.* – e observou com atenção, em primeiro lugar, o grande escudo na capa de cor púrpura além dos muitos retratos no interior, tão numerosos que, independentemente de onde abrisse o livro, encontrava um deles. Nunca passou por sua cabeça o fato de que lorde Northmore passara a vida posando para retratos, mas ali estava ele, representado em cada fase e em cada estilo, e a galeria fora enriquecida com vistas de suas residências sucessivas, cada uma um pouco mais grandiosa que a outra. Ela, em geral, havia observado nos retratos, fossem de conhecidos ou não, que os olhos costumavam buscar e encontrar os seus; mas John Northmore em todos os lugares olhava para bem longe dela, como se estivessem no mesmo cômodo, mas ele não tivesse conhecimento de que a conhecia. O efeito disso, por estranho que pareça, foi tão intenso que ao fim de dez minutos ela se viu afundando no texto dele como se fosse uma estranha e devesse fazer esse favor, vulgar e acidentalmente, para alguma biblioteca. Teve medo desse mergulho, mas desde o primeiro momento estava – para fazer justiça a todos, nesse sentido – completamente segura.

Ficou ali sentada até tarde e fez tantas reflexões e descobertas que – essa seria a única forma de dizer – passou da mistificação à estupefação. Sua própria contribuição foi usada quase que inteiramente; ela havia contado as cartas de Warren antes de enviá-las e percebeu que apenas uma dúzia não estava presente – uma circunstância que explica o detalhismo de sua lady Northmore. Foi para essas páginas que ela se voltou em primeiro lugar, e foi diante delas que seu assombro começou. Tomou, de fato, no início, uma forma particular – a forma de uma admiração aguçada pela piedade pouco natural de Warren. Sua surpresa original foi grande – quando tentou buscar algumas razões como certas; mas sua surpresa inicial não foi nada perto do espanto atual. As cartas de Warren tinham sido praticamente, ela julgou, para a família, o naipe maior; no entanto, se o naipe maior não era mais que isso, o que diabos alguém haveria de pensar do resto do baralho?

Prosseguiu, ao acaso, com uma sensação de febre crescente. Ela tremia, quase ofegante, para que não estivesse muito segura cedo demais; mas para onde quer que olhasse, encontrava a expansão do prodígio. As cartas para Warren eram um abismo de inanidade. As outras seguiam esse primeiro exemplo como podiam; de modo que o livro, certamente, era um deserto arenoso, e sua publicação, uma ocasião para hilaridade. Se perdeu de tal maneira, à medida que sua percepção da escala do engano se aprofundou, em visões vivificantes, que quando sua criada, às onze horas, abriu a porta, ela quase teve um sobressalto de culpa surpreendida. A moça, retirando-se para a descansar, veio apenas para avisar disso, e sua senhora, supremamente desperta, e com a memória ativa, apelou para ela, por trás de um olhar vazio, mas intenso.

- O que fizeste com os jornais?
- Quais jornais, madame?
- Os da manhã... não me diga que se livrou deles? Rápido, rápido, traga-os de volta!

A jovem, por um raro acaso, não havia se livrado deles. Logo reapareceu com os jornais, cuidadosamente dobrados; e a senhora Hope, após dispensá-la com bênçãos, finalmente, em poucos minutos, descobriu como estavam as coisas. Viu sua impressão refletida de forma amplificada naqueles impressos públicos. Não era, então, mera ilusão de seu ciúme - era o triunfo, inesperado, de sua justiça. Os críticos observaram certo decoro, mas, francamente, quando olhavam com atenção, seu espanto batia com o dela. O que ela tomara pela manhã como entusiasmo provou ser mera atenção superficial que, não avisada de antemão, buscava um assunto para sua mistificação. A pergunta era, se quiséssemos, feita civilizadamente, mas era feita, no entanto, de forma completa:

— O que *poderia* ter induzido a família de lorde Northmore a tomá-lo por um mestre do gênero epistolar?

Pomposo e solene, embora ao mesmo tempo desconexo e obscuro, ele conseguiu, por meio de uma arte muito pessoal, ser desleixado e rígido a um só tempo. Quem, em tal caso, teria sido o principal responsável, e sob qual conselho estranhamente tardio, para que um grupo de pessoas destituídas de senso fosse assim desencaminhado de maneira tão deplorável? Com menos cúmplices na preparação, quase se poderia presumir que eles haviam sido vítimas de uma brincadeira por especialistas nesse mister.

Em todo o caso, cometeram um erro do qual a coisa mais misericordiosa a dizer foi que, por se basear na lealdade, havia nele algo de comovente. Essas coisas, na acolhida oferecida, talvez não estivessem tão evidentes, mas elas espiavam nas entrelinhas e iriam abrir caminho no dia seguinte. As longas citações empregadas eram marcadas com um tipo de pergunta: Por que, em outras palavras, conforme a interpretação da senhora Hope, arrastar para a luz tal incapacidade de expressão? Por que deixar claro ao texto sua estupidez e a prova de sua fatuidade? A vítima do erro certamente foi, à sua maneira e na época, uma pessoa útil e notável, mas qualquer outra evidência do fato poderia ter sido menos infeliz. A senhora Hope percebia que a roda, enquanto andava de um lado para outro em seu quarto na madrugada, deu sua volta completa. Afinal, houve um tipo qualquer de justiça. O monumento cuja sombra a cobriu foi erguido, mas dentro de uma semana ele seria o alvo de todo humorista, o escárnio da Londres inteligente. A estranha participação de seu marido nisso persistiu, pela noite, entre sonho e vigília, desconcertando-a, mas a luz rompeu com seu despertar final, que era gratamente tardio. Abriu os olhos para tal luz e, quando olhou direto para ela, fez uma saudação com uma gostosa risada que por muito tempo não atravessava seus lábios. Como ela poderia, tolamente, não ter adivinhado? Warren, desempenhando insidiosamente o papel de um guardião, fizera o que fizera de propósito! Ele agiu para um fim há muito previsto, e o fim - o sabor completo - havia chegado.

V

Foi depois disso, no entanto, depois que os outros órgãos da crítica – incluindo as salas de fumar dos clubes, os corredores do Parlamento e as mesas de jantar de todos os lugares – haviam devidamente incorporado suas reservas e dado vazão à sua irreverência, quando os infelizes dois volumes foram classificados, para além do apelo inicial, como uma novidade insuficientemente curiosa e prematuramente obsoleta; foi quando tudo isso se deu que a senhora Hope realmente sentiu como seria bela sua própria chance agora e como seria doce sua vingança. O sucesso de *seus* volumes, diante de cuja inevitabilidade ninguém tivera instinto, teria sido tão grande quanto o fracasso de lady Northmore, cuja inevitabilidade todos tiveram.

Relia as suas cartas e se perguntava de novo se a confiança que preservara *aquelas* missivas não poderia, em tal crise, apesar de tudo, justificar-se. O descrédito à sagacidade inglesa, por assim dizer, proveniente da atribuição incorrigível a um caráter público estabelecido de tal mediocridade de pensamento e forma, realmente poderia exigir, nesse caso, algum golpe redentor como o aparecimento de uma coleção de obras-primas reunidas a partir de uma caminhada semelhante? Ter tal coleção em mãos e ainda assim se sentar e ver a si mesmo não utilizando esse material era um tormento pelo qual ela bem poderia ter temido sucumbir.

Mas havia outra coisa que ela poderia fazer, não redentora de fato, mas talvez, afinal, tendo em vista para onde as coisas estavam caminhando, apropriada. Resgatou de seu canto, depois de longos anos, o pacote de epístolas de John Northmore para si mesma e, lendo-as à luz de seu estilo posterior, julgou que continham ao máximo a promessa daquela inimitabilidade; sentiu que aprofundariam a impressão e que, à semelhança do *inédit*[18], constituíam seu tesouro supremo. Houve, portanto, uma semana terrível para ela, em que desejou colocar ambos a público. Compôs mentalmente o prefácio, breve, doce, irônico, representando-a como levada a agir por um ansioso senso de dever para com uma grande reputação, tendo em vista os louros recentemente conquistados. Naturalmente haveria dificuldades; os documentos eram dela mesma, mas a família, perplexa, assustada, desconfiada, que ela imaginava como um cachorro com uma pá de lixo amarrada na cauda e pronto para correr ao som do barulho de lata. Teriam, supôs, que ser consultados, ou, se não consultados, intercederiam judicialmente; no entanto, dos dois cursos, o do escândalo enfrentado pelo homem rejeitado a atraiu, enquanto o encanto dessa visão funcionou, ainda mais do que a delicadeza inspirada pelo homem com quem se casou.

---

18 "Inédito", do francês, no livro em inglês.

A visão fechou-se ao seu redor e ela se demorou na ideia - alimentada, enquanto manuseava novamente seu pacote grosso e desbotado, por releituras cada vez mais convincentes. Chegou a opinar sobre a interferência aberta dos parentes de seu velho amigo. Tomou, de fato, a partir dessa época, muitas opiniões. Voltou a sair, retomou velhos contatos, consertou antigas rupturas, voltou a ocupar-se, como costuma dizer, de seu lugar na sociedade. Há anos não se deixava ver em público com tal frequência do que nas semanas após a humilhação dos Northmore. Visitou, em particular, cada um que ela desprezara após o fracasso de sua petição. Muitas dessas pessoas figuravam como contribuintes de lady Northmore, os agentes involuntários de uma exposição sem precedentes; embora tendo - isso era suficientemente claro - agido de boa-fé. Warren, tendo tudo previsto e calculado, poderia ter o benefício de tal sutileza, e ninguém mais. Com todos os outros - pois eles, ao encará-la, como dizia a si mesma, pareciam idiotas - tornou-se excessivamente livre. Lançava a torto e a direito a questão do que, nos últimos anos, eles, ou seus progenitores, passou-lhes pela cabeça.

— O que diabos tinha em mente, e onde, entre vocês, estavam os rudimentos de inteligência, quando queimaram as cartas inestimáveis de meu marido para se aferrar, como se fosse uma salvação, nas cartas de lorde Northmore? Pois bem, essa foi a sua salvação!

As explicações débeis, a imbecilidade, julgava ela, das razões apresentadas, tudo isso era um bálsamo para sua ferida. O grande bálsamo, entretanto, ela manteve até o fim: ela iria ver lady Northmore somente quando tivesse exaurido todo o conforto. Esse recurso seria tão supremo quanto o tesouro do pacote grosso.

Finalmente fez a visita e, por um feliz acaso, se acaso pudesse ser feliz em tal casa, foi recebida. Permaneceu por meia hora - havia outras pessoas presentes e, ao se levantar para sair, sentiu que estava satisfeita. Captou o que desejava, sondou até o fundo do que via. Apenas, inesperadamente, algo a dominou de forma mais absoluta do que a necessidade árdua por ela obedecida ou a vantagem vingativa que tanto ansiara. Ela havia contado consigo mesma para quase tudo, menos para sentir pena daquelas pessoas, mas foi esse tipo de piedade que, ao fim de dez minutos, ela sentiu dissolver tudo mais.

Eles foram repentinamente, ali mesmo, transformados diante dos olhos dela pela profundidade de seu infortúnio, e os via, os grandes Northmore, como - de todas as coisas - conscientemente fracos e sem vida. Não fez nem encontrou alusão a volumes publicados ou frustrados; e tanto deixou desvanecer a investigação por ela preparada que, no momento da separação, ao beijar sua irmã pálida da viuvez, não o fez com o beijo de Judas. Pretendia questionar levianamente se ela não teria *sua* vez para editar um livro; mas a renúncia com a qual ela voltou a entrar em casa formou-se antes de ela sair do salão.

Quando chegou em casa, a princípio apenas chorou - chorou pela banalidade do fracasso e pela estranheza da vida. Suas lágrimas talvez lhe tenham trazido um sentido filosófico; eram amplas quanto largas. Quando acabaram, em todo caso, pegou pela última vez o pacote grosso e desbotado. Sentando-se ao lado de um recipiente esvaziado diariamente em benefício do lixeiro, ela destruiu, uma a uma, as joias da coleção em que cada peça havia sido uma joia única. Rasgou, até o último pedaço, as cartas de lorde Northmore. Nunca se saberia agora, no que se refere a esta série, o motivo de sua preservação ou de seu sacrifício. E ela estava satisfeita em acabar com aquilo.

No dia seguinte, iniciou outra tarefa. Pegou as cartas do marido e iniciou o processo de transcrição. Copiou cada uma delas com devoção, ternura e, com um propósito para o qual agora se encontrava resoluta, não julgou quase nenhuma omissão imperativa. No momento em que fossem publicadas... meneou a cabeça, ao mesmo tempo consciente e resignada, quanto a críticas tão remotas. Quando sua transcrição terminou, ela a enviou para a composição em uma gráfica e, depois, após receber e corrigir as provas, tomando todas as precauções para garantir seu sigilo, manteve uma única cópia e a composição tipográfica foi dispersa, diante de seus olhos. Seu último ato, faltando depois apenas mais um - ou melhor, talvez apenas mais dois -, foi guardar com todo cuidado essas folhas, ficando satisfeita em descobrir que formariam um volume de trezentas páginas. Em seguida, adicionou ao seu documento testamentário uma provisão definitiva para a questão da publicação, após sua morte, de tal volume. Seu último ato foi nutrir a esperança de que a morte chegasse a tempo.

OWEN WINGRAVE
– CONTO –

I

— Pela minha honra, você deve ter perdido a cabeça! - exclamou Spencer Coyle, enquanto o jovem, o rosto esbranquiçado, permanecia diante dele, um pouco ofegante, repetindo:

- De fato, estou resoluto - e prosseguiu: - E lhe asseguro que pensei em tudo.

Ambos estavam pálidos, mas Owen Wingrave sorria de uma forma que exasperava seu interlocutor, que, contudo, ainda assim distinguia naquele trejeito - como uma reação irrisória - o resultado de extremo e compreensível nervosismo.

- Foi, certamente, um erro ter ido tão longe; e é exatamente por isso que sinto não ser boa ideia prosseguir - disse o pobre Owen, esperando mecanicamente, quase humildemente (ele não queria parecer soberbo e, na verdade, não tinha nada para se gabar), enquanto levava pela janela, para as casas estúpidas do lado oposto, o brilho seco de seus olhos.

- Estou indescritivelmente desgostoso. Você me deixou mesmo doente - continuou o senhor Coyle, parecendo completamente prostrado.

- Sinto muito. Foi o medo do efeito em você que me impediu de falar mais cedo.

- Você deveria ter falado três meses atrás. Não descobre o que quer de um dia para o outro, verdade?

Por um momento, o jovem guardou silêncio. Depois replicou, com voz levemente trêmula:

- Está irritado comigo, e eu já esperava isso. Estou profundamente agradecido a tudo que fez por mim. Faria qualquer coisa em troca, mas mão é possível. Todos vão me largar em um canto, é claro. Estou preparado para isso... estou preparado para tudo. Isso é o que tem me tomado algum tempo, ter certeza de que estava preparado. Assim, creio ser esse seu desagrado aquilo que mais sinto e mais lamento. Mas, pouco a pouco, você vai superar isso - rematou Owen.

- Você *vai* superar isso bem mais rápido, eu suponho! - Spencer Coyle bradou humoristicamente.

Ele estava tão agitado quanto seu jovem amigo, e era claro que nenhum deles estava em condições de prolongar aquele encontro que estava, para ambos, custando sangue. O senhor Coyle era "treinador" profissional; preparava jovens aspirantes para ingressar no exército, não mais que três ou quatro por vez, aos quais aplicava um estímulo irresistível, cuja posse era seu segredo e seu tesouro. Não dispunha de um grande estabelecimento; ele teria dito que não necessitava de nada tão grande. Nem seu sistema, nem sua saúde, nem seu temperamento se davam bem com grandes números; assim, pesava e media seus discípulos, e rejeitava mais do que aceitava seus candidatos. Era, no seu campo, um artista, que só se interessava por determinados assuntos e era capaz de sacrifícios quase apaixonados diante de casos individuais. Apreciava os jovens impetuosos – havia certas competências que lhe eram indiferentes – e nutria afeição especial por Owen Wingrave. As habilidades daquele jovem, para não falar de toda a sua personalidade, possuíam tom peculiar que era quase um feitiço, em qualquer caso cativante. Os candidatos do senhor Coyle, em geral, realizavam feitos incríveis e ele poderia ter feito ingressar uma multidão. Era alguém com a exata estatura de Napoleão, além de certa fagulha de genialidade em seus olhos azuis-claros: fora dito que ele era em tudo semelhante a um virtuose do piano. Já o tom de seu pupilo favorito expressava, certamente de forma não intencional, um conhecimento superior que o irritava. Anteriormente, a elevada opinião de Wingrave tinha de si mesmo, e que parecia justificável por conta de seus notáveis talentos, não o incomodavam; mas, naquele dia, aquilo parecia intolerável. Cortou secamente a discussão, negando-se terminantemente a dar por encerradas as relações que uniam ambos, e destacou para seu discípulo que lhe faria bem partir para algum lugar – a Eastbourne, por exemplo, pois o mar o deixaria como novo –, tomar alguns dias para voltar a sentir a terra firme e voltar para a realidade. Poderia se dar ao luxo de gastar esse tempo, pois estava muito bem. Quando Spencer Coyle recordou-se de quão bem ele estava, de boa vontade daria em Owen alguns bofetões. Aquele jovem alto e atlético não seria, em termos físicos, o melhor tema para racionalizações simplificadas; mas havia uma perturbada suavidade naquele belo rosto, índice de altos escrúpulos misturados à pertinácia, o que significava que, se pudesse fazer algo de bom, teria oferecido sem pensar muito ambas as faces. Evidentemente, não pretendia que seu intelecto fosse superior; apenas o apresentava como seu. Era sua carreira, no fim das contas, que estava em causa. Não poderia se negar à formalidade de passar um tempo em Eastbourne, ou ao menos que se calasse, mesmo que algo na atitude do rapaz que implicava no fato de que, se tivesse feito isso seria, no fundo, para fornecer a Coyle tempo de se recuperar. Ele não se sentia nem um pouco cansado, mas seria natural que, com aquela pressão tremenda, o senhor Coyle assim estivesse. O próprio intelecto de Coyle se beneficiaria das férias de seu pupilo. Ele viu para onde aquilo se encaminhava, mas se controlou; exigiu apenas, e isso era seu direito, uma trégua de três dias. Owen a concedeu, ainda que o ato de alimentar tristes ilusões fosse contra sua consciência; porém, antes que se separassem, o renomado instrutor comentou:

– De qualquer forma, penso que tenho o dever de falar disso com alguém. Penso que mencionou algo a respeito da vinda da sua tia para Londres...

– Oh, sim, ela está em Baker Street. Vá conhecê-la – disse o rapaz, solícito.

Seu tutor cravou nele seu olhar mais penetrante:

– Disse algo para ela a respeito dessa loucura?

– Ainda não... Não disse para ninguém. Me pareceu mais correto falar antes com você.

– Ah, sim, "pareceu mais correto"! – bradou Spencer Coyle, indignado diante dos padrões de seu jovem amigo. Acrescentou que, provavelmente, visitaria a senhorita Wingrave; depois disso, o jovem apóstata saiu da casa.

Não partiu de imediato para Eastbourne, mas dirigiu seus passos aos jardins de Kensington, de onde a confortável residência do senhor Coyle - cobrava caríssimo e tinha uma casa enorme - não era muito distante. O famoso instrutor dava alojamento aos seus pupilos, e Owen dissera ao mordomo que voltaria para o jantar.

    Seu sangue jovem percebera o calor do dia. Levava, em seu bolso, um livro que, uma vez dentro dos jardins, e depois de uma curta caminhada, atirado em uma cadeira, pegou com um suspiro lento, breve, com o qual recebemos um prazer demorado. Esticou as longas pernas e começou a ler. Era um volume dos poemas de Goethe. Passara os últimos dias em um estado de máxima tensão e agora, com o rompimento da corda, o alívio foi proporcional; mas, como era característico dele, que essa liberação tomasse a forma de um prazer intelectual. Se havia jogado para o alto a probabilidade de uma magnífica carreira, não fora para vadiar por Bond Street nem pavonear sua indiferença nas janelas de um clube qualquer. Fosse como fosse, em pouco tempo esquecera-se de tudo - a pressão tremenda, o desapontamento de Coyle e mesmo essa terrível tia de Baker Street. Se esses vigilantes o surpreendessem ali, com certeza encontrariam alguma desculpa para eventuais exasperações. Não cabe dúvidas em torno da pertinácia daquele jovem, porque até a escolha do passatempo fora feita tendo em vista a demonstração de suas habilidades na língua alemã.

    - O que diabos acontece com ele, *tens* alguma ideia?

    Essa foi a pergunta feita naquela tarde por Spencer Coyle ao jovem Lechmere, que nunca testemunhara o chefe do estabelecimento dando tão mau exemplo no que dizia respeito à linguagem. O jovem Lechmere não era apenas companheiro de Wingrave; parecia ser seu amigo íntimo, de fato até mesmo seu melhor amigo, e que havia prestado a Coyle o serviço de dar um destaque ainda maior, por contraste, da promessa dos grandes talentos de Owen. Era de baixa estatura, robusto e, no geral, pouco inspirado. Para Coyle, que nunca encontrou o menor prazer em acreditar nas capacidades dele, jamais lhe pareceu tão desinteressante quanto naquele momento, quando respondeu à sua pergunta com o olhar fixo de um rosto do qual seria difícil deduzir uma ideia da mesma maneira que seria difícil julgar a qualidade do almoço pela tampa que cobre os pratos. O jovem Lechmere ocultava tais realizações como se fossem indiscrições juvenis. De qualquer forma, ele evidentemente não conseguia conceber alguma razão para se pensar que havia algo mais do que o normal no que dizia respeito ao seu companheiro de estudos. Então o senhor Coyle teve que continuar:

— Ele se recusa a subir. Decidiu jogar tudo fora!

A primeira coisa que impressionou o jovem Lechmere, no caso, foi o frescor, como que de uma língua vernácula esquecida, que fora transmitido ao vocabulário do mestre.

— Não quer ir para Sandhurst?

— Não quer ir para lugar algum. Renunciou ao exército. Ele se opõe — disse o senhor Coyle, em um tom que fez o jovem Lechmere quase prender a respiração — à profissão militar.

— Ora, essa sempre foi a profissão de toda a família dele!

— A profissão deles? Foi a religião deles! Você conhece a senhorita Wingrave?

— Oh, sim. Ela não é horrível? — disse o jovem Lechmere inocentemente.

Seu instrutor objetou:

- Ela é formidável, se você quis dizer isso, e é certo que ela deveria ser; porque de alguma forma em sua própria pessoa, como aprazível senhora solteira, representa o poder, representa as tradições e as façanhas do exército britânico. Ela representa a propriedade expansiva do nome da Inglaterra. Acho que se pode confiar em sua família para cair em cima dele, mas todas as influências devem ser postas em movimento. Quero saber qual é a sua. *Pode* fazer alguma coisa a respeito?

- Posso tentar dizer algumas coisas - disse o jovem Lechmere, pensativo -, mas ele sabe de muita coisa. Ele tem as ideias mais extraordinárias.

- Então ele contou a você algumas delas, fez confidências?

- Já o ouvi falar pelos cotovelos. - Sorriu o jovem com sinceridade. - Ele me disse que sentia desprezo.

- O que ele despreza? Não consigo entender.

O aluno mais posterior do senhor Coyle refletiu a respeito por um momento, como se tivesse consciência de uma responsabilidade.

- Penso, creio, que se referia à glória militar. Afirmava que temos uma visão errada disso.

- Ele não devia falar tais coisas para *você*. Isso é corromper a juventude de Atenas. É semear a sedição.

- Oh, estou bem! - disse o jovem Lechmere. - E ele nunca me disse que pretendia deixar tudo. Sempre pensei que pretendia ir até o fim, simplesmente porque precisa fazê-lo. Wingrave é capaz de argumentar sobre qualquer coisa e virar seu interlocutor de cabeça para baixo, isso eu garanto. É uma verdadeira lástima. Tenho certeza de que faria uma grande carreira.

- Então diga isso a ele. Argumente. Lute se for o caso. Pelo amor de Deus!

- Farei o que puder. Direi a ele que é uma pena.

- Sim, toque nessa *nota*. Insista no fato de que seria desonroso.

O jovem olhou estranhamente para senhor Coyle.

- Tenho certeza de que ele não faria nada desonroso.

- Pois bem, não pareceria certo. *Isso* é que deve fazê-lo sentir... atacar nesse sentido. Dê a ele o ponto de vista de um camarada, de um companheiro de armas.

- Isso é o que eu pensei que nos tornaríamos! - refletiu romanticamente o jovem Lechmere, muito elevado pela natureza da missão que lhe fora imposta. - Ele é um grande sujeito.

- Ninguém vai pensar assim se ele desistir! - disse Spencer Coyle.

- Pois para *mim* que não se atrevam a dizê-lo! - contestou seu pupilo, ruborizado.

O senhor Coyle refletiu por um momento, percebendo como excelente aquele tom e ciente de que na adversidade das coisas, embora esse jovem fosse um soldado nato, nenhuma verdadeira emoção jamais foi atribuída às suas alternativas, como se se tratasse do estado de espírito de uma excelente moça com quem se uniria em breve.

- Você gosta muito dele... confia nele?

A vida do jovem Lechmere naqueles dias era gasta respondendo a perguntas terríveis; mas ele nunca tinha sido submetido a um interrogatório tão estranho como aquele.

- Se acredito nele? Mas é claro!

- Então *salve-o*!

O pobre garoto ficou perplexo, como se fosse forçado pela intensidade de tal apelo a entender que havia ali mais coisas que pareceria pela superfície; e sem dúvida sentiu que apenas começava a penetrar em uma situação complexa quando, depois de um momento, com as mãos nos bolsos, respondeu com esperança, mas sem arrogância:

– Ouso dizer que posso trazê-lo de volta!

II

Antes de ter com o jovem Lechmere, Coyle decidira enviar uma mensagem telegrafada para a senhorita Wingrave. Pagou antecipadamente a resposta que, ao ser prontamente colocada em suas mãos, encerrou a entrevista que acabamos de relatar. Ele imediatamente se dirigiu para Baker Street, onde a dama disse que o esperava, e cinco minutos depois de chegar lá, enquanto se sentava com a notável tia de Owen Wingrave, ele repetiu várias vezes, em sua tristeza raivosa e com a infalibilidade de sua experiência:

- Ele é tão inteligente, tão inteligente!

Declarara que trabalhar com um garoto assim era um luxo.

- Claro que é inteligente, o que mais ele poderia ser? Que eu saiba, tivemos apenas um idiota na família! - disse Jane Wingrave.

Era uma alusão que Coyle podia entender, e que trazia para ele outra das razões para seu desapontamento, a humilhação, por assim dizer, da boa gente do Paramore, ao mesmo tempo que dava um exemplo de conscienciosa grosseria que ele já observara em ocasiões anteriores na sua interlocutora. O pobre

Philip Wingrave, o filho mais velho de seu falecido irmão, era literalmente imbecil e fora banido da vista de todos; deformado, antissocial, irrecuperável, ele fora relegado a um asilo particular e tornara-se, entre os amigos da família, nada além de uma pequena lenda lúgubre e silenciosa.

Todas as esperanças da casa, da pitoresca Paramore, agora o lar um tanto melancólico do idoso sir Philip – suas enfermidades o manteriam em reclusão por lá até o fim – caíam, portanto, na cabeça do segundo filho, o qual a natureza, como que compungida por sua falha anterior, tinha, além de torná-lo surpreendentemente bonito, cheio de talentos originais e marcantes. Esses dois foram os únicos filhos, vindos do único filho varão do velho, que, como tantos de seus ancestrais, entregou sua vida jovem e corajosa ao serviço de seu país. Owen Wingrave, o pai, recebera sua ferida mortal em combate corpo a corpo, de um sabre afegão; o golpe afundou o crânio. Sua esposa, à época na Índia, estava para dar à luz seu terceiro filho; e quando o evento aconteceu, na escuridão e na angústia, o bebê veio sem vida ao mundo e a mãe afundou na multiplicação de seus sofrimentos. O segundo dos meninos na Inglaterra, que estava em Paramore com seu avô, tornou-se o objeto peculiar da guarda de sua tia, a única solteira, e durante o interessante domingo que, a convite urgente, Spencer Coyle, ocupado como estava e depois de aceitar Owen, tinha passado sob aquele teto, o célebre instrutor recebeu vívida impressão da influência exercida, pelo menos de seu ponto de vista, pela senhorita Wingrave.

Na verdade, a imagem dessa curta visita permaneceu com aquele homenzinho observador – a visão de uma casa jacobina[19], decrépita e notavelmente "tétrica", mas ainda cheia de caráter e de qualidades para servir como cenário para a distinta figura do velho e já pacificado soldado. Sir Philip Wingrave, mais relíquia do que celebridade, era um octogenário baixo, moreno e ereto, com olhos ardentes e uma cortesia estudada. Gostava de fazer as honras diminutas de sua casa, mas, mesmo quando com uma mão trêmula acendia uma vela do quarto de dormir para um hóspede mesmo com os protestos deste último, era impossível não sentir que por baixo da superfície ele era um velho guerreiro impiedoso. O olho da imaginação poderia voltar-se para trás, em seu passado oriental repleto – para os episódios em que seus escrupulosos modos serviriam apenas para que fosse mais terrível. Tinha sua lenda... e que histórias contavam dele!

Coyle lembrou-se também de duas outras figuras – uma desbotada e inofensiva senhora Julian, domesticada na casa por um sistema de visitas frequentes como a viúva de um oficial e uma amiga particular da senhorita Wingrave, e uma menina notavelmente inteligente de 18 anos, filha desta senhora, e que impressionou o especulativo visitante como já formada para outras relações. Ela era muito impertinente com Owen, e no decorrer de uma longa caminhada que Coyle fizera com o jovem, cujo efeito, entre muitas conversas, fora o de conquistar sua alta opinião sobre ele, soube – porque Owen conversou

---

19 O autor refere-se ao chamado Período Jacobino, correspondente ao reinado de Jaime VI da Escócia e I de Inglaterra (1566-1625), conhecido pelo estilo de sua arquitetura (N. do T.).

sobre isso confidencialmente - que a senhora Julian era irmã de um cavalheiro muito galante, o capitão Hume-Walker, da Artilharia, que havia tombado na Rebelião Indiana[20], e que se acreditava ter existido entre ele e Jane Wingrave (tinha sido a única concessão conhecida daquela senhora) uma situação algo delicada, que tomou um rumo trágico. Eles estavam noivos para se casar, mas ela cedeu ao ciúme de sua natureza - rompeu com ele e o enviou para seu destino, que fora horrível. Uma consciência apaixonada e dominada pela sensação de tê-lo ofendido, um áspero e perpétuo remorso apoderou-se dela, e quando a pobre irmã do capitão, ligada também a um soldado, por um golpe ainda mais duro ficou quase sem recursos, ela dedicou-se inflexivelmente a uma longa expiação. Havia procurado conforto em levar a senhora Julian para viver a maior parte do tempo em Paramore, onde ela se tornou uma governanta não remunerada, embora não sem crítica, e Spencer Coyle suspeitou que parte desse conforto para a senhorita Wingrave adivinha do fato de que aquela mulher estava disponível, a seu bel-prazer, para ser espezinhada. A impressão de Jane Wingrave não foi a mais suave que teve naquele domingo tão intenso - uma ocasião singularmente tingida com a sensação de perda, de luto e de recordações, de nomes nunca mencionados, do lamento distante de viúvas e dos ecos das batalhas e das más notícias. Era tudo tão militar, de fato, e Coyle estremeceu um

---

20 Trata-se da Rebelião Indiana de 1857 (também conhecida como Revolta dos Cipaios, Revolta dos Sipais ou Revolta dos Sipaios), em que houve um período prolongado de levantes armados e rebeliões sangrentas na Índia setentrional e central contra a ocupação britânica daquela porção do subcontinente entre 1857 e 1858 (N. do T.).

pouco com aquela profissão cujas portas ajudava a abrir para jovens inofensivos. Além disso, a senhorita Wingrave poderia ter piorado essa consciência pesada - tão frio e claro era o olhar que aquela boa dama da sociedade lhe dirigia, com seus duros e delicados olhos, enquanto sua voz sonora vibrava.

Ela era uma dama elevada e distinta; sinuosa, mas não desajeitada, com uma testa grande e abundantes cabelos pretos, arranjados como o de uma mulher que concebe, talvez sem qualquer desculpa, sua cabeça como "aristocrática", e então irregularmente raiada de branco. Se, entretanto, ela se apresentava para nosso perturbado amigo como o gênio de uma raça militar não era por ter o gingado de um granadeiro ou o vocabulário de uma cantineira[21]; era apenas porque tais simpatias estavam vividamente implícitas no fato geral de que sua própria presença e cada uma de suas ações, olhares e expressões era uma alusão constante e direta à coragem suprema de sua família. Se era militar, era porque vinha de uma casta militar e porque não teria sido nada além daquilo que os Wingrave foram. Ela era quase vulgar quando abordava seus ancestrais; e se alguém se sentisse tentado a brigar com ela, teria encontrado um pretexto justo em seu senso de proporção deturpado. Essa tentação, no entanto, nada dizia a Spencer Coyle, para quem Jane Wingrave, como personagem forte que se revelava em cores e sons, era um espetáculo, e que ficava feliz em considerá-la como uma força considerável que estava do seu próprio lado. Desejou que seu sobrinho tivesse mais de sua estreiteza, em

---

21 Em inglês, "*Camp-Follower*", termo que designa os civis, em geral esposas e filhos menores, que seguiam os soldados e os exércitos durante os conflitos realizando, assim serviços domésticos no fronte (N. do T.).

vez de ser quase amaldiçoado pela tendência de olhar para as coisas em suas relações. Se perguntava por que, cada vez que a senhorita Wingrave dirigia-se para a cidade, sempre recorria à Baker Street para se hospedar. Nunca soube ou ouviu falar de Baker Street como local residencial – a associação que tinha em sua mente era sempre com bazares e fotógrafos. Adivinhava nela uma rígida indiferença por tudo que não fosse a paixão de sua vida. Nada realmente importava para ela além disso, e teria ocupado apartamentos em Whitechapel se eles tivessem se encaixado no planejamento de suas táticas.

Jane Wingrave recebera o visitante em uma sala grande, fria e desbotada, mobiliada com assentos escorregadios e decorada com vasos de alabastro e flores de cera. O único pequeno conforto pessoal, aparentemente, era um volumoso catálogo das lojas do Exército e da Marinha, que repousava sobre uma vasta e desolada toalha de mesa, cuja cor era um falso azul. Sua testa clara – como uma lousa de porcelana, um receptáculo para endereços e somas – enrubesceu quando o preparador responsável por seu sobrinho lhe contou a notícia extraordinária; mas ele percebeu que ela felizmente estava mais zangada do que assustada. A imaginação essencialmente, e sempre fora assim, era muito pouco rica, no caso dela, para o medo, e o hábito saudável de enfrentar tudo a ensinou que a ocasião geralmente oferecia muito com que se defrontar. Coyle notou que seu único medo, naquele momento, poderia ter sido o de não ser capaz de impedir o sobrinho de fazer um absurdo e que, diante de tal apreensão, ela era de fato inacessível. Igualmente não parecia incomodada pela surpresa; ela não reconhecia nenhum dos sentimentos fúteis, nenhum dos sentimentos sutis. Se Owen tivesse se feito de idiota por uma hora, ela ficaria zangada. Era perturbador para ela como seria saber que ele confessasse dívidas ou que se apaixonou por uma garota humilde. Mas permanecia para Jane Wingrave, em qualquer aborrecimento possível, o fato salvador de que ninguém poderia *fazê-la* passar por idiota.

- Não me recordo de ter me interessado tanto por nenhum outro garoto... Creio que isso nunca aconteceu, desde que comecei a lidar com eles - disse Coyle e prosseguiu: - Gosto dele, tenho confiança nele. Foi um prazer verdadeiro testemunhar seu desenvolvimento.

- Sei muito bem como se desenvolvem! - Jane Wingrave jogou sua cabeça para trás com um gesto que lhe era tão familiar como se surgissem, diante dela, a hoste impetuosa das gerações, com suas ruidosas bainhas e esporas. Spencer Coyle reconheceu ali a insinuação de que ela nada teria para aprender com quem quer que seja a respeito do porte natural de um Wingrave e até sentiu-se convencido, pelas palavras que se seguiram a essas, de ser, aos olhos daquela senhora, com a atabalhoada história de seus problemas, sua débil lamentação por seu pupilo, um pobre homem. - Se gosta dele - exclamou a senhorita Wingrave -, faça o favor de mantê-lo calado!

Coyle começou a explicar que tal atitude era bem menos simples que se poderia imaginar; mas logo compreendeu que Jane Wingrave, de fato, pouco compreendia das explicações dele. Quanto mais ele insistia que o garoto tinha uma espécie de independência intelectual, mais isso parecia uma prova conclusiva de que seu sobrinho era um Wingrave e um soldado. Só quando ele mencionou a ela que Owen havia falado da profissão das armas como algo que estaria "abaixo" dele, só quando a atenção daquela mulher foi capturada por essa luz mais intensa sobre a complexidade do problema, foi só nesse momento que a senhorita Wingrave explodiu, após um momento de reflexão estupefata:

- Mande-o ter comigo imediatamente!

- Isso é exatamente aquilo pelo qual solicito sua permissão para fazer. Mas eu queria também prepará-la para o pior, fazê-la entender que ele me parece realmente obstinado e sugerir para a senhorita que os argumentos mais poderosos ao seu dispor, especialmente se colocar na discussão algum que seja de natureza essencialmente prática, não será demais.

- Creio dispor de um argumento poderoso.

A senhorita Wingrave olhou severamente para seu visitante. Não sabia o que era, mas rogou que ela o apresentasse sem demora. Prometeu que o rapaz iria para Baker Street naquela noite mesmo, mencionando, entretanto, que já o havia aconselhado a passar sem demora alguns dias em Eastbourne. Isso levou Jane Wingrave a indagar, surpreendida, qual virtude poderia haver *naquele* remédio exorbitante e a responder, decididamente, quando o senhor Coyle explicou suas razões:

- A virtude de um pouco de descanso, uma pequena mudança, um pouco de alívio para os nervos extenuados...

- Ah, não ofereça a ele esse tipo de capricho... Ele nos custa uma quantia considerável de dinheiro! Vou falar com ele e levá-lo para Paramore. Ali, será feito o que for necessário. Depois, vou mandá-lo de volta já corrigido.

Spencer Coyle saudou tal garantia com demonstrações exteriores de satisfação, mas, antes de despedir-se da esforçada dama, percebeu que havia assumido uma nova preocupação: tratava-se de uma inquietude que o fez dizer a si mesmo, lamentando-se: "Oh, sim, ela é um granadeiro no fundo, e não terá tato. Não sei qual é o argumento poderoso dela; só temo que ela seja intransigente e o torne pior. O velho seria uma opção mais acertada... Ele *sim* é capaz de tato, embora não seja um vulcão completamente extinto. Owen provavelmente vai deixá-lo furioso. Em suma, o problema reside no fato de que o garoto é o melhor deles".

Spencer Coyle sentiu novamente naquela noite, ao jantar, que o garoto era o melhor deles. O jovem Wingrave - que, ele ficou satisfeito em saber, ainda não tinha ido para o mar - apareceu para a refeição como de costume, com ar inevitavelmente consciente de si, mas nada muito original para Bayswater. Com a maior naturalidade, entabulou conversação com a senhora Coyle, que desde o início o tinha como o jovem mais belo que já passara por aquela casa; de modo que o mais incomodado dos presentes era o pobre Lechmere, que se esforçou muito, pelo uso da mais profunda delicadeza, para que seu olhar não cruzasse com o do seu desencaminhado companheiro. Coyle, sem dúvida, pagava o preço de sua própria argúcia ao sentir-se mais e mais preocupado: percebia claramente que havia toda uma série de coisas em seu jovem amigo que os habitantes de Paramore seriam incapazes de compreender. Começava, inclusive, a desaprovar a ideia de pressionar o jovem Owen. Ou seja, no fim das contas, concordava que ele tinha o direito de pensar como quisesse e se recordava do fato de que a substância com a qual o rapaz era feito tinha uma natureza refinada demais para mãos torpes. Era assim que o pequeno e impetuoso preparador, com suas percepções caprichosas e simpatias complicadas, era em geral condenado a não se acomodar confortavelmente nem em seus desgostos nem em seus entusiasmos. Seu amor pela verdade rigorosa nunca permitiu apreciá-los. Ele falou para Wingrave, após o jantar, a respeito da conveniência de uma visita imediata à Baker Street, e o jovem, com um gesto estranho, ou que assim lhe pareceu - isto é, voltar a sorrir com júbilo exagerado quando em defesa de uma causa equivocada, algo que já havia demonstrado em sua recente entrevista com o instrutor - partiu para enfrentar sua provação. Spencer Coyle estava certo de que sentia medo, de que a tal tia lhe dava medo, mas de alguma forma isso não parecia um sinal de pusilanimidade. *Ele* poderia estar assustado, bem sabia, se estivesse no lugar do pobre garoto, e a visão de seu pupilo marchando resolutamente na direção daquela bateria apesar de seus terrores era uma sugestão positiva de que possuía o temperamento de um soldado. Muitos jovens corajosos teriam evitado esse perigo singular.

- Ele *tem* as ideias mais singulares - exclamou o jovem Lechmere, dirigindo-se ao instrutor, assim que seu camarada deixou a casa.

Estava impressionado e levemente agitado - alimentava uma emoção que precisava desabafar. Antes do jantar, havia abordado diretamente seu amigo, conforme pedira Coyle. Conseguiu descobrir que seus escrúpulos se embasavam em um convencimento esmagador da imbecilidade - ou "estúpida barbárie", como ele dizia - da guerra. Sua maior queixa era que não foi inventado nada mais inteligente e ele estava determinado a provar, da única maneira que podia, que *ele* não seria esse tipo de animal feroz.

- E, na visão dele, todos os grandes generais deveriam ser fuzilados, e que Napoleão Bonaparte em particular, o maior de todos, era um canalha, um criminoso, um monstro para o qual não há palavras que possam qualificá-lo! - respondeu Coyle, completando o quadro esboçado por Lechmere. - Vejo que ele lhe brindou com as mesmas pérolas de sabedoria que ofereceu a mim também. Mas quero saber o que *você* disse.

- Eu disse que eles todos formavam um bando tenebroso! - falou o jovem Lechmere com ênfase e ficou um pouco surpreso ao ouvir a risada incongruente de Coyle diante dessa justa declaração e, depois de um momento, prosseguiu: - É tudo muito curioso. Ouso dizer que há algo de razão nisso tudo. Mas é uma pena! - constatou, depois continuou: - Me contou quando começou a enxergar o problema desse ângulo. Quatro ou cinco anos atrás, quando ele leu muito sobre todos os grandes e suas campanhas: Aníbal e Júlio César, Marlborough, Frederico e Bonaparte. É verdade que leu muito e afirmou que isso lhe abriu os olhos. Segundo ele, foi como se uma onda de nojo o invadisse. Falou sobre a "miséria incomensurável" das guerras e me perguntou por que as nações não despedaçavam os governos, ou os governantes que são seus mandatários. E o pobre Bonaparte, para ele, foi o pior de todos.

- Bem, o pobre Bonaparte era de fato um canalha. Tratava-se de um rufião terrível - declarou o senhor Coyle inesperadamente -, mas suponho que você não tenha admitido isso.

- Sim, creio que haveria muito o que dizer sobre isso e estou feliz pelo fato de que, no final, acabamos com ele. Mas o que assinalei para Wingrave foi que aquele comportamento suscitaria muitos comentários - o jovem Lechmere hesitou um instante e depois acrescentou: -, pois eu disse que ele deveria estar preparado para o pior.

- É claro que ele perguntou o que você quis dizer com esse "pior" - disse Spencer Coyle.

- Sim, ele me perguntou e você sabe o que eu disse? Eu disse que as pessoas veriam seus escrúpulos de consciência e sua onda de repugnância apenas como um pretexto. Então ele perguntou: "Um pretexto para quê?".

- Ah, nesse ponto você ficou em apuros! - respondeu o senhor Coyle, com uma risada incompreensível para o seu aluno.

- Nem um pouco, porque eu respondi.

- O que disse para ele?

Mais uma vez, por alguns instantes, com um olhar consciente centrado em seu instrutor, o jovem retardou sua resposta.

- Ora, o que falamos faz algumas horas. A aparência que ele apresentava de não ter... - o sincero rapaz vacilou por um momento, depois disse: - o temperamento militar, bem sabe? Mas você sabe o que ele disse sobre isso? - O jovem Lechmere continuou.

- Que se dane o temperamento militar! - respondeu prontamente o instrutor.

O jovem Lechmere permaneceu olhando para ele sem piscar. O tom do senhor Coyle o deixou incerto se ele estava atribuindo a frase a Wingrave ou expressando sua própria opinião, mas exclamou:

- Essas foram exatamente as palavras dele!

- Ele não se importa - disse Coyle.

- Talvez não. Mas não é justo da parte dele para *conosco*, seus companheiros. Eu disse a ele que é o melhor temperamento do mundo e que não há nada tão esplêndido quanto a coragem e o heroísmo.

- Ah! Agora *você* o pegou!

- Eu disse a ele que era indigno insultar uma profissão gloriosa, magnífica. Eu disse a ele que não há figura mais digna que a do soldado ao cumprir seu dever.

- Esse é essencialmente o *seu* tipo, meu caro rapaz.

O jovem Lechmere enrubesceu; não conseguia distinguir com clareza - e o perigo era naturalmente inesperado para ele - se naquele momento ele não existiria apenas para diversão do seu amigo. Mas ele ficou em parte tranquilizado pela maneira jovial com que esse amigo prosseguiu, colocando a mão em seu ombro:

- Continue assim! Podemos fazer alguma coisa. De qualquer forma, agradeço imensamente.

Outra dúvida, no entanto, permaneceu intacta - uma dúvida que o levou a um novo desabafo antes de abandonarem o doloroso assunto:

- Ele *não* se importa! Mas é terrivelmente estranha essa atitude!

- É verdade, mas lembre-se do que você disse esta tarde... quero dizer, sobre você não aconselhar as pessoas a fazerem insinuações para *você*.

- Creio que eu derrubaria o sujeito! - disse o jovem Lechmere. Coyle já se levantara; a conversa ocorreu enquanto eles estavam sentados após a retirada do jantar feita pela senhora Coyle, e o chefe do estabelecimento administrou ao seu discípulo, segundo princípios que faziam parte de sua meticulosidade, uma taça de excelente clarete. O pupilo, também em pé, demorou-se um instante, não para outro "trago", como ele teria chamado, da garrafa, mas para limpar o bigode microscópico com cuidado prolongado e incomum. Seu companheiro viu que ele tinha algo para dizer, uma coisa que exigia um último esforço, e esperou um instante com a mão na maçaneta da porta. Então, quando o jovem Lechmere aproximou-se, Spencer Coyle tomou consciência de uma intensidade incomum naquele rosto arredondado e ingênuo. O garoto estava nervoso, mas tentou se comportar como um homem do mundo.

- Que fique aqui entre nós - gaguejou -, e eu não diria nada disso a ninguém que não estivesse interessado no pobre Wingrave. Mas você acha que é para se safar?

Coyle olhou para ele com tal dureza que, por um instante, o rapaz ficou visivelmente assustado com o que havia dito.

- Se safar? Do quê?

- Ora, o que estamos falando aqui, do serviço - o jovem Lechmere engoliu em seco e acrescentou, com uma ingenuidade quase patética para Spencer Coyle: - dos perigos, você sabe!

- Quer dizer que ele só está pensando em salvar a própria pele?

Os olhos do jovem Lechmere expandiram-se, suplicantes, e o que seu instrutor viu em seu rosto rosado - acreditava inclusive ter visto uma lágrima - foi o pavor de uma decepção tão chocante quanto considerável foi a lealdade da admiração devotada.

- Ele está... ele está com *medo*? - repetiu o rapaz, sincero, com um estremecimento de suspense.

- Querido, não! - disse Spencer Coyle, virando as costas.

O jovem Lechmere sentiu-se desprezado e até mesmo envergonhado; mas o que mais sentia era alívio.

III

Menos de uma semana depois desses acontecimentos, Spencer Coyle recebeu um bilhete da senhorita Wingrave, que havia deixado Londres imediatamente com o sobrinho. Ela propunha que o instrutor fosse para Paramore no domingo seguinte – Owen era realmente tão cansativo. Ali, naquela casa de exemplos e memórias, e em combinação com seu pobre e querido pai, que estava "terrivelmente aborrecido", talvez valesse a pena fazer o último esforço. Coyle leu nas entrelinhas daquela carta que o grupo Paramore havia progredido muito desde que a senhorita Wingrave, em Baker Street, tratou seu desespero como superficial. Ela não era uma mulher manipuladora, mas chegou ao ponto de colocar a situação nos termos de que ele concederia um favor particular para uma família aflita; e ela expressou o prazer que eles teriam se ele fosse acompanhado pela senhora Coyle, para quem ela anexou um convite à parte. Mencionava que também que convidava, sujeito à aprovação do senhor Coyle, o jovem Lechmere. Pensava que um garoto tão bom e viril poderia fazer bem ao seu desafortunado sobrinho. O célebre instrutor estava determinado a abraçar essa oportunidade; naquele momento, já não era tanto por estar zangado, mas alarmado.

Ao dirigir sua resposta à carta da senhorita Wingrave, surpreendeu-se pelo seu sorriso ao pensar que, no fundo, iria defender seu ex-pupilo em vez de entregá-lo. Para sua esposa, uma mulher bonita, jovial e cerimoniosa – e pessoa de muito mais presença do que ele –, recomendou tomar a sério as palavras de Jane Wingrave: aquela casa era um espécime tão extraordinário, tão fascinante de um antigo lar tipicamente inglês. Esta última alusão foi suavemente sarcástica; ele já havia acusado, mais de uma vez, a boa senhora de estar apaixonada por Owen Wingrave. Ela admitiu que sim, e até se vangloriava de sua paixão; o que mostra como o assunto, entre eles, foi tratado com espírito liberal. Sua esposa levou adiante a brincadeira aceitando o convite com entusiasmo. O jovem Lechmere ficou encantado em fazer o mesmo; seu instrutor, de bom humor, considerou que o pequeno intervalo o refrescaria para seu último empurrão.

Foi o fato de que os ocupantes de Paramore realmente se esforçaram muito o que chamou a atenção de nosso amigo depois de permanecer uma ou duas horas naquela bela mansão antiga. Essa curta segunda visita, que começou na noite de sábado, constituiu o episódio mais estranho de sua vida. Assim que se viu a sós com sua mulher – preparar-se-iam para o jantar –, ambos assinalaram, com efusão e quase com alarme, a sinistra tristeza que se impregnava no local. A casa era admirável com sua velha fachada cinza, que se projetava em alas de modo a formar três lados de um quadrado; mas a senhora Coyle não teve o menor temor em declarar que, se soubesse de antemão o tipo de impressão que iria receber, nunca teria posto seus pés naquele lugar. Ela o classificava como "inquietante", um ambiente malsão e lúgubre, e acusou o marido de não a ter avisado adequadamente. Ele havia antecipado para a esposa certas presenças que a esperavam, mas a dama ainda tinha inúmeras perguntas a fazer, enquanto se vestia quase febrilmente. Não contara a ela sobre a garota, aquela garota extraordinária, a senhorita Julian; isto é, ele não disse que tal jovem, em termos simples, era uma mera agregada da casa, se tornaria, de fato, como consequência da sua maneira de se portar, a pessoa mais importante da casa. A senhora Coyle já estava preparada para anunciar que odiava as afetações de Kate Julian. Seu marido, acima de tudo, não disse a ela que eles encontrariam seu jovem pupilo como se tivesse envelhecido cinco anos.

- Não poderia imaginar isso - disse Spencer - nem que a natureza da crise por aqui fosse tão perceptível. Mas sugeri à senhorita Wingrave, outro dia, que pressionassem seu sobrinho com sinceridade, e ela acreditou na minha palavra. Eles cortaram seus suprimentos... estão tentando matá-lo de fome. Não foi isso que eu quis dizer... mas, na verdade, agora já não *sei* bem o que eu quis realmente dizer. Owen sentiu a pressão, no entanto ele não vai ceder.

O estranho era que, agora que estava ali, o versátil e diminuto preparador sentiu ainda mais que seu próprio espírito fora capturado por uma onda de reação. Se ele estava naquela casa, era porque estava do lado do pobre Owen. Toda a sua impressão e toda a sua apreensão se aprofundaram consideravelmente naquele momento. Havia algo na própria resistência do jovem fanático que começou a encantá-lo. Quando sua esposa, na intimidade da conferência já mencionada, deixou de lado conveniências e elogiou, mesmo com extravagância, a posição que seu aluno havia assumido (ele era bom demais para ser um soldado horrível, e era nobre da parte dele sofrer por suas convicções - não era tão íntegro como um jovem herói, embora fosse pálido como um mártir cristão?), a boa senhora apenas expressou a simpatia que, sob o pretexto de considerar o antigo albergado como uma rara exceção, ele já havia reconhecido em sua própria alma.

Pois meia hora antes, depois de terem tomado um chá superficial no velho saguão marrom da casa, aquele pesquisador de razões de todas as coisas havia proposto, antes de ir se vestir, dar uma breve caminhada ao ar livre, e já no terraço, como eles caminharam juntos até uma das extremidades, havia tomado do braço suplicante de seu companheiro, permitindo-se, assim, uma familiaridade incomum entre aluno e mestre, calculada para demonstrar que havia adivinhado com quem poderia contar para obter alguma compreensão. Spencer Coyle, por sua vez, havia adivinhado algo também, de modo que não ficou surpreso com o fato de o garoto ter uma confidência particular a fazer. Sentiu, ao chegar, que cada membro daquele grupo teria o desejo de falar com ele primeiro, e sabia que naquele momento Jane Wingrave estava esplando através do antigo borrão de uma das janelas - a casa fora tão pouco modernizada que aquelas espessas vidraças escuras deveriam ter três séculos de idade - para ver se seu sobrinho poderia estar envenenando a mente do visitante. Assim, Coyle não perdeu tempo em lembrar ao jovem - ainda que tivesse tido o cuidado de soltar uma jocosa risada ao fazê-lo - que ele não tinha vindo até Paramore para ser corrompido. Viera para fazer, cara a cara, o último apelo, que esperava não fosse totalmente em vão. Owen sorriu tristemente enquanto caminhavam, perguntando se ele achava que tinha o ar geral de um sujeito prestes a desmaiar.

- Você parece estranho... talvez esteja doente - disse Spencer Coyle, com muita sinceridade. Pararam no final do terraço.

- Tive de exercer um grande poder de resistência, e isso gera um bom desgaste.

- Ah, meu caro rapaz, desejaria que o seu grande poder, pois você evidentemente possui algo assim, fosse exercido para uma causa melhor!

Owen Wingrave sorriu para seu pequeno, mas aprumado instrutor.

- Eu não acredito nisso! - disse e, em seguida, acrescentou, para explicar o porquê: - O que você quer (já que por sua bondade julga meu caráter positivamente) não é me ver exercer um poder ainda *maior*, em qualquer direção? Bem, é assim que eu procedo.

Ele reconheceu que havia passado horas terríveis com seu avô, que o havia atacado de uma forma assustadora. Esperava que eles não gostassem, nem um pouco de fato, mas não tinha ideia de que eles fariam tal escândalo. Com sua tia, foi diferente, mas igualmente insultuoso. Oh, eles o fizeram sentir que tinham vergonha dele; eles o acusaram de lançar a desonra pública no nome da família. Foi o único que recuou - o primeiro em trezentos anos. Todos sabiam que ele iria para o exército, e agora todos saberiam que ele era um jovem hipócrita que de repente fingiu ter escrúpulos. Falavam de seus escrúpulos como você não falaria de um deus dos canibais. Seu avô empregou adjetivos ultrajantes.

- Ele me chamou... ele me chamou... - E o jovem vacilou, sua voz falhou. Ele parecia o mais abatido possível para um rapaz com uma saúde tão magnífica.

- Consigo imaginar! - disse Spencer Coyle, com um riso nervoso.

Os olhos turvos de seu companheiro, como se estivessem acompanhando as estranhas e longínquas consequências das coisas, pousaram por um instante em um objeto distante. Então eles encontraram os seus olhos e, por outro momento, esquadrinharam-no profundamente.

- Não é verdade. Não, não é. Não é *isso*!

- Eu não suponho que seja! Mas o que *você* propõe em vez disso?

- Em vez de quê?

- Em vez da solução estúpida que é a guerra. Se tirar essa prática, precisa sugerir ao menos um tipo de substituto.

- Isso é problema dos mandatários, dos governantes e seus gabinetes de ministros - disse Owen. - *Eles* encontrariam facilmente uma alternativa a depender do caso, se tiverem deixarem claro para eles que serão enforcados se não encontrarem uma. E também esquartejados. Façam disso um crime passível de pena capital. Apenas *isso* bastaria apara aguçar a engenhosidade dos ministros!

Seus olhos brilhavam conforme falava e seu aspecto denotava segurança e exaltação. O senhor Coyle deu um suspiro de triste desalento - tratava-se, realmente, de um caso de obsessão. Viu que, no momento seguinte, Owen estava prestes a perguntar se ele também o considerava um covarde; mas percebeu, com alívio, que ou não alimentava suspeitas dele nesse sentido ou preferia refrear a pergunta. Spencer Coyle queria demonstrar confiança, mas uma declaração direta de que não colocava em dúvida a coragem de Owen seria um comprimento muito grosseiro - o mesmo que dizer-lhe que confiava em sua sinceridade. Mas tal dificuldade foi, naquele momento, evitada porque Owen prosseguiu:

- Meu avô não pode se desfazer da herança, por isso devo ficar ao menos com esta casa que, você bem sabe, é bem pequena e, pelo progresso dos arrendatários, já não produz qualquer renda. Ele possui algum dinheiro. Não muito, de fato, mas no estado em que as coisas estão, esse montante não estará acessível para mim. Minha tia fará o mesmo, pois ela mesma me comunicou isso. Deixaria para mim as seiscentas libras que ganha por ano. Tinha tudo planejado, mas agora está evidente que não terei um centavo sequer se renuncio ao exército. Devo acrescentar, por questão de justiça, que eu, por minha conta, tenho trezentas libras anuais de minha mãe. E digo a verdade pura e simples quando afirmo que não me importo nem um pouco com a perda desse dinheiro.

O jovem respirou fundo e devagar, como uma criatura em agonia; depois, acrescentou:

- Não é *isso* que me preocupa!

- Pois então o que planeja fazer? - perguntou seu amigo sem tecer comentários adicionais.

- Não sei... talvez seja melhor nada. Nada grande, de qualquer maneira. Apenas algo pacífico!

Owen ofereceu um sorriso cansado como se, em meio às suas aflições, ainda pudesse apreciar o efeito humorístico de semelhante declaração saída dos lábios de um Wingrave. Mas apenas despertou em seu convidado - cujos olhos o observavam atentamente pensando que, afinal, não era por acaso um Wingrave e demonstrava marcial firmeza sob fogo inimigo - a exasperação diante de tais projetos, que, assim expressos, só poderiam parecer o cúmulo da ignomínia, conforme foi a provável reação de seu avô e de sua tia. "Talvez seja melhor nada", quando podia dar prosseguimento a uma grande tradição! Não, Owen não era um fraco e era um jovem interessante; no entanto, estava claro que havia um ponto de vista que seguia para ele como angustiante.

- O que é, então, a causa da sua preocupação? - exigiu saber Coyle.

- Esta casa... Até o ar que se respira nela. Há vozes estranhas que soam como murmúrios em meus ouvidos... como se dissessem coisas horríveis por onde eu passo. Me refiro à consciência e responsabilidade gerais daquilo que faço. Claro que não está sendo fácil para mim... nada fácil mesmo. Garanto que para mim não há qualquer prazer. - Com uma luz em seu olhar, que era como um desejo de justiça, Owen voltou seus olhos para os do pequeno preparador; depois, prosseguiu: - Despertei todos os velhos fantasmas. Até os retratos me fulminam de seu lugar nas paredes. Há um, de meu tataravô (aquele da história extraordinária, que você já conhece... está pendurado no segundo lance da escada grande), que eu diria que chega se mover na tela, como se se levantasse um pouco quando eu chego perto. Tenho que subir e descer as escadas... é tudo muito perturbador! Isso minha tia chama de círculo familiar, todos presentes, muito sérios, formando um tribunal. Aqui está constituído o círculo completo, e é uma espécie de presença extraordinária que a tudo abarca, que se estende ao passado, e, quando voltei com ela outro dia, a senhorita Wingrave me disse que eu não teria o atrevimento de ficar no meio dele e dizer tais coisas. Não tive outra opção além de falar diretamente com meu avô. Mas, agora que disse tudo, parece-me que não há mais nada para dizer. Quero ir embora... não me importo em nunca mais voltar.

– Mas você é um soldado. Necessita prosseguir na batalha! – Coyle soltou uma risada.

Essa pequena e leviana brincadeira pareceu desanimar o jovem, mas, quando dava meia-volta para regressar por onde vieram, ele mesmo sorriu fracamente por um instante e replicou:

– Ah, estamos todos contaminados!

Caminharam em silêncio parte do caminho até o velho pórtico. Então, o mais velho dos dois, interrompendo seu passo assim que verificou estarem a uma distância da casa que tornava impossível ouvir o que diziam, perguntou subitamente:

– Qual a opinião da senhorita Julian?

– A senhorita Julian? – Owen estava perceptivelmente ruborizado.

– Tenho certeza de que *ela* não ocultou o que pensava.

– É a mesma opinião do círculo familiar, no qual ela naturalmente está inserida. Além das daquele que cabe a ela mesma, claro.

– Como assim, que cabe a ela mesma?

– O círculo familiar dela.

– Está falando da mãe dela? Aquela senhora tão paciente?

- Me refiro mais particularmente ao pai dela, que tombou em combate. E o avô, e o pai do avô, e os tios, e os tios-avôs... todos tomaram em combate.

Coyle, com expressão singularmente fixa, incorporou aquela resposta.

- Não foi suficiente o sacrifício de tantas vidas? Por que sacrificar a *tua* vida também?

- Porque ela me *odeia* - declarou Owen quando retomaram a marcha.

- Ah, sim, o ódio das moças bonitas pelos jovens rapazes bem-apessoados! - bradou Spencer Coyle.

Ele não acreditou naquilo, mas sua mulher sim, segundo foi possível perceber ao comentar a conversação enquanto ambos se vestiam para o jantar. A senhora Coyle já notara, na meia hora que passou no saguão da casa, que nada havia de mais odioso que o comportamento da senhorita Julian em relação ao garoto caído em desgraça. E, para essa distinta dama, só um cego não veria que a tal mulher demonstrava interesse em coquetear descaradamente para com o jovem Lechmere. Era uma pena que tivessem levado aquele tolo: por aquela hora, deveria estar na sala com aquela criatura. Spencer Coyle tinha outra versão - parecia, a ele, que havia ali um jogo com elementos mais sutis. A posição daquela garota na casa era inexplicável a não ser que estivesse predestinada ao sobrinho da senhorita Wingrave. Como sobrinha do desafortunado noivo da própria Jane Wingrave, desde bem cedo havia destinado tal dama a missão de fechar, mediante casamento com esperança de gerar estirpe, a mágica brecha que separara os mais velhos; e se, como resposta a isso, fosse dito que uma garota de temperamento forte não pudesse afirmar que dispunha de total independência nesse sentido, o perspicaz amigo de Owen tinha já preparado o argumento que nenhuma garota na situação de Kate Julian cometeria a idiotice de perder uma oportunidade tão boa. Em Paramore, era de casa e se sentia segura; portanto, podia se conceder o prazer de fingir que poderia optar. Não eram mais que truque inocentes e ares de importância. Tinha, de fato, um curioso encanto e seria em vão sustentar que o herdeiro daquela casa pudesse parecer pouco para uma garota de 18 anos, por mais sagaz que ela mesmo se considerasse. A senhora Coyle lembrou seu marido que era precisamente seu ex-pupilo quem já *não* se contava como um dos membros da casa: essa questão estava entre os temas para os quais empregaram sua engenhosidade após o passeio dos dois homens pelo terraço. Spencer então mencionou para sua esposa que Owen estava com medo do retrato de seu tataravô. Ele mostraria a pintura, uma vez que passeou despercebida para ela, ao descerem as escadas.

- Por que o retrato do tataravô o assusta mais que outros?

- Oh, porque é o mais terrível. É ele que por vezes pode ser visto.

- Ser visto onde? - A senhora Coyle voltou-se com um sobressalto.

- No quarto onde foi encontrado morto; o Quarto Branco, como sempre o chamaram.

- Está dizendo que há nesta casa um fantasma *comprovado*? - A senhora Coyle por pouco não gritou. - E você me trouxe aqui sem avisar disso?

- Eu não mencionei isso depois da minha outra visita?

- Nem uma palavra. Você só falou da senhorita Wingrave.

- Mas essa história me impressionou muito... será que não te recordas?

- Então sua obrigação era ter me lembrado!

- Se eu tivesse pensado nisso, ficaria calado, pois você viria.

- Eu preferia, de fato, não ter vindo! - exclamou a senhora Coyle. E perguntou imediatamente: - Mas que história é essa?

- Nada, apenas um ato de violência que aconteceu aqui faz muito tempo. Acho que foi na época de Jorge II quando o coronel Wingrave, um dos antepassados da família, atingiu, durante um acesso de fúria, um de seus filhos, ainda um menino, atingido por um golpe bem na cabeça que levou o infeliz à morte. O assunto foi silenciado por uma hora e outra explicação qualquer foi dada. Colocaram o pobre menino em um dos quartos do outro lado da casa e apressaram o enterro, em meio a estranhos rumores. Na manhã seguinte, quando a família reuniu-se, o coronel Wingrave havia desaparecido; buscaram por ele em vão, e por fim ocorreu a alguém que talvez ele pudesse estar no quarto em que seu filho fora levado para o enterro. Essa pessoa chamou na porta, sem resposta, depois a abriu. O desafortunado coronel jazia morto no chão, com suas roupas, como se tivesse cambaleado e caído para trás, sem ferimento, sem marca, sem nada em seu aspecto que indicasse luta ou sofrimento. Ele era um homem forte, saudável; nada poderia explicar um ataque tão fulminante. Provavelmente foi ao quarto durante a noite, pouco antes de recolher-se, em algum acesso de escrúpulo ou fascínio provocado pelo pavor. Foi só depois disso que a verdade sobre o menino veio à tona. Mas ninguém dormiu nunca mais nesse quarto.

A senhora Coyle ficou bastante pálida.

- Espero que não! Graças a Deus eles não nos colocaram lá!

- Estamos a uma distância confortável. Conheço bem esse cômodo.

- Quer dizer que você já esteve *nele*?

- Por alguns momentos, apenas. Eles são sempre tão orgulhosos e meu jovem amigo me mostrou quando eu estive aqui anteriormente.

Sua esposa olhava para ele fixamente.

- E como ele é?

- Simplesmente um quarto vazio, monótono e antiquado, espaçoso, com móveis e coisas de "época" nele. Está forrado de madeira do chão ao teto em painéis que foram, de forma evidente, pintados de branco anos e anos atrás. Mas a tinta escureceu com o tempo, e há três ou quatro pequenos "mostradores" antigos, emoldurados e esmaltados, pendurados nas paredes.

A senhora Coyle olhou ao redor com um estremecimento.

- Estou feliz por não haver mostradores aqui! Nunca em minha vida ouvi nada tão pavoroso! Vamos descer para o jantar.

Na escada, enquanto desciam, o marido mostrou-lhe o retrato do coronel Wingrave - uma representação toda ela de força e estilo, para o lugar e para a época, de um cavalheiro de rosto rígido e belo, com um casaco vermelho e uma peruca. A senhora Coyle declarou que seu descendente, sir Philip, era espantosamente parecido com ele; e seu marido poderia imaginar, embora mantivesse isso para si, que, se alguém tivesse a coragem de andar pelos antigos corredores de Paramore à noite, poderia encontrar uma figura que se assemelhava a ele vagando, com a inquietude de um fantasma, de mãos dadas com a figura de um menino alto.

Enquanto seguia para o saguão com sua esposa, ele de repente se surpreendeu e logo se arrependeu por não ter enfatizado mais a ida de seu pupilo para Eastbourne. À noite, entretanto, parecia ter se encarregado de dissipar quaisquer presságios caprichosos, pois a severidade do círculo familiar, como Spencer Coyle havia imaginado, foi mitigada por uma representação da "vizinhança". O grupo de comensais estava reforçado por dois casais alegres, um deles formado pelo vigário e sua esposa, e por um jovem silencioso que viera para o campo com a finalidade de pescar. Isso foi um alívio para Coyle, que havia começado a se perguntar o que afinal se esperava dele, e por que fora tão tolo de vir, pois percebia que pelo menos nas primeiras horas a situação não seria diretamente tratada. Na verdade, ele encontrou, como havia encontrado antes, ocupação suficiente para sua sagacidade ao ler os vários sintomas dos quais a cena social diante dele era uma expressão. O dia seguinte provavelmente seria extenuante; previu a dificuldade do longo e decoroso domingo, e quão áridas seriam as ideias de Jane Wingrave, destiladas em conferências cansativas. Ela e seu pai o fariam sentir que dependiam dele para o impossível, e, se tentassem associá-lo a uma política francamente estúpida, seria possível dizer a eles o que achava de tudo aquilo – um acidente desnecessário que transformaria sua visita um triste equívoco. O objetivo real do velho era evidentemente permitir que seus amigos vissem nisso uma marca positiva de que eles estavam bem. A presença do grande preparador vindo de Londres equivalia a uma profissão de fé nos resultados do exame iminente. Obviamente fora obtido de Owen, embora tal constituísse grande surpresa para o visitante principal, que ele nada faria para interferir na aparente harmonia. Deixou as alusões ao seu trabalho árduo passarem e, segurando a língua sobre seus negócios, falou com as mulheres tão amigavelmente como se ninguém o tivesse repudiado. Quando Coyle olhou para ele uma ou duas vezes do outro lado da mesa - captando seu olhar, que mostrava uma paixão indefinível -, percebeu um enigmático elemento patético em seu rosto sorridente: era impossível não sentir uma pontada de tristeza diante de um cordeiro tão visivelmente marcado para o sacrifício. "Que diabo, uma pena que ele seja um lutador!", suspirou em privado, com uma falta de lógica que era apenas superficial.

Essa ideia, porém, o teria absorvido mais se sua atenção não tivesse sido consumida por Kate Julian, que, agora que a tinha bem diante de si, parecia-lhe uma jovem notável e até mesmo uma mulher possivelmente fascinante. O fascínio não residia em nenhuma beleza extraordinária, pois se ela era bonita, com seus longos olhos orientais, seus cabelos magníficos e sua originalidade genérica, Coyle tinha conhecido peles mais rosadas e feições que o agradavam bem mais; o interesse despertado residia numa estranha impressão de que ela dava de ser exatamente o tipo de pessoa que, em sua posição, considerações comuns, as de prudência e talvez um pouco as de decoro, teriam ordenado que ela não fosse. Era o que era vulgarmente chamado de agregado - sem um tostão que lhe fosse próprio, patrocinada, tolerada; mas algo em seu aspecto e em sua maneira significava que, se sua situação era inferior, seu espírito, para compensar, estava acima de precauções ou submissões. Não que fosse minimamente agressiva: era indiferente demais para isso; era apenas como se, não tendo nada a ganhar ou perder, pudesse se dar ao luxo de fazer o que quisesse. Ocorreu a Spencer Coyle que ela realmente poderia ter mais em jogo do que sua imaginação parecia levar em conta; independentemente de qual fosse essa quantidade, de qualquer forma, ele nunca vira uma jovem mulher que fizesse tão pouco esforço para estar do lado seguro. Ele se perguntou inevitavelmente como a paz era mantida entre Jane Wingrave e uma pensionista como essa. Mas essas questões eram, é claro, profundidades insondáveis. Talvez a incisiva Kate Julian dominasse até mesmo sua protetora. Na outra vez em que esteve em Paramore, teve a impressão de que, com sir Philip ao lado dela, a garota poderia lutar mesmo encurralada. Ela divertia sir Philip, encantava-o e ele gostava de pessoas intrépidas; entre ele e a filha, aliás, não havia dúvida de quem era o mais alto no comando. A senhorita Wingrave dava muitas coisas como certas; acima de tudo, o rigor da disciplina e o destino dos vencidos e dos cativos.

Mas entre o brilhante herdeiro dos Wingrave e uma companheira tão original de sua infância, que estranha relação teria surgido? Não podia ser de indiferença, mas, para aquelas duas criaturas felizes, bonitas e jovens, era menos provável que fosse aversão. Não eram Paul e Virginia[22], mas deviam ter tido seu verão comum e seu idílio: nenhuma garota interessante poderia antipatizar um rapaz tão bom por nada, exceto não gostar

---

22 Referência a um romance de natureza trágica, *Paul et Virginia*, de Jacques-
-Henri Bernardin de Saint-Pierre (17370-1814), publicado em 1788. Os personagens do título, filhos da natureza, derivados dos conceitos de Rousseau de "bom selvagem", possuem uma amizade desde o nascimento e que, em uma paradisíaca ilha tropical, transforma-se em amor (N. do T.).

dela, e nenhum rapaz excelente poderia ter resistido a tal proximidade. Coyle lembrava-se, realmente, do que foi contado pela senhora Julian, como se a proximidade não tivesse sido constante, devido às ausências da filha na escola, para não falar daquelas de Owen; suas visitas a alguns amigos que tinham a gentileza de "levá-la" de vez em quando; suas estadias temporárias em Londres - tão difíceis de organizar, mas ainda possíveis com a ajuda de Deus - para "aperfeiçoamentos" no canto e sobretudo na ilustração, ou melhor, na pintura a óleo, com a qual a moça teve considerável sucesso e não poucos elogios. Mas a boa senhora também havia mencionado que os jovens eram inteiramente como irmão e irmã, o que *era* um pouco, afinal, como Paul e Virginia. A senhora Coyle estava certa, e era evidente que Virginia estava fazendo o possível para tornar o tempo gasto ali o mais agradável possível para o jovem Lechmere. Não foi necessário uma longa conversa que exigisse grande esforço de nosso crítico refletir sobre essas coisas: o tom da ocasião, graças principalmente aos outros convidados, não possibilitava divagações, pois tendia à repetição de anedotas e à discussão sobre rendas, tópicos que se amontoavam como animais inquietos. Coyle avaliava com que intensidade seus anfitriões desejavam que a noite transcorresse como se nada tivesse acontecido e isso lhe fornecia a medida de seu ressentimento privado.

Antes de terminar o jantar, inquietou-se com o segundo aluno. O jovem Lechmere, desde que começou a preparação, fizera tudo o que se esperava dele. Isso, no entanto, não nublava a percepção de seu instrutor, pois em certos momentos de relaxamento tornava-se tão inocente quanto um bebê. Coyle havia considerado que as diversões de Paramore provavelmente seriam como um estimulante e os modos do pobre sujeito atestavam a validade da previsão. O estimulante foi administrado de maneira inequívoca; veio na forma de uma revelação. A luz na testa do jovem Lechmere anunciava, com uma franqueza que era quase um apelo à compaixão, ou pelo menos uma licença ao ridículo, que ele nunca conheceu nada semelhante à Kate Julian.

IV

Na sala de estar, depois do jantar, a garota encontrou uma oportunidade para se aproximar do antigo preceptor de Owen. Parou diante dele por um momento, sorrindo enquanto abria e fechava o leque. Então disse, abruptamente, erguendo seus estranhos olhos:

– Eu sei para que você veio. Mas *será* inútil.

– Vim tratar isso. Será inútil?

– É muito gentil. Mas não sou eu a questão do momento. Nada obterá de Owen.

Spencer Coyle hesitou por um momento.

– O que *pretende* com o jovem amigo dele?

Ela olhou ao redor, abrindo bastante os olhos.

– Senhor Lechmere? Oh, pobre rapazinho! Falamos sobre Owen. Ele o admira muito.

– Eu também. Devo dizer isso.

– Todos nós também. É por isso que estamos tão desesperados.

– Pessoalmente, então, você *gostaria* que ele fosse um soldado? – perguntou o visitante.

- Coloquei todas as minhas esperanças nisso. Eu adoro o exército e gosto muito do meu antigo companheiro de infância - disse Kate Julian.

Seu interlocutor lembrou-se da versão diferente de sua atitude dada por Owen; mas ele julgou leal não discutir.

- Me parece inconcebível que seu antigo companheiro de brincadeiras não goste de você. Ele deve, portanto, desejar agradá-la. E não vejo por que, entre vocês, tal questão não possa ser resolvida.

- Deseja me agradar! - repetiu a senhorita Julian. - Lamento dizer que ele não demonstra esse desejo. Ele me considera uma imbecil atrevida. Eu disse a ele o que penso dele, e sei que simplesmente me odeia.

- Mas você pensa muito bem dele! Acabou de me dizer que o admira.

- Seus talentos, suas possibilidades, sim. Até mesmo sua aparência, se me permite aludir a tal assunto. Mas não admiro seu comportamento atual.

- Você já colocou a questão para ele? - perguntou Spencer.

- Ah, sim. Ousei ser franca, pois a ocasião parecia justificar tal postura. Ele não gostou do que eu disse.

- E o que você disse?

A jovem pensou por um momento, voltando a abrir e fechar seu leque.

- Ora... sendo amigos há tanto tempo... disse que essa conduta não é o que se espera de um cavalheiro!

Depois de dizer tais palavras, seus olhos encontraram os de Coyle, que examinou suas ambíguas profundezas.

- O que diria, então, se não houvesse tal vínculo?

- É curioso essa pergunta partir de *você*, dessa forma! - respondeu com uma risada. - Não consigo compreender a sua posição: pensei que seu negócio era *formar* soldados.

- Aceite minha modesta brincadeira. Mas, no caso de Owen Wingrave, não há nada para "formar" e na minha opinião... - o pequeno instrutor fez uma pausa, como se tivesse consciência da responsabilidade por seu paradoxo - na minha opinião, ele é, no sentido mais amplo do termo, um lutador.

- Pois ele que prove isso - exclamou a garota, virando-se e dando-lhe as costas bruscamente.

Spencer Coyle deixou-a partir. Havia algo em seu tom que o irritou e até mesmo o chocou um pouco. Evidentemente, houve uma passagem violenta entre esses dois jovens, e a reflexão de que tal assunto, afinal, não era da sua conta apenas o deixou mais inquieto. Era de fato uma casa militar, e ela era, de qualquer forma, uma pessoa que depositava seu ideal de masculinidade - as donzelas, sem dúvida, sempre tiveram seus ideais de masculinidade - no tipo do guerreiro consagrado. Era um gosto igual ao outro; mas, mesmo um quarto de hora depois, encontrando-se perto do jovem Lechmere, em quem esse tipo estava corporificado, Spencer Coyle ainda estava tão irritado que se dirigiu ao rapaz inocente com certa secura magistral:

- Você não deve ficar acordado até tarde, entende? Não foi para isso que autorizei sua vinda.

Os convidados do jantar estavam se despedindo e as luzes das velas do quarto tremeluziram em uma fileira significativa. O jovem Lechmere, entretanto, estava agitado demais para ser acessível ao desprezo: tinha uma preocupação jovial que quase possibilitou um sorriso.

– Estou ansioso demais pela hora de dormir. Você sabia que há um quarto terrivelmente animado?

Coyle hesitou por um momento, sem perceber a insinuação, depois falou dentro do ditado de sua tensão geral:

– Certamente eles não o colocaram nele, não é verdade?

– Não, de fato. Ninguém passa uma noite nele há séculos. Mas é exatamente o que eu queria fazer. Seria tremendamente divertido.

– E você está tentando obter a permissão da senhorita Julian?

– Oh, *ela* não pode conceder essa licença, segundo disse. Mas acredita nisso e afirma que ninguém até hoje ousou fazer isso.

– Ninguém deve fazer! – disse Spencer resoluto. – Um homem em sua posição particularmente crítica deve ter uma noite tranquila.

O jovem Lechmere deu um suspiro que exprimia profundo, mas razoável, desapontamento.

– Oh, tudo bem. Mas eu não posso me sentar um pouco com Wingrave? Ainda não tive uma ocasião conveniente para isso.

O senhor Coyle olhou para o relógio.

– Pode fumar um cigarro.

Sentiu uma mão em seu ombro e virou-se para ver sua esposa derrubando a cera da vela derretida em seu casaco. As senhoras partiam para seus leitos e era a hora oficial de sir Philip; mas a senhora Coyle confidenciou ao marido que, depois das coisas terríveis que ele lhe contara, decididamente recusou ser deixada sozinha, por mais curto que fosse o intervalo de tempo, em qualquer parte da casa. Ele prometeu segui-la depois de três minutos e, após os apertos de mão costumeiros, as senhoras se retiraram. As formas foram mantidas no Paramore impetuosamente, como se a velha casa não tivesse suas angústias naquele momento. A única que Coyle notou foi a omissão de alguma saudação da parte de Kate Julian para ele mesmo, pois ela não lhe dirigiu nem uma palavra, ou olhar, mas ele percebeu que o áspero olhar dela se dirigia para Owen Wingrave. Sua mãe, tímida e compassiva, foi aparentemente a única pessoa de quem este jovem recebeu uma inclinação de cabeça. A senhorita Wingrave comandava a marcha das três senhoras - sua pequena procissão de velas oscilantes - pela escada acima, passando pelo retrato de seu infeliz ancestral. Surgiu o criado de sir Philip e ofereceu seu braço ao ancião, que se virou perpendicularmente para o pobre Owen quando o garoto fez um movimento vago para se antecipar nesse encargo. Coyle soube depois que, antes de Owen perder os favores, sempre fora seu privilégio, na hora de dormir, quando ele estava em casa, conduzir o avô cerimoniosamente para descansar. Os hábitos de sir Philip eram diferentes, com um sentido poderoso de menosprezo. Seus apartamentos ficavam no andar de baixo, e ele arrastava-se com dificuldade para eles tendo a ajuda de seu valete, depois de fixar por um momento significativamente no mais responsável de seus visitantes aquele raio vermelho e espesso, como o brilho de brasas agitadas, que sempre fez seus olhos destoarem estranhamente das suas maneiras brandas. Pareciam dizer ao pobre Spencer: "Vamos acabar com o jovem canalha amanhã!". Alguém poderia ter deduzido deles que o jovem canalha, que agora caminhava até a outra extremidade do corredor, pelo menos havia falsificado um cheque. Seu amigo o observou por um instante, viu como se deixou cair, nervosamente, em uma cadeira e então, com um movimento inquieto, levantar-se. O mesmo movimento o trouxe para onde seu antigo instrutor dirigiu as palavras finais do dia ao jovem Lechmere:

- Vou para a cama e gostaria que você se conformasse particularmente com o que eu disse há pouco. Fume um único cigarro com seu amigo aqui e depois vá para o seu quarto. E ai de você se eu souber de que, durante a noite, tentou alguma absurda bobagem.

O jovem Lechmere, olhando para baixo com as mãos nos bolsos, não disse nada - apenas mexeu no tapete com a ponta do pé, de modo que seu companheiro de visita, insatisfeito com uma promessa tão tácita, logo prosseguiu com Owen:

- Devo pedir-lhe, Wingrave, que não mantenha este assunto sensível sempre em evidência. Na verdade, prefiro que o coloque na cama e feche a porta com a chave.

Enquanto Owen encarava-o por um instante, aparentemente sem entender o motivo de tanta solicitude, acrescentou:

- Lechmere tem uma curiosidade mórbida sobre uma das lendas de sua família, relacionada com os quartos históricos. Corte-a pela raiz.

- Oh, a lenda é bastante boa, mas temo que o quarto esteja horrível! - Owen riu.

- Você sabe que não *acredita* nisso que está dizendo! - replicou o jovem Lechmere.

- Acho que não - disse o senhor Coyle, notando as manchas provocadas pelo rubor no rosto de Owen.

- Ele mesmo não tentaria passar uma noite lá! - prosseguiu seu companheiro.

- Eu sei quem te disse isso - replicou Owen, acendendo um cigarro de forma constrangida com a vela, sem oferecer um a nenhum de seus companheiros.

- Bem, e se ela o fez? - perguntou o mais jovem desses senhores, um tanto avermelhado. - Você quer *todas* exclusivamente? - continuou, em tom de brincadeira, remexendo na cigarreira.

Owen Wingrave apenas fumava silenciosamente; então exclamou:

- Sim, e se ela soubesse? Mas ela não sabe - acrescentou.

- Ela não sabe o quê?

- Ela não sabe de nada! Vou colocá-lo na cama! - Owen prosseguiu alegremente até o senhor Coyle, que viu que sua presença, agora que uma certa nota fora destacada, incomodava os jovens. Estava curioso, mas havia uma espécie de discrição, com seus alunos, que ele sempre fingia respeitar. Discrição que, no entanto, não o impediu, ao subir as escadas, de recomendar que não fossem estúpidos.

No topo da escada, para sua surpresa, encontrou a senhorita Julian, que aparentemente estava descendo novamente. Ela não havia começado a se despir nem estava perceptivelmente desconcertada ao vê-lo. Mesmo assim, ela, de uma maneira ligeiramente diferente do rigor com que o ignorara dez minutos atrás, dirigiu-lhe algumas palavras:

- Vou descer para procurar alguma coisa. Perdi uma joia.

- Uma joia?

- Uma turquesa de considerável valor, que estava em meu medalhão. Como é o único ornamento que tenho a honra de possuir... - A moça começou a descer as escadas.

- Posso ajudá-la? - perguntou Spencer Coyle.

A garota parou alguns degraus abaixo dele, olhando para trás com seus olhos orientais.

- Não são as vozes de nossos amigos na sala de jantar?

- Esses notáveis jovens estão nesse local.

- *Eles* me ajudarão. - E Kate Julian seguiu descendo.

Spencer Coyle ficou tentado a segui-la, mas, lembrando-se de seu costumeiro tato, ele se juntou à esposa em seu quarto. Demorou, porém, para deitar-se e, embora fosse para o quarto de vestir, não teve coragem de tirar o casaco. Fingiu por meia hora que estava lendo um romance; depois disso, calmamente, ou talvez devesse dizer agitadamente, passou do quarto de vestir para o corredor. Seguiu até a porta do quarto que ele sabia ter sido designado ao jovem Lechmere, e ficou aliviado ao ver que estava fechada. Meia hora antes, estava aberta; portanto, podia presumir que o atabalhoado garoto tinha ido para a cama. Era isso o que ele queria se assegurar e, ao fazê-lo, estava a ponto de se retirar. Mas, no mesmo instante, ouviu um barulho no quarto - seu ocupante estava fazendo na janela algo que possibilitava a ele bater sem o temor de acordar seu aluno. O jovem Lechmere veio até a porta, com camisa e calça. Ele admitiu seu visitante com alguma surpresa, e quando a porta foi fechada novamente, Spencer Coyle disse:

- Não quero fazer de sua vida um fardo, mas me senti na obrigação de comprovar por mim mesmo que você não estava exposto a excitações indevidas.

- Oh, isso existe em abundância! - disse o jovem ingênuo. - Kate Julian desceu novamente.

- Para procurar uma turquesa?

- Foi o que ela disse.

- E encontrou?

- Não sei. Eu vim para cá. A deixei com o pobre Wingrave.

- É a coisa certa - disse Spencer Coyle.

- Não sei! - repetiu o jovem Lechmere, inquieto. - Eles estavam brigando.

- Por qual motivo?

- Eu não entendi nada. Eles são um par bem estranho!

Spencer refletiu. Ele tinha, fundamentalmente, princípios e escrúpulos, mas o que tinha em particular agora era uma curiosidade, ou, melhor, reconhecendo pelo que era, uma simpatia, que espantava aquelas pessoas.

- Você percebeu que ela está mal com ele? - permitiu-se inquirir.

- E como! Até disse que ele estava mentindo!

- O que quer dizer?

- Ora, diante de *mim*. Isso me fez deixá-los; a atmosfera estava ficando muito carregada. Eu, estupidamente, trouxe à tona mais uma vez o quarto mal-assombrado e disse o quanto eu sentia por ter que prometer a você não tentar a sorte nesse local.

- Não pode bisbilhotar a casa de outras pessoas dessa maneira vil... não pode tomar tais liberdades! - bradou Coyle.

- Mas não fiz nada disso... veja como sou bom. Não quero chegar *perto* desse lugar! - disse o jovem Lechmere, em tom confidencial. - Mas Kate Julian me disse: "Oh, atrevo-me a dizer que *você* se arriscaria, mas...", e ela virou-se e riu do pobre Owen, depois prosseguiu: "isso já seria bem mais do que poderíamos esperar de um cavalheiro que adotou uma conduta tão irregular!". Pude ver que algo já havia acontecido entre eles envolvendo tal assunto. Alguma provocação ou desafio da parte dela. Pode ter sido apenas brincadeira, mas o fato de ele ter abandonado a carreira evidentemente trouxe à tona a questão... de sua falta de coragem.

- E o que Owen disse?

- Nada no início. Mas logo ele disse em tom muito baixo: "Passei a última noite inteira naquele estranho lugar". Ambos ficamos paralisados como se feitos de pedra. Então, Kate disse que ele deveria contar sua história melhor do que isso, deveria fazer algo de bom com ela. "Não é uma história. É um simples fato", disse ele; sobre o que ela zombou dele e quis saber por que, se ele tinha feito isso mesmo, não tinha contado a ela pela manhã, já que sabia o que pensava dele. "Eu sei, mas não me importo", respondeu Wingrave. Isso a deixou furiosa, e ela perguntou a ele, muito seriamente, se ele se importaria se soubesse que ela acreditava que ele estava tentando nos enganar.

- Ah, que grosseria! - exclamou Spencer Coyle.

- Ela é uma garota extraordinária, mas não sei o que pretende - gaguejou o jovem Lechmere.

- Extraordinária de fato, tomando liberdades e trocando palavras a tal hora da noite com jovens rapazes solteiros!

O jovem Lechmere pontuou seu discurso.

- Quero dizer, porque acho que ela gosta dele.

Coyle ficou tão impressionado com esse sintoma incomum de sutileza que explodiu:

- E você acha que ele gosta *dela*?

Isso levou seu interlocutor a responder com um suspiro perplexo e queixoso:

- Não sei, desisto! Tenho certeza de que *ele* viu ou ouviu algo - acrescentou o jovem Lechmere.

- Naquele lugar ridículo? O que te dá essa certeza?

- Pela maneira como conheço ele. Eu acredito que se dá mostras... em um caso assim. Se comporta como se tivesse testemunhado algo.

- Por que, então, ele não deveria mencionar o ocorrido?

O jovem Lechmere pensou por um momento, antes de encontrar algo:

- Talvez fosse horrível demais para que pudesse mencionar.

Spencer Coyle deu uma risada.

- E *você* não está feliz, então, por não estar metido nisso?

- Muito mesmo!

- Vá para a cama, seu ganso - disse Spencer, com outra risada. - Mas, antes de ir, me diga o que ele disse diante da afirmação dela, de que estava enganando a todos.

- Leve-me lá você mesma, então. E tranque a porta!

- E *ela* o levou?

- Eu não sei, vim para cá.

Spencer Coyle trocou um longo olhar com seu pupilo.

- Eu não acho que ainda estejam na sala de jantar. Onde fica o quarto de Owen?

- Não tenho a menor ideia.

O senhor Coyle ficou perplexo; ele estava em igual ignorância e não podia sair por aí tentando abrir as portas. Pediu ao jovem Lechmere que tentasse dormir e saiu para o corredor. Se perguntou se conseguiria encontrar o caminho para o quarto que Owen lhe mostrara anteriormente, lembrando-se de que, assim como muitos dos outros, tinha um nome antigo pintado em um letreiro. Mas os corredores de Paramore eram intrincados; além do mais, alguns dos criados ainda estariam acordados e ele não desejava dar a entender que estava vagando pela casa. Voltou para seus aposentos, onde a senhora Coyle logo percebeu que sua incapacidade para descansar não havia diminuído. Como ela mesma confessou, de sua parte, que, naquele lugar terrível, percebia uma crescente sensação de que algo "pavoroso" estava próximo, passaram a primeira parte da noite conversando, de modo que uma parte de sua vigília foi inevitavelmente tomada pelo relato de seu marido sobre a conversa que teve com o jovem Lechmere, e por sua troca de opiniões por ele mesmo suscitada.

Por volta das duas horas a senhora Coyle ficou tão preocupada com o seu jovem amigo perseguido, e, tão possuída pelo medo de que aquela garota malvada tivesse aproveitado seu convite para submetê-lo a um teste abominável, que implorou a seu marido para encontrar uma forma de abordar tal assunto, custasse o que fosse, para o seu próprio equilíbrio. Mas Spencer Coyle, contumaz, tinha terminado, quando a perfeita quietude da noite caiu sobre eles, encantando-se em uma aquiescência trêmula evocada pela prontidão de Owen para enfrentar uma provação formidável - uma provação ainda mais formidável para uma imaginação excitada, como o pobre menino agora teria, pela experiência da noite anterior, e quao decidido deveriam ser seus esforços.

- Espero que ele esteja lá - disse ele para a esposa. - Isso demonstraria como todos eles estão errados!

De qualquer forma, ele não poderia encarregar-se de explorar uma casa que conhecia tão pouco. Inconsequentemente, não se preparou para dormir. Estava sentado no quarto de vestir, com sua luz e seu romance, esperando que algo acontecesse.

Por fim, porém, a senhora Coyle virou-se e parou de falar, e finalmente ele também adormeceu em sua cadeira.

Quanto tempo ele dormiu, ele só soube depois por cálculo; o que ele sabia, para começar, era que havia se sobressaltado, confuso, com a sensação de um som repentino e assustador. Seus sentidos se clearam rapidamente, ajudado sem dúvida por um grito de horror confirmatório vindo do quarto de sua esposa. Mas ele não deu atenção à esposa; ele já havia entrado no corredor. Lá o som se repetiu e era o "Socorro! Socorro!" de uma mulher dominada por um terror agonizante. Vinha de um recanto distante da casa, mas que era suficientemente indicado. Spencer Coyle correu sem parar, com o som de portas abrindo e vozes alarmadas em seus ouvidos, e a débil luz do amanhecer em seus olhos. Ao virar um dos corredores, ele encontrou a figura branca de uma garota desmaiada em um banco, e na nitidez da revelação ele percebeu enquanto caminhava que Kate Julian, atingida, tarde demais, em seu orgulho pelo calafrio de compunção pelo que ela havia feito de maneira tão leviana, depois de vir para libertar a vítima de seu escárnio e então cambalear, oprimida pela catástrofe que fora sua realização - a catástrofe que no momento seguinte ele mesmo viu, horrorizado, na soleira de uma porta aberta. Owen Wingrave[23], vestido como o vira pela última vez, jazia morto no local em que seu ancestral fora encontrado. Ele parecia um jovem soldado que avançou no campo de batalha.

---

23 No nome do personagem, James plasmou algo do seu destino. Segundo Leon Edel, "Owen" significa, em galês ou escocês, "jovem soldado". Enquanto "Wingrave" compõe-se de duas palavras em inglês, muito significativas no que diz respeito ao sentido e desenlace da narrativa: "Win" ("ganhar") e "grave" (túmulo) (N. do T.).

<ns

facebook/novoseculoeditora
@novoseculoeditora
@NovoSeculo
novo século editora

gruponovoseculo
.com.br

Edição: 1
Fonte: Greta Display Pro